国際ペン
東京大会
2010

アメリカ文学と戦争
— American Literature and Warfare —

依藤道夫 [編]

小倉いずみ

古屋 功

依藤朝子

瀧口美佳

花田 愛

共著

アメリカ文学と戦争

―目次―

序章	戦争と文学	依藤道夫	1
第1章	植民地戦争とその文学	小倉いずみ	7
第2章	アンダーヒルと『アメリカからのニュース』他	小倉いずみ	21
第3章	フレンチ・インディアン戦争、独立戦争とその文学	瀧口美佳	48
第4章	クーパーと『モヒカン族の最後』及びアーヴィングと「リップ・ヴァン・ウィンクル」	瀧口美佳	57
第5章	南北戦争とその文学	依藤道夫	69
第6章	フォークナーと『アブサロム、アブサロム！』	依藤道夫	100
第7章	第一次世界大戦とその文学	花田　愛	118
第8章	ドス・パソスと『三人の兵士』	花田　愛	137
第9章	第二次世界大戦とその文学	古屋　功	153
第10章	メイラーと『裸者と死者』	古屋　功	165
第11章	朝鮮戦争、ベトナム戦争とその文学	依藤朝子	185
第12章	トーランドと『勝利なき戦い、朝鮮戦争』及びオブライエンと『カチアートを追跡して』	依藤朝子	214
終章			224
年表			235
あとがき			246
索引			247
執筆者一覧			267

序章　戦争と文学

依藤道夫

　古来、人間と争い、戦争は切り離せないものであり、戦争と文学もまた密接な関係を有して来ている。

　中華（中国）世界で大切にされて来ている「玉」（ぎょく）、その元の「石」は、人間社会の草創期において、唯一の頼れる道具、ひいては最初の「武器」、いずれにせよ欠くことのできない大切な必需物であった。同じ中華世界で、のちに発達した武器には棒や刀槍を表わす言葉だけでも沢山ある。たとえば、「棒」（ぼう）、「叉」（さ［先に枝状の刃のついた武器］）、「斧」（ふ）、「青龍刀」（せいりゅうとう）、「長槍」（ちょうそう）、「鉞」（えつ［まさかり］）、「月牙禅」（げつがぜん［先に三日月型刃のついた武器］）などである。また「三角剣」、「殳」（しゅ［本来棍棒の意だが、別刃の付随した槍状武器］）、「方天戟」（ほうてんげき［ほこ］）、「多角槍」（たかくそう）、「烽火棒」（ほうかぼう）、「紅櫻槍」（こうおうそう）、「扁剣」（へんけん）、「鞭」（べん）、「鎌」（れん［鎌］）、「蛇矛」（だぼう［ほこ］）、「呉鈎」（ごこう［かぎ状の武器］）などである。こうした石の活用、そして諸武器の多様な発達などは、人類の闘争本能の抜き難さ、それへの執着の深さと無縁ではあり得ない。

　凡そ人間社会に戦いはつきものであり、それは人間の闘争本能、おのれが他に勝ろう、他に打ち勝ち、他を支配しようとする欲望、おのれが衆に抜きん出ようとする願望、或いはまた他に出し抜かれるのでは、他に服従せしめられるのではなかろうかという警戒心や恐怖心などに由来する。個人間の争いから始まって、集団間、部族間の争い、国内の覇権を賭けての争いがある。世界軍事記録史上最初にしるされた紀元前13世紀のラムセス2世（Ramses Ⅱ）とヒッタイトのカデッシュ（Kadesh）の戦いをはじめ、トロイ戦争（the Trojan War）や百年戦争（the Hundred Years' War）のような国家間の戦争がある。日本や古代中国の戦国時代のような全国的覇権を賭けての戦争もある。さらには古代のペ

ルシャ戦争（Persian War）や中世の十字軍(crusade)の戦争といった文明間、宗教間の戦争のような大規模な戦争に至るまで、そして現代特有の新たな経済的、政治的、思想的な利害に基づく戦争に至るまで、多様な戦争形態が見られる。戦略、戦法、戦術においても中華の孫武（春秋時代の人、紀元前541-482）及び呉起（春秋〜戦国時代の人、紀元前440-381）、日本の甲州流軍学者小幡景憲(1572-1663)、西欧プロイセンのカール・フォン・クラウゼヴィッツ（Karl von Clausewitz, 1780-1831）、それにアメリカ合衆国のアルフレッド・マハン（Alfred Thayer Mahan, 1840-1914）やイギリスのリデル・ハート卿（Sir Basil Henry Liddell Hart, 1895-1970）など歴史的な大家が現われている。

　戦いの原因や由来には、後継問題や領土問題、盟約関係、自立・独立問題、食糧問題、市場・貿易問題、水利権問題、平家のような驕りや驕慢から生じたケース、トロイ戦争のような女性の問題、復讐の応酬、武田信玄と上杉謙信の川中島の合戦のような意地とプライドを賭けた闘争、また侵略的性格や逆に防衛的性格を有するものなど多種多様な状況が考えられるのである。

　今日では、戦争は、核爆弾やミサイルなどの最新兵器の出現もあって、かつての生の人間同士が肉体力、筋力、人数にものを言わせて直接にぶつかり合う肉弾戦的、刀槍弓的戦いから非個人的、機械戦争的、電子戦争的な様相を帯びるようになって来ている。生身の人間同士の打ち物取っての戦いは、相手を直に眼にしない空間的電子戦争、ゲームにさえ見るようなヴァーチャルな世界のものにさえ変わって来ている。今や戦争は、真に人間くさいテロ事件や地域紛争などを除けば、一種SF世界の戦いのようにもなりつつあるのである。しかし争いは絶えることなく、とっくに冷戦が終った今日も、少なくとも局地的戦争が終結することはない。

　争いは人間の業(ごう)のようなものであり、それは個人間、集団間を問わず一族内、同輩間、上下間、異性間、派閥間、組織間などに生じ得る。さらには人種間、地域間、貧富の階級間、イデオロギー間、資源やマーケッ

トを求めての国家経済間・・・などに生じ得るのである。

　古来、争いは文学にとり格好の題材である。西洋では、古くはトロイ戦争から生まれたホーマー（ホメロス、紀元前9世紀頃か）の『イリアッド』(*Iliad*) や『オデッセイ』(*Odyssey*) が最大の好例である。インドや中国の主要な古典の世界は戦争抜きでは考えにくいし、日本においても『古事記』の物語世界など、神武天皇や日本武尊（ヤマトタケルノミコト）の遠征譚を除けばかなり貧弱なものとなってしまう。シェイクスピア世界なども、人間個々の相克や社会的なそれから打ち物取っての戦争そのものに至るまで、争いの物語の宝庫である。

　文学は人間や人間社会の本質というか本性を扱うところから出発するものだとも言える。

　そういうわけで、文学は戦争というテーマと深く結びついている。それは何も「軍記物」に限ったことではないのである。

　本書で扱うアメリカ合衆国とその文学を好戦的だとあえてみなす積もりはない。アメリカは巨大な資本主義国家であると同時に、最大限の民主主義国家でもある。独立戦争以来の人民主権の思想を他に広汎に及ぼして来たことも事実である。さらにはかつてのペルシャ帝国やローマ帝国（the Roman Empire）、イスラム（Islam）の諸帝国、大唐帝国やモンゴル帝国（the Mongol Empire）、そして大英帝国（the British Empire）などに並んで20世紀における超大国として帝国的存在振りを世界に示して来たことも事実である。一頃は世界の警察官呼ばわりもされたし、世界の諸紛争に関与し、或いは関与させられて来たことも確かな事実である。その軍事力が独り強大になるにつれて、時として覇権主義的な傾向を帯びたこともやはり事実である。その最大の弊害が、ベトナム戦争の挫折や対イラク戦争のかつての泥沼化などであった。

　こうしてアメリカ合衆国をその文学と諸戦争の絡み合いの中で今一度見直してみることには、それなりの意味があるように思えるのである。幸いなことに、植民地時代の対インディアン戦争以来、今日に至るまで

アメリカがかかわって来た主要な戦争には、それを論じた文学（或いは記録的、歴史的）作品が絶えず存した。それらは、その都度ゆえあって生まれたものばかりである。とりわけ文学作品であるからには、時として反戦的傾向を帯びることは必然であろう。戦争で苦しんだ兵士とか戦争の及ぼした社会的惨禍とかを描きがちだからであるし、それはそれ自体大いに意義のあることである。戦争そのものは本来悪であり、必要悪として最低限の擁護をする場合はあり得ても、それ自体が悲劇的なものであることに変わりはない。時を経て、絵物語的に勇壮に美化されることがあったとしても、その戦いの渦中において、或いはその後永らくにわたって、多くの人々が犠牲になったり、苦しんだりしたに違いないからである。敵味方を問わずそうした害された人々にとっては、勲章の授与、追悼のセレモニーやモニュメントの建造など無意味なこともあるであろう。そして他方では、戦争肯定の文学もあるであろう。

　ともあれ極端な言い方が許されるならば、そのような芸術作品のみが、そして文学作品のみが、たとえ最大公約数的、象徴的であって、個々の、細部細部の具体的な痛みにまでは十分に手が届かないにしても、苦悩の、惨禍の本質をより多く後世に語り伝えられるのではなかろうか。何となれば、文学という営みが、なんらの範疇や原理原則、公式の類にとらわれることなく、自在に対象に切り込むことができ、それを鋭く解剖し、解析し、しかも柔軟に推し量り、そして何よりも人間的な同情や共感の心をもってそうし切ることができるものだからである。

　そのようなわけで、アメリカ合衆国を戦争とその文学を通して眺め、考察することが本書の目的である。ピューリタニズム（Puritanism）の理想主義と「明白なる宿命」（Manifest Destiny）に駆られて、また列強の帝国主義的行動にならって国内外でしばしば武器を携えて今日まで邁進して来たアメリカではあるが、その功罪、好戦的だったか否かなどについての判断はまずは読者に委ねたいと思う。むろんそうした判断のみが本書の目指すところでもない。ここではただ、なし得る限りあるがま

まを呈示し、考えを巡らせてみたいということだけである。しかも考察対象の内容はまことに広大なので、せめてその一端に取り付くことができれば真に幸いということなのである。

　本書の構成は、序章を除けば、12章からなり、それを各執筆者が2章づつ担当している。第1章から第12章まで内容は、時代順に配列されている。各執筆者は、最初の章、すなわち奇数章を (1) (2) と分け、まず (1) で該当する戦争について述べている。そして (2) でその戦争や前後の時代の文学について記している。幅をもって前後の時代も含めたのは、戦時の文学はそれのみが孤立してあるのではなく、文学史的流れの中に位置づけられるものだからである。また他の時代の文学にもその戦争にとり示唆的なものがあり得るのである。二つ目の章、偶数章では各戦争にかかわる重要な作品をケース・スタディとして選び、その作者ともども論じている。ただし、時代の特性などもあり、第2章では小説でなく、記録的な書き物を、また第12章中の一作はやはり歴史的な書き物を取り上げている。他のところではすべて小説作品を扱っている。総じてアメリカ作家が戦争をどのように受け止め、どのような描き方をしているのかを見てゆく。その際、該当する戦争の時代よりのちの作家、作品を取り上げることもある。

　作家、作品への取り組みにおいては、その戦争を歴史的な考察から戦争が作家に与えた影響についての論考や登場人物の心理的な研究に至るまで、いろいろなアプローチが見られる。

　戦争という人類の抜きがたい悲劇的な営みは、個人や家族、社会を、また国家さえもを崩壊に導く。それは真に不条理な営みである。そうした悲劇性や不条理性を最終的には訴えたいものであるし、また平和の尊さを強調したいものである。が、まずは先にも触れたように、アメリカ史、アメリカ文学史を通じて、諸戦争やそれらにかかわる小説を中心とした文学の流れをその戦争の前後も含めて奇数章で描き、それを踏まえて偶数章で各作家、作品につき、考察を加えてゆきたい。

各章の引用文で訳者名が全く記されていないものは、基本的に、各執筆者自身の訳文である。長期にわたる研究過程でお世話になった諸機関や諸文献には改めて厚く感謝したい。

　各章の挿入写真については、とくに出典等が「参考文献」中も含めて一切記されていないものは、各執筆者の手により撮影されたものである。

　本書のテーマは、元は10年ばかり前の大学院ゼミの共同研究に端を発するものである。寝た子を起こしたのではなく、自ら起きてくれたと感じている。これにアメリカ植民地時代の権威、小倉いずみ先生に力を添えていただけた。厚く感謝する次第である。

　成美堂社長佐野英一郎氏と編集に力を尽くして下さった同社の岡本広由氏及び社員の方々に深い謝意を表するものである。

（2009年11月22日）

第1章
植民地戦争とその文学

小倉　いずみ

（1）植民地戦争

1．

　大航海時代から新大陸の発見までの歴史的プロセスは、まずポルトガルやスペインにより主導された。ヨーロッパ大陸の人々にとり、新大陸は大航海の時代まで未知の土地であった。しかし、15世紀から16世紀にかけてポルトガルとスペインはインドへの道を探すために大洋に乗り出した。ポルトガルが1471年にアフリカのゴールド・コーストに到達し、1487年にバルトロメオ・ディアス（Bartholomew Diaz, 1450頃-1500）が喜望峰を回り、1498年にヴァスコ・ダ・ガマ（Vasco da Gama, 1469?-1524）がインドのカリカットに到着した。さらに1521年から22年にかけて、フェルディナンド・マゼラン（Ferdinand Magellan, 1470?-1521）が世界一周に成功した。一方スペインは、1492年にクリストファー・コロンブス（Christopher Columbus, 1451-1506）がスペイン国王フェルディナンドとイサベラの命により、大西洋を横断し、バハマ諸島に上陸した。これが新大陸の発見である。

　ポルトガルとスペインの新大陸における領土獲得競争は、1494年のトルデシリャス条約（Treaty of Tordesillas）で、ケープ・ヴェルデ諸島の西370レグア（約1,850km）を境に、スペインは西側、ポルトガルは東側とされた。このため、ポルトガルが領有できたのは、現在のブラジルだけであった。

　北アメリカの探検は、1520年代から活発になった。カナダ地域は、主にフランスによって探検された。1524年にフランス国王から

派遣されたイタリア人ジョヴァンニ・デ・ヴェラザノ（Giovanni de Verrazzano, 1485?-1528?）がハドソン川を発見し、その11年後ジャック・カルティエ（Jacques Cartier, 1491-1557）がセント・ローレンス川を発見した。17世紀に入ると、サミュエル・ド・シャンプラン（Samuel de Champlain, 1570頃-1635）が1603年にケベックに上陸し、1608年にケベックシティを建設し、後にニューフランス植民地を確立した。さらに1642年にはモントリオールが基地として確立し、フランスの探検は五大湖のスペリオル湖にまで及んだ。

このようなフランスとスペインの動きに対して、イギリスは1580年代から北アメリカに目を向け始めた。1585年のウォルター・ローリー卿（Sir Walter Raleigh, 1552?-1618）によるヴァージニア（Virginia）のロアノーク島（Roanoke）の植民がその最初である。ニューイングランド地域の探検は、1605年にジョージ・ウェイマスがメインの海岸を探索し、翌年ニューイングランド植民の父と呼ばれるフェルディナンド・ゴージス卿（Sir Ferdinando Gorges, 1566?-1647）が探検隊を派遣した。

ピルグリム・ファーザーズ（Pilgrim Fathers）[1]は1620年にプリマス植民地（Plymouth Plantation）を創設した。彼らはエリザベス1世の時代に宗教改革を進め、イギリス国教会（Church of England, Anglican Church）[2]と分かれた分離派（独立派）であったが、迫害されてオランダに逃れていた。しかし世俗化することを嫌って、さらに新大陸に移住した。この後セイラム（Salem）にジョン・エンディコットが渡航したが、最も大規模に移住したのは1630年にジョン・ウィンスロップ（John Winthrop, 1588-1649）に率いられた非分離派のピューリタンである。彼らはイギリス国教会からは分離せず、イギリスの体制の中で改革を目指し、世界の模範となる「丘の上の町」を新大陸で建設しようとした。彼らはマサチューセッツ湾植民地を創設する。その後、ロード・アイランド（Rhode Island）植民地やコネチカット（Connecticut）

植民地が設置された。

　ピーコット戦争（1636-38）は植民地時代最初期の重要な戦いである。北アメリカの植民地経営を軌道に乗せた北東部の植民地の人々は、インディアンの有力部族であるピーコット族（Pequot）と戦争を行なった。この戦いは実際の戦闘期間は短いが、マサチューセッツ湾植民地、プリマス植民地、コネチカット植民地、ニューヘイヴン植民地が連合して参加し、インディアンと争った最初の戦争である。またピーコット戦争は植民地人とインディアンの戦いであると同時に、インディアンの部族同士の戦いでもあった。ピーコット族は現在のコネチカット州のニューロンドンに居住し、東はナラガンセット族、西は小さなニアンティック族、北はモヘガン族に囲まれていた。彼らはもともとコネチカット川一帯に住んでいたのではなく、武力により進入し、領土を拡大したものである。

　数年間にわたって行なわれた戦いの中で一番重要なものは、1637年5月のミスティック砦の攻撃である。植民地側の死者は2名と負傷者約20名であったが、ピーコット族の死者は400名で、砦から捕まらずに逃亡できた者は5名といなかった。この戦争によりニューイングランドの強力なインディアンの部族は絶滅し、イギリス領植民地は大きく南下し、オランダの植民地であるニューアムステルダムと境界を接するようになったのである。

　フィリップ王戦争（1675-76）も白人、インディアン双方に多くの犠牲を出した戦いである。1675年に再びインディアンとの戦争が起きたが、今度はインディアンの諸部族が連合して、植民地人に対抗した。アルゴンキン連合のワンパノアグ族首長メタコム（Metacomet, or King Philip, 1638-76）の英語名がフィリップであったため、フィリップ王戦争と呼ばれたこの戦争は、1年以上続き、植民地人側は600人以上、インディアン側は3000人以上の戦死者を出した。メアリー・ローランドソン（Mary Rowlandson, 1637-1710）は、ランカスターでインディ

アンに捕らえられ、11週間人質となった。この捕囚物語『メアリー・ローランドソン夫人の捕囚と奪回の物語』(*A Narrative of the Captivity and Restoration of Mrs. Mary Rowlandson*, 1682、正式題名は *The Sovereignty & Goodness of God, Together with the Faithfulness of His Promises Displayed; Being a Narrative of the Captivity and Restauration of Mrs. Mary Rowlandson*) は、イギリスと植民地の両方で読まれた。この作品については、次章でもまた言及する。

オランダとの戦争（第一次英蘭戦争 1652、第二次英蘭戦争 1664）は、ヨーロッパと新大陸の両方で戦われた。エリザベス女王が 1588 年にスペインの無敵艦隊アルマダ (Armada)[3] を破ったあと、イギリスは海を支配する王国となり、世界に領土を拡大した。新大陸では、イギリスはオランダの植民地と領土を接していたため、覇権を争った。オランダはニューアムステルダムを拠点に北米に領土を拡大し、ハドソン川を探検し、コネチカット川周辺にも勢力を広げた。コネチカットではオランダが最初にハートフォードに砦を築いたが、トマス・フッカー (Thomas Hooker, 1586 頃-1647) が 1638 年に入植してからはイギリス側が強くなり、1650 年までにはコネチカット川流域はイギリスの支配下に入った。1652 年の第一次英蘭戦争と 1664 年の第二次英蘭戦争で勝利したイギリスは、ニューアムステルダムをニューヨーク (New York) と改称し、オランダの勢力を新大陸から一掃した。

フランスとの戦争は、イギリスにとり、宿命的なものであった。植民地時代の北米では、スペイン、オランダ、フランス、イギリスが植民活動を行なったが、スペイン領は地理的にイギリスとは距離があったため、領土争いで戦争はしていない。オランダを放逐したのちに、イギリスが最後に競ったのは、カナダ地域に展開していたフランスである。フランスはセント・ローレンス川沿いにニューフランス植民地を設置していた。フランスは水路で五大湖を探検し、さらにミシシッピー川の河口に到着した。17 世紀末から 18 世紀の半ばまで、イギリス

第1章 植民地戦争とその文学

とフランスはヨーロッパにおいて、新教と旧教の宗教の相違から「アウグスブルク同盟戦争」(1689-97) を戦い、さらに同様の宗教対立から「スペイン王位継承戦争」(1701-13) と「オーストリア王位継承戦争」(1744-48) も行なっていた。このため、ヨーロッパの戦争は拡大して、長期にわたって新大陸でも争われた。

　新大陸におけるフランスとの戦争は3回行なわれ、アメリカでは戦時のイギリス国王の名前で呼ばれている。第一回目は「ウィリアム王戦争」(1689-97) で、イギリスはカナダの東南部を侵略し、フランスはニューイングランドを攻撃した。フランスのフロンテナック総督がインディアンと同盟し、イギリス軍を悩ませたが、決着はつかなかった。次は「アン女王戦争」(1702-13) で、マサチューセッツのディアフィールドがインディアンの襲撃を受けたが、イギリスはノヴァ・スコシアを占領し、1713年のユトレヒト条約でニューファウンドランドとハドソン湾を獲得した。第三回目の戦争は「ジョージ王戦争」(1744-48) で、ニューイングランドとノヴァ・スコシアの領有権と、ミシシッピー川の支流であるオハイオ川の支配権を争った。これも決着がつかなかったが、ジョージ・ワシントン (George Washington, 1732-99) がこの戦争に送られ、ネセシティ砦を建設し、西部の発展に門を開いた。

　フレンチ・インディアン戦争 (1756-63) は、英仏対決に決定的な影響を及ぼした。上記の3回のフランスとの戦争は、1756年から63年にかけて戦われたフレンチ・インディアン戦争 (七年戦争とも呼ばれる) に集約される。これはフランスとインディアンが同盟し、イギリス軍とアメリカ植民地の連合軍と戦った戦争である。イギリスは大陸の西部に農地拡大を狙い、フランスはカナダから五大湖をへて、ミシシッピー川とオハイオ川を制圧し、メキシコ湾に勢力を拡大しようとした。

　1759年イギリスのウルフ将軍 (James Wolfe, 1727-59) はケベック市西部にあるアブラハム高原で、モンカルム侯爵 (Louis Joseph de Montcalm, 1712-59) 指揮下にあるフランス軍を破り、ケベックを占領

する端緒を作った。ウルフ将軍は戦死したが、フランスも総司令官のモンカルム侯爵を失い、1760年にはモントリオールも陥落して、カナダはイギリスに制圧された。1762年に海上でもフランス艦隊は全滅し、63年のパリ講和条約の結果、イギリスはカナダからフロリダまでの広大なミシシッピー川以東の土地を獲得し、新大陸における支配権を確立した。こうして、イギリスは「太陽の没することなき」世界帝国となった。

2.
　重商主義[4]による支配を目指すイギリスは、海上を航行する船舶を使い、貿易を中心とする商業を起こした。アメリカ植民地には重商主義の政策を採ったので、イギリスの富強の手段とされた。重商主義は、本国に繁栄をもたらす三つの政策で支えられていた。第一に植民地アメリカは本国に対して原料と食料の供給を行なうこと、第二にイギリスは製造業や工業により利益を得ること、第三にイギリスは植民地アメリカの市場を独占的に支配し、植民地は他国と貿易を行なわないことである。これらを実施するため、イギリスは航海条令（1610、1663、1673、最後に1696に集大成）を発布し、アメリカにおける造船を制限し、海上輸送はイギリスの船舶と船長によるものと規定した。また通商法（1660）により、原材料と工業製品の輸出入はすべてイギリスを経由させた。特に1733年の糖蜜法はこれを強化し、イギリスは植民地人が行なっていた砂糖と糖蜜の輸入に高関税を課し、ニューイングランドの商人に打撃を与えた。また本国の工業を保護するため、アメリカの植民地に対して毛織物の製造や輸出を禁止し、鉄工場の建設を禁止した。
　アメリカ独立革命は、ジョン・ロックなどのヨーロッパの啓蒙主義思想の影響を受けている。
　アメリカにおける数多くの戦争で、植民地の人々は、新大陸の広大な森林で行なわれる戦争の難しさや、地理を熟知するインディアンからの攻撃の激しさなど、多くの教訓を学んだ。またフランスとの戦争で、

各植民地の協力の必要性も感じていた。1754年のオルバニー連合案には、ニューイングランドの各植民地（マサチューセッツ、コネチカット、ロード・アイランド、ニューハンプシャー）に加えて、ニューヨーク、ペンシルヴァニア、メリーランドの七つの植民地が参加した。これはイギリス国王が承認しなかったが、後の連合規約のもととなった。

　植民地時代初期にヴァージニア、マサチューセッツ、コネチカットに与えられた勅許状は、植民地の人々が「イギリス人としての憲法上の権利」を持つことを前提に、植民地議会を認めていた。この下にタウン自治が発展していたため、イギリス国王の王権は植民地議会には及ばなかった。イギリスでは1688年の名誉革命で、議会主義（Parliamentary Sovereignty）が確立したため、アメリカ植民地議会も同様に、「本国の法に反しない限り」、人々の生命、自由、財産に関する立法を行なっていた。こうして、アメリカの植民地と母国イギリスの関係では、植民地における自治の伝統と大西洋を隔てた地理的距離によって、いわゆる「有益な怠慢」政策が取られていた。

　しかしこの寛容な政策は、フランスとの長期にわたる戦いに決着をつけたフレンチ・インディアン戦争の勝利を契機に変更された。フランスが北米から放逐されたことにより、イギリスは放任されてきた植民地の統治に乗り出した。イギリスは植民地政策を強化し、多くの国際戦争から生じた本国の財政危機を補おうとした。重商主義を取っていたイギリスは、植民地は本国経済を補てんする「属領」（dependencies）に過ぎないと考え、イギリス議会は自らが植民地に対して完全な立法権を持つと考えていた。またミシシッピー川に至る西部地方の警備が必要となったため、戦争が終了したにもかかわらず、アメリカの植民地には1万人のイギリスの正規軍が常駐した。この負担を巡って、本国とアメリカ植民地は対立した。アメリカの各植民地では、植民地議会が財政を支配していたので、イギリス国王は自分が任命する総督を通して植民地に軍隊の駐屯費を負担させることができなかった。

このような状況から、イギリス議会による植民地への課税という方法が取られた。それは、糖蜜法を強化した砂糖法（1764）、すべての植民地に課税できる印紙法（1765）、タウンゼント諸法（1767）と茶税法（1773）である。タウンゼント諸法では、収入を国防だけでなく植民地の文官費にも充当できるとし、税関管理局と海事裁判所を設立して、収入を確実にした。茶税法は東インド会社に茶を売買する特許を与え、植民地貿易を独占させた。論理的に、これにより全産業の本国による独占が可能となるため、植民地側の危機感が増大し、1773年にボストン茶会事件が起きた。アメリカ植民地は、74年フィラデルフィアで開催された第一回大陸会議の「決議」で、本国議会と植民地議会は同一の君主の下で対等であると述べ、「代表なき所に課税なし」（No taxation without representation)[5]と主張して、本国議会の一方的な課税に反対した。こうしてアメリカ独立戦争が勃発するのである。

（2）植民地戦争時代の文学

1.
　アメリカ文学とピューリタニズムの関係には極めて深いものがある。アメリカには、1776年の独立宣言の発布以前に、約170年間の植民地時代がある。独立後のアメリカ合衆国の発展の陰に隠れて、この植民地時代は「アメリカ文学」不在の期間として軽視された。しかし、この間にアメリカ独自の政治や文化の土壌が育った。
　アメリカ文化の基礎であるピューリタニズム（清教主義）は、イギリスの宗教改革にさかのぼる。ヘンリー8世は1534年の首長令によりイギリス国教会を設立したが、その目的は政治と宗教の両方における国王絶対主義であった。これに反対し、宗教改革を推進しようとした人々がピューリタン（清教徒、Puritans）である。彼らにはイギリス国教会と縁を切った「分離主義者」と、分離せずに内部から改革しよ

うとした「非分離主義者」がいる。ジェイムズ1世の時に、イギリスのスクルービ村からオランダのライデンに逃れた人々は分離主義者で、ピルグリム・ファーザーズと呼ばれ、1620年さらに北アメリカに渡航してプリマス植民地を創設した。上陸前に、彼らは「メイフラワー契約」(Mayflower Compact)[6]に署名し、共同体の基礎を作った。ウィリアム・ブラッドフォード（William Bradford, 1590-1657）は『プリマス植民地』(Of Plymouth Plantation, 1630-51執筆、1856出版）にプリマス植民地の歴史を記述した。

マサチューセッツ湾植民地は、1630年にジョン・ウィンスロップが率いた非分離主義者のピューリタンによって建設された。彼らはイギリス国王から法人として勅許状を与えられ、自治植民地として植民地総会議を開催した。また移住も大規模で、知識人や中産階級の人々が多かった。ウィンスロップはボストン上陸前に、説教「キリスト教徒の愛の原型」("A Model of Christian Charity," 1630）を行ない、共同体の「兄弟愛」や「公共」の重要性を強調し、「神との契約」を守り、「丘の上の町」を建設する決意を述べた。またウィンスロップの『日記』(The Journal of John Winthrop 1630-1649 [The History of New England とも言う]、1790出版）は、詳細にボストンの政治を記し、新天地の開拓の様子を伝えて、重要な記録歴史文学となった。

アメリカのピューリタニズムは、「非分離」の会衆主義教会であり、「恩恵の契約」を持つ「見ゆる聖徒」である信者のみから構成された。その思想的源泉はカルヴィン主義の予定説で、原罪を犯したアダムとその子孫を憐れんだ神が、救済を予定する者に恩恵の契約を与えたとする考えである。1630年代は政治と宗教が深い関係を持つ神権政治の時代と言われ、神学者として指導的立場にあったジョン・コットン（John Cotton, 1584-1652）は回心体験告白の制度を確立した。会衆派教会は、選ばれた聖徒だけが入会できた閉鎖的な社会であったが、回心体験告白はその選抜の手段となった。

宗教の寛容はなかったため、アン・ハチンソン（Anne Hutchinson, 1591-1643）やロジャー・ウィリアムズ（Roger Williams, 1603-83）は追放された。ハチンソンは1637年の反律法主義論争で、聖霊による直接啓示を主張し、信仰における個人の良心を唱えた。またウィリアムズは政教分離を巡ってジョン・コットンと論争したが、1636年にマサチューセッツから追放され、ロード・アイランド植民地を創設した。

　新大陸には先住民がいたので、彼らから土地を取得するには論理的根拠が必要であった。ウィンスロップは『ニューイングランドの殖民に関するウィンスロップの結論』（*Winthrop's Conclusions for the Plantation in New England*, 1630）で、新大陸は「空白の土地」であり、土地を耕すものに与えられると述べ、ジョン・コットンは『植民地への神の約束』（*God's Promise of His Plantation*, 1630）でアメリカは約束の土地カナンであると神学的弁護をした。

　しかし入植した人々と先住民との関係は、1637年のピーコット戦争に見られるように悪化していた。指揮官だったジョン・アンダーヒルは、この戦争の記録として有名な『アメリカからのニュース』（*News from America*, 1638）の中で、ピーコット族を壊滅させた戦争を「残虐」と形容している。

　アメリカへの移住の第二世代となる1660年以降は、ピューリタニズムが衰退する。1662年の半途契約は、回心体験告白を行なわない半途教会員に子供が生まれた際に、幼児洗礼を認めるものであった。これ以後の約20年間は「エレミアの嘆き」の時期で、信仰の衰退を嘆く多くの説教がなされた。ジョナサン・ミッチェル（Jonathan Mitchell, 1624-68）は、「城壁に立つネヘミア」（"New England's Errand into the Wilderness," 1671）を思い起こすよう説いた。インクリース・マザーの説教「災いの日は近い」（"The Day of Trouble is Near," 1674）は、神の怒りを表現した典型的な説教である。

　1692年にセイラムの魔女裁判[7]が起き、犠牲者は20数人、告発され

た人は200人以上となった。ジョン・コットンの孫であるコットン・マザー（Cotton Mather, 1663-1728）は、『不可視の世界の驚異』（*The Wonders of the Invisible World*, 1693）の中で、セイラム魔女裁判を悪魔の陰謀であるとみなし、信仰の悔い改めを促した。裁判では自白と告発が相次いだが、「霊的証拠」に依拠したこの非科学的な裁判は1年で終結した。

正統派のピューリタンであるコットン・マザーの名声を不動のものとしているのは、ニューイングランドの歴史を記述した『アメリカにおけるキリストの大いなる御業』（*Magnalia Christi Americana*, 1693-1702）である。マザーはこの中で植民地時代の指導者たちの生涯を集大成し、共同体精神を体現した理想的なピューリタン社会を描き、かつてのアメリカの宗教像を現代に伝えている。

2.

アメリカでは18世紀に入ると、ニュートンの物理学とジョン・ロックの経験哲学を主体とするヨーロッパの啓蒙思想が広まり、自然現象は科学的に解説されるようになる。これによって、自然現象は予測可能となったため、カルヴィン主義における絶対的な神の存在は薄れた。宗教と科学を融和させた理神論（Deism）は、世界を神が創造した完璧な機械と考え、一度機械が動き始めると、神の介在なしに機械は動くものとした。理神論はこの精密機械を分析し、神を知ることを目的としているので、無神論ではない。

理神論は1700年代においてアメリカ革命に至るまで、多くの知識人に支持された。ベンジャミン・フランクリン（Benjamin Franklin, 1706-90）はピューリタンの道徳と勤勉さを持ちつつ、避雷針やフランクリン・ストーブを発明し、下水溝や街灯を市中に設置した。フランクリンは「宇宙の創造者である神を信じている」が、「キリストの神性に関しては疑問を抱いている」と述べ、宗教とは距離を置いている。

トマス・ジェファソン（Thomas Jefferson, 1743-1826）も奇蹟に関して懐疑的で、「自然の法則に矛盾する聖書の中の真実は、注意深く検討されねばならない」と警告している。またトマス・ペイン（Thomas Paine, 1737-1809）も『理性の時代』（*The Age of Reason*, 1794）の中で、迷信打破の文を書くなど、カルヴィン主義の予定説と宗教への盲目的服従から脱却した。

大覚醒（the Great Awakening）運動は、植民地ピューリタニズムの歴史にとり大きな転期となった。上記のようなピューリタニズムの衰退に歯止めをかけて、大規模に宗教を伝道しようとする動きが、1740年代のジョナサン・エドワーズ（Jonathan Edwards, 1713-58）による大覚醒である。イギリスのギルバート・テナント（Gilbert Tennent, 1708-64）やジョージ・ホイットフィールド（George Whitfield, 1714-70）は、1739年から40年にかけて、ニューイングランドから南部のジョージアまで巡回説教を行なった。ジョン・ロックの経験哲学から「感覚」の重要性を学んでいたエドワーズは、初期の大覚醒運動を受けて、宗教は感情で感知できるものでなくてはならないと考えた。彼はセンセーショナルな説教「怒れる神の手の中の罪人たち」（"Sinners in the Hands of an Angry God," 1741）など多くの説教を行なったが、回心体験告白を復活したことにより、教会の牧師の地位を追われた。

エドワーズは自然描写にも優れ、神からの救済体験を記した「信仰告白録」（"Personal Narrative," 1740執筆、1765出版）や『神聖なるもののイメージと影』（*The Images or Shadows of Divine Things*, 1948出版）では、抑制された美を自然に見出し、ロマン主義における象徴主義の先駆となったのである。

第1章 植民地戦争とその文学

注

1. イギリス国教会の支配に対し、宗教改革を推進しようとした一派で、1620年にプリマス植民地を創設した。彼らはイギリス国教会と絶縁した分離主義者であったため、、植民地が発展せず、1691年にマサチューセッツ湾植民地に吸収された。
2. 1534年ヘンリー8世が、ローマ法王の支配から独立するために創立したイギリスの教会。イギリス国王を教会の首長とし、その下に主教を置く監督制度を維持し、国王絶対主義を支えた。
3. スペインのフェリペ2世が、イギリスとの戦いのために編成した艦隊。1588年にイギリスに敗れ、海上の支配権を奪われた。この結果、オランダは独立し、スペインの貿易と植民地は打撃を受けたため、アメリカ大陸にイギリスが植民する契機となった。
4. 17世紀から18世紀にいたる資本主義の思想で、列強の植民地支配のために利用された貿易統制論。植民地の工業発展を阻止するため、原材料を本国に送らせ、本国はそれを加工し、植民地に売りさばいた。植民地は搾取から逃れられず、自立できなかった。
5. イギリス議会によるアメリカ植民地への課税に反対して、アメリカが主張した理論。イギリス本国の議会に議員を送っていないのだから、アメリカは課税に反対の意思を表明できない、したがって課税は拒否するという考え方。
6. 1620年にピルグリム・ファーザーズがプリマスに上陸する前に、自治植民地を樹立することを定めた合意文書。構成員の協力を呼びかけ、社会契約を実践した最初の文書と言われる。
7. マサチューセッツ州の北東部にあり、現在はDanversと呼ばれる町で、1692年に行なわれた裁判。20余名が魔女あるいは魔法使いとして絞首刑にされた。裁判は悪魔による「霊的証拠」をもとに自白と告発に頼ったため、急速に広がったが、マサチューセッツ湾植民地の指導者や聖職者が裁判の不正を指摘し、中止された。

参考文献

Blum, John, William McFeely & Edmund Morgan. *The National Experience: A History of the United States*. New York: Harcourt Brace Jovanovich, 2003.

Bushman, Richard L. *From Puritan to Yankee: Character and the Social Order in Connecticut, 1690-1765*. Cambridge: Harvard Univ. Press, 1967.

Miller, Perry. *Errand into the Wilderness*. Cambridge: Harvard Univ. Press, 1956.

Rutman, Darrett B. *Winthrop's Boston: A Portrait of a Puritan Town, 1630-1649*. New York: Norton, 1965.

Winthrop, John. *The History of New England from 1630-1649*. 1825, Reprint.

Salem, N.H.: Ayer Company, Publishers, Inc., 1992.
Winthrop, John. *The Journal of John Winthrop 1630-1649*. Ed. by Richard Dunn, James Savage and Laetitia Yeandle. Cambridge: Harvard Univ. Press, 1996.

岩井　淳『千年王国を夢見た革命―17世紀英米のピューリタン』講談社メチエ、東京、1995
大下尚一『ピューリタニズムとアメリカ』南雲堂、東京、1972
大西直樹『ピルグリム・ファーザーズという神話―作られた「アメリカ建国」』講談社メチエ、東京、1998
小倉いずみ『ジョン・コットンとピューリタニズム』彩流社、東京、2004
久保田泰夫『ロジャー・ウィリアムズ―ニューイングランドの政教分離と異文化共存』彩流社、東京、1998
斎藤眞『アメリカ革命史研究―自由と統合』東京大学出版会、東京、1992
三崎敬之『マサチューセッツ湾植民地公民の研究』大明堂、東京、1983
和田光弘『紫煙と帝国―アメリカ南部タバコ植民地の社会と経済』名古屋大学出版会、名古屋、2000
『原典アメリカ史』第1巻、岩波書店、東京、1950

第2章
アンダーヒルと
『アメリカからのニュース』他

小倉　いずみ

1.

　ピーコット戦争は、コネチカット植民地の発展にとり、非常に意味深い戦いである。多くの苦難を経て経営を軌道に乗せたイギリス領北アメリカは、1637年にインディアンの有力部族であるピーコット族と戦争を行なった。実際の戦闘期間は短いが、この戦争はイギリスからの移住者たちが団結してインディアンと戦った最初の戦いである。ピーコット族が居住していたミスティック川一帯はウォリック・パテントの一部であったが、その戦争によりピーコット族が絶滅し、コネチカット植民地の領土が拡大した。イギリスの支配権を大きく広げたピーコット戦争は、アメリカ先住民が先祖伝来の上地を失う端緒となったのである（本章の最後に掲載する「ピーコット戦争に関する年表」を参照）。
　ピーコット戦争（1636-38）には、マサチューセッツ湾植民地、プリマス植民地、コネチカット植民地、ニューヘイヴン植民地が参加したが、特にコネチカット植民地は中心的な役割を果たし、植民地軍の中核をなしていた。その指揮官だったジョン・メイソン（John Mason, 1600頃-1672）と牧師のサミュエル・ストーン（Samuel Stone）は、戦争の勝利に大きく貢献している。この戦争に関しては、ジョン・アンダーヒル (John Underhill) 著『アメリカからのニュース』の中にあるミスティック砦の攻撃の挿絵が有名で、この本が広く普及したため、アンダーヒルが主役のようなイメージがあるが、実際の戦略を練ったメイソンの力量が大である。ピーコット戦争はコネチカット植民地にとっては、大きな賭けであった。この戦争は、植民地創設時に行なわれた最初の大きな戦争であり、フッカーを指導者とするケンブリッジからの移住者たちは、

ハートフォードに移ってきてから1年も経っていなかった。食料も十分ではなく、家もできておらず、植民地政府とは言っても組織はほとんど存在しないに等しかった。移住者たちはイギリスからアメリカに渡航し、ケンブリッジに移って間もなくハートフォードに移住しており、落ち着いた住居を持っていなかった。しかも自分たちが経験したことのない戦争を、全く情報がないインディアンと行なうのである。加えて、戦場はマサチューセッツ湾植民地の管轄のうちにあるのではなく、自分たちが住んでいるコネチカット川流域であったため、ボストンからの援軍は当てにできなかった。マサチューセッツ湾植民地に加えて、プリマス植民地やニューヘイヴン植民地も宣戦布告をしたが、この戦争はウィンスロップが指導したマサチューセッツ湾植民地による戦争ではなく、実際コネチカットの住民が植民地軍を構成していたのであった。

　ここでピーコット戦争以前のインディアンの勢力範囲に注目してみたい。一般的に歴史家はピーコット族を「ピーコット」("Pequot") と呼んでいるが、当時のウィンスロップの記述では「ピーコッドの人々」("Pequods") となっており、「ピーコッド」とも発音される。[1] ウィンスロップの『日記』では一貫してピーコッドとなっている。[2] この絶滅したインディアン部族の名前はハーマン・メルヴィルの小説『白鯨』(*Moby-Dick*, 1851) に登場する船の名前ピーコッド号に使われており、歴史家のオルデン・ヴォーンはメルヴィルが絶滅した悲劇的な部族と捕鯨船を重ね合せていると述べている。[3]

　ピーコット戦争は移住してきた植民者とインディアンの戦いであると同時に、インディアンの部族同士の戦いでもあった。ピーコット族はもともとコネチカット川流域に住んでいたのではなく、武力により進入し、領土を拡大していた。またその武力を背景に近隣の部族から貢物を集めていた。しかし1600年以降オランダ人がニューアムステルダムに入植し、イギリス人が1630年の大移住以降ボストンに入植したため、インディアンの部族のあいだのバランスが崩れた。それゆえ、ピー

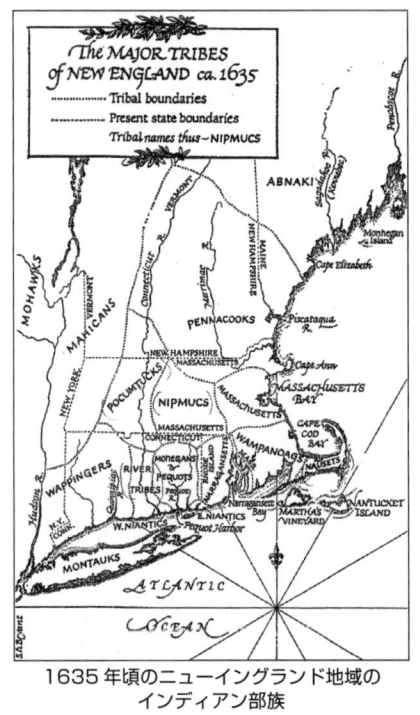

1635年頃のニューイングランド地域の
インディアン部族

コット族の優位も揺らいだ。このため、ピーコット族は西方に位置するオランダ人と条約を締結、友好関係を樹立し、同時にマサチューセッツ湾植民地にも接近していた。[4]

ピーコット族は現在のコネチカット州のニューロンドンに居住しており、東はナラガンセット族（Narragansetts）、西は小さなニアンティック族（Niantics）、北はモヘガン族（Mohegans）に囲まれていた（左図参照）。[5] メイソンの『ピーコット戦争の短い歴史』によれば、特にナラガンセット族、ピーコット族、モヘガン族の3部族で領土争いが激し

かった。また酋長はどの部族も強力で、ナラガンセット族にはミアントノモ（Miantonomo）、ピーコット族にはサソーカス（Sassacus）、モヘガン族にはアンカス（Uncas）がいた。こうした部族たちは支配領域を拡大するために武力を用いたので、仲が良くなかった。ロジャー・ウィリアムズはナラガンセット族と友好関係にあったので、ウィンスロップと文通してナラガンセットとマサチューセッツ湾植民地の協力を成立させる手助けをしたと言われている。このためインディアンの部族間の連携は成立せず、数の上からは植民地政府が圧倒的に有利であった。のちに起きたフィリップ王戦争（1675年6月20日〜25日）はインディアン部族が連合して植民地政府に対抗したため死者が多数出たが、ピーコット戦争は実際の戦闘期間が短く、植民地側の死傷者は少

なかった。

　ピーコット戦争の記録に関しては四つの原典があるが、マサチューセッツ湾植民地軍を指揮したジョン・アンダーヒルが出版した『アメリカからのニュース』が最も有名である。[6] ピーコット戦争についての記述は他にも、フィリップ・ヴィンセントによる『最近ニューイングランドで戦われた戦争の本当の物語』、ライオン・ガーデナーによる『ライオン・ガーデナーのピーコット戦争の物語』、コネチカット植民地軍を指揮したジョン・メイソンによる『ピーコット戦争の短い歴史』がある。[7]

　これらの四つの歴史記録のうち、最初に書かれた記録はヴィンセントによるものである。ヴィンセントは当時ニューイングランドに居住しており、多くの情報を得て執筆している。ボストンに住んでいたらしいが、それ以外のことはわからず、彼がどのような人物であったのかは、不詳である。

　ヴィンセントを除く３人は戦争の当事者である。アンダーヒルはマサチューセッツ湾植民地からピーコット戦争に送られた隊長であり、メイソンはコネチカット植民地から参加した。戦争の経緯については、アンダーヒルとメイソンの著作が詳しいが、これは彼らが実際にミスティック砦の攻撃を行なった指揮官だったからであろう。アンダーヒルの『アメリカからのニュース』と同様に、メイソンの『ピーコット戦争の短い歴史』は具体的で、「ピーコット戦争の縮図と短い歴史」の章では、砦の包囲の様子、砦に火を放ちピーコット族と戦闘した状況、攻撃が終ったあとの退却の困難、援軍の到着の様子などが書かれている。[8]

　ガーデナーはジョン・ウィンスロップ２世がセイブルックからハートフォードに移ったあと、セイブルック砦を守っていた軍人である。彼の『ライオン・ガーデナーのピーコット戦争の物語』の冒頭には、マサチューセッツ湾植民地の総督であったヘンリー・ヴェインとジョン・

第2章 アンダーヒルと『アメリカからのニュース』他

Massachusetts the 4th day
Of the 5th month. 1636

Your louing friends
H Vane. Govr
Jo: Winthrop Dept

ヘンリー・ヴェイン総督とジョン・ウィンスロップ副総督の署名

ウィンスロップの署名が印刷されている（上図「ヘンリー・ヴェイン総督とジョン・ウィンスロップ副総督の署名」を参照）。ピーコット戦争後に、ウィンスロップがこの事件についての叙述をコネチカットに住むガーデナーに依頼したものと思われるが、当時のマサチューセッツ湾植民地とコネチカット植民地の関係の深さを示すものである。マサチューセッツ湾植民地のウィンスロップ家の文書は、コネチカット植民地の総督であった息子のウィンスロップ2世の家でも保存されて、現在に伝わったものらしい。

　数年間にわたって行なわれた戦いのなかで一番重要なものは、ミスティック砦の攻撃である。どの歴史書においても、ミスティック砦の戦闘はクライマックスに当たり、ページ数も多い。この詳細はアンダーヒルの『アメリカからのニュース』では23ページから25ページに書かれ、植民地側の死者は2名と負傷者約20名、ピーコット族の死者は400名で、砦から捕まらずに逃亡できた者は5名といなかったと記述されている。ライオン・ガーデナーはミスティック砦の攻撃には参加していないが、セイブルックの町を建設し、ピーコット族と長い間戦った人物である。彼の『ピーコット戦争の物語』ではピーコット族は300人が殺されたとあり、アンダーヒルの数字に近い。[9] しかし数字に関し

25

ては、ピーコット族の死者は確定した数ではない。というのは、ニューイングランドの植民地連合軍は、戦いのあと、できるだけ早くミスティック砦から脱出することが先決であったため、実際に死者を数えたわけではないからである。しかし現在では、ピーコット族は300人から400人が死亡したという説が有力である。一方植民地側の死者は、アンダーヒルが記しているように、二名とされている。[10] この二名という数字は、メイソンの『ピーコット戦争の短い歴史』にも記されている。[11]

　フィリップ・ヴィンセントは、植民地側の死者は16名、ピーコット族側は700名と推定しているが、これはジョン・メイソンの数字の「600人から700人」("six or seven Hundred")[12] と同じである。しかしヴィンセントは戦争に行ったわけではなく、メイソンははるかのちに記録を書いたので、歴史家は数を誇張しているのではないかと考えている。[13]

　歴史解説としては、1933年にコネチカット植民地の創設300年を記念して、300周年記念委員会によって、ハワード・ブラッドストリートによる論文『ピーコット戦争の物語、再考』がイェール大学出版部から出された。[14] これは32ページの論文だが、ピーコット戦争前後の白人とインディアンの抗争を含んでおり、バランスの取れた読み物となっている。しかし原典ではないので、その情報源を確認することは必要であろう。

2.

　ジョン・ストーン殺人事件（1633）は、ピーコット戦争の契機となった。ピーコット戦争が実際行なわれたのは1637年の4月から5月にかけてであったが、インディアンとの対立は既に34年から始まっていた。事の起こりは1633年春にジョン・ストーン（John Stone）とウォルター・ノートン（Walter Norton）に加えて、他7名が殺されたことにあった。[15] このあと10月にピーコット族は和平のための使者を送り、11月1日に和平が成立した。この条件は、二人のインディアン犯人の引き渡しと

400 ファズム（1 ファズムは 6 フィートのため、2,400 フィート [720 メートル]）のワンパム (wampum：貝殻に穴をあけて数珠つなぎにしたもので、通貨として用いられた) による賠償金の支払い、ビーバー皮 40 枚、オッター皮 30 枚の譲渡をマサチューセッツ湾植民地に対して行なうことであった。この賠償金の支払いは莫大で、おそらくピーコット族は実行できなかったと思われる。

　ジョン・ストーンが殺された事件を巡っては、歴史家の解釈が大きく異なる。[16] ストーンの素性についての憶測にはあまり良いものはない。酒飲みで女好きで、言葉は神を冒涜し、密輸や略奪を行なうなど性格に問題があったとの記述があり、マサチューセッツ湾植民地は彼の名誉回復に関心がなかったという従来の解釈が繰り返される一方で、[17] 修正史家のフランシス・ジェニングズ（Francis Jennings）は、戦争はマサチューセッツ湾植民地側による侵略であるという解釈をしており、この事件を利用して同植民地は戦争に打って出て、領土を拡大しようとする野心を抱いていたと主張する。[18]

　しかし従来の資料の分析において見逃された部分は、オランダの存在という点である。一般的に殺人事件が起きると、マサチューセッツ湾植民地とインディアンという二つの当事者を考えてしまうが、歴史家のアルフレッド・ケイブは、当時の勢力範囲内にオランダの存在があったことを忘れてはならないと指摘する。またインディアンも、ピーコット族だけがクローズアップされているが、ニアンティック族がおり、ジョン・メイソンの記録はストーンを殺したのはウェスト・ニアンティック族だと述べている。[19] したがって殺していないピーコット族が犯人を引渡せるわけはなく、賠償金の支払いの必要もなかったと言う。

　1630 年代にはコネチカット川には次々とイギリス人が入ってきた。それ以前にオランダ人がニューアムステルダムから毛皮貿易のため、探検に入っていたが、マサチューセッツ湾植民地が創設されると、多く

のイギリス人がさらに加わったのである。プリマス植民地から1632年にエドワード・ウィンズロー（Edward Winslow）が探検にきており、翌1633年の秋にはホームズ隊長（Captain Holmes）がコネチカットのウィンザーに貿易の拠点を作っていた。また既に入植していたジョン・ウィンスロップ2世は、35年、ライオン・ガーデナーに命じて河口にセイブルック砦を建設させている。[20]

オランダは急速に拡大するイギリス人の勢力に驚き、これを抑えるためにハートフォードに希望の家（House of Good Hope）という貿易基地を建設し、ピーコット族にこの基地を使用する権利を与えた。1633年6月18日に結ばれた条約には、同時に、オランダはすべてのインディアン部族と交易するという内容が含まれていた。しかし部族同士の戦いでナラガンセット族のインディアンが殺されたため、ピーコット族とオランダの関係は悪化してしまった。[21]

こうした中でストーン事件が起きたため、ピーコット族はマサチューセッツ湾植民地との友好関係を維持するのに腐心した、とケイブは解釈している。しかしストーンがニアンティック族によって殺されたとするメイソンの推測は、マサチューセッツでは受け入れられていない。アンダーヒルの記録やウィンスロップの『日記』に、ピーコット族がストーン殺人の責任を認めた旨の記載があるためである。[22]

ジョン・オルダム殺人事件（1636）もインディアンとの緊張関係を高めた。1636年7月にジョン・オルダム（John Oldham）がブロック島にあるボート内で死亡しているのが発見された。オルダムは、少年二人とインディアン二人を連れて、ピーコット族と取引をしていたが、殺された。ピーコット族によって隠蔽されそうになったこの事件を、ボストンに伝えたのはジョン・ギャロップ（John Gallop）であった。この事件もピーコット族によるものとマサチューセッツ湾植民地で解釈されたが、犯人が見つかっていないため、未解決のままである。歴史家のあいだではオルダムを殺したのは、ブロック島のインディアン

であってピーコット族ではない、との解釈が一般的である。[23]

オルダムは1629年にフェルディナンド・ゴージス卿の息子の代理人として記録に現われる人物である。[24] この1629年はウィンスロップの大移住より前であり、「ニューイングランドのマサチューセッツ湾会社と総督の古い記録」にオルダムの名前が記載されていることから、彼が古くから新世界に移住していたことが分かる。また彼は「エンディコットと協議会への会社からの最初の一般的な指示文書」にも登場し、マサチューセッツ湾植民地政府に対して、ゴージス卿が所有する土地の返還を要求している。植民地政府は、ゴージス卿の土地の返還要求について、オルダムに対応するには「不適切」("unfit for us to deal with")[25]と判断した。しかしオルダムは荒野のごろつきではなく、インディアンとビーバー皮の取引を行なう業者であり、正式なマサチューセッツ湾植民地の公民であり、ウォータータウンの入植者の一人であった。1632年に彼はウォータータウンから選出された二人の代議員の一人となり、34年の植民地総会議に出席したウォータータウン代表の3人のうちの一人でもあった。

公民であるオルダムを殺した下手人が見つからず、賠償金としてピーコット族に要求した1,000ファズムのワンパムも支払われなかった。[26]このワンパムの支払いはジョン・ストーン事件の賠償金よりも多かった。この事件も解決しなかったので、マサチューセッツ湾植民地政府は部隊を送ることを決定した。8月下旬にジョン・エンディコットは兵を率いて、コネチカット植民地にあるミスティック川が大西洋に流れ込む河口から、沖合に浮かぶブロック島に上陸した。エンディコットは9月にかけて断続的にピーコット族と戦った。このあとエンディコットは対岸のセイブルックにピーコット族を追跡した。砦を守るライオン・ガーデナーはインディアンを刺激しないようにと助言したが、エンディコットが進軍を止めなかったため、セイブルック砦はピーコット族からの攻撃の的となってしまった。

ピーコット族はイギリス人に対抗するインディアンの勢力を結集するため、隣のナラガンセット族と同盟を結び、インディアン連盟（Indian Confederacy）の結成を目指した。しかしこの同盟の動きを察知したマサチューセッツ湾植民地の執政官は、ナラガンセット族から土地を購入したロード・アイランド植民地のロジャー・ウィリアムズに書簡を送った。ロジャー・ウィリアムズはミアントノモに会いに行った様子を以下のように記している。

　ボストンの総督と協議会から受けた書簡は、私に最大かつ迅速な努力をして、ピーコット族とモヘガン族、ピーコット族と英国人の同盟を破壊し、妨害するよう要請していた。主はすぐに私の手に命を与えてくださった。私は妻にも知らせることなく、たった一人でみすぼらしいカヌーに乗り、嵐の風の中を大海へと漕ぎ出した。生命の危険は常にあったが、酋長の家に着いたのである。

　Upon letters received from Governor and Council at Boston, requesting me to use my utmost and speediest endeavors to break and hinder the league labored for by the Pequots against the Mohegans, and Pequots against the English... the Lord helped me immediately to put my life into my hand, and scarce acquainting my wife, to ship myself, all alone, in a poor canoe, and to cut through a stormy wind, with great seas, every minute in hazard of life, to the sachem's house. [27]

ロジャー・ウィリアムズの尽力で、ナラガンセット族のミアントノモはマサチューセッツ湾植民地側に味方し、ピーコット族とナラガンセット族の同盟は成立しなかった。しかしこのインディアン部族による同盟の動きは、のちのフィリップ王戦争では大きな勢いとなって、ニューイングランドの植民地を襲うのである。

第2章 アンダーヒルと『アメリカからのニュース』他

　一方、ピーコット族は植民者への攻撃を激化させた。セイブルック砦への攻撃を開始し、プリマス植民地側の川沿いを占領した。またコネチカット川を航行する船への攻撃を行ない、ウェザーズフィールドを攻撃した。殺人事件はさらに続き、1636年から37年にかけての冬に、ピーコット族は6人を殺した。[28] 1637年2月にはコネチカット植民地のライオン・ガーデナーがインディアンに捕まったが、運良く脱出することができた。ガーデナーはコネチカット植民地の総督であるウィンスロップ2世に対し、ピーコット族との戦争に打って出るよう進言した。[29]

　この頃までにはニューイングランドの植民地は、インディアンの存在に大きな脅威を感じ始めていた。1637年4月18日に、マサチューセッツ湾植民地総会議はピーコット族との戦争を宣言した。4月23日ウェザーズフィールドで農作業をしていた男性6人と女性3人が殺害され、女性二人が捕えられた。[30] ウェザーズフィールド襲撃の帰りにピーコット族はセイブルック砦を通っているが、砦はピーコット族のカヌーから遠過ぎて、彼女たちを救助することもできなかった。砦の牧師だったジョン・ヒギンソン（John Higginson, セイラムの牧師フランシス・ヒギンソンの息子）はジョン・ウィンスロップに手紙を送り、戦争が差し迫っていると警告している。[31]

　ウェザーズフィールド襲撃の時にピーコット族に連れ去られたイギリス人の女性は、ニューアムステルダムに本拠を置くオランダの尽力で返還された。オランダ植民地政府はピーコット族の人質と引き換えに、これらの女性の返還を要求し、二人を安全にコネチカット植民地政府に帰したのである。[32] 幸運なことに、この女性二人がピーコット族と一緒だったおかげで、メイソンはピーコット族部内の貴重な情報を得ることになる。この事件によって2週間後の1637年5月1日コネチカット植民地政府も宣戦布告して、ピーコット戦争が始まったのである。

3.

　戦争において食料補給路（兵站学：へいたんがく logistics）は大変重要である。コネチカット植民地政府が優れていたのは、宣戦布告時に徴兵と食料調達を完璧に行なったことである。植民地政府はプランテーションごとに徴兵する人数を決定した。コネチカットではまだ植民地が確立していなかったので、入植した地域をタウンとは呼ばず、プランテーションと呼んでいた。植民地政府はプランテーションごとに兵士と食料の割り当てを行ない、ハートフォードに42人、ウィンザーに20人、ウェザーズフィールドに18人をそれぞれ派遣軍に出すように命じた。食料に関しては詳細に指示され、軍全体として必要な食料は、ビール大樽63ガロン（1ガロンは約3.8リットルのため、239.4リットル）、アルコール度の高い飲み物4ガロン、サックワイン（辛口の白ワイン）2ガロンが準備された。[33] トウモロコシはウィンザーに60ブシェル（1ブシェルは35リットルのため、2100リットル）、ハートフォードに84ブシェル、ウェザーズフィールドに36ブシェルが要求され、さらに料理方法まで指定され、半分はビスケットに焼き、残りの半分は粉状の食料とするよう命じられた。この他にも、スエット（suet, 牛の脂肪）27ガロン、バター18ガロン、オートミール2ブシェル、エンドウ豆2ブシェル、魚類500尾、塩2ブシェル、豚肉50切れ、米30ポンド、チーズ4箱などを提供するよう指示された。また火薬についても、兵士一人につき、弾薬（powder）1ポンド、散弾（shot）4ポンド、銃弾（bullet）20個を所持するよう命令された。[34]

　このように戦争の準備は着々と進められた。植民地創設から1年目で具体的な食料調達ができたことは、コネチカット植民地が荒野の中でかなり完成された政府を持っていたことを意味する。また人々が戦争の経験はなくても、イギリスからケンブリッジ、さらにハートフォードと短期間に移住していたため、何もない荒野に移り住んでゼロから生活をするための準備の仕方や食料の調達方法を身につけていたこと

が、役に立ったのかも知れない。

　ミスティック砦への攻撃は、この戦争の山場となった。プリマス植民地からはマイルズ・スタンディッシュが、マサチューセッツ湾植民地からはエンディコットとジョン・アンダーヒルが指揮官として送られた。またボストン教会のジョン・ウィルソン牧師（1588?-1667）は、戦争が終ったあとに彼らに合流している。またイスラエル・ストートン（Israel Stoughton）がボストンから120人の部隊を率いて合流したのは、2週間後であった。コネチカット植民地からはジョン・メイソンが指揮官として参加し、ハートフォード教会のサミュエル・ストーン（1602-1663）が牧師として従軍した。

　メイソンに万が一のことがあった場合に備えて、副官にロバート・シーリー（Robert Seely）が任命された。この二人とも死亡した時は、年長者の将校が全軍を率いることにした。一方インディアン側の協力としては、ピーコット族の居住地の北側に隣接するモヘガン族の首長アンカスが植民地側に味方し、メイソンに従った。

　1637年5月10日、コネチカット植民地軍のメイソンとアンカスは、ハートフォードを出発した。彼らはコネチカット川を船で下り、セイブルック砦に向かった。ここからアンカスのインディアン部隊は陸路でミスティック砦を目指すことになった。砦の責任者のガーデナーはアンカスが白人側の味方であるか否かを試すため、前日森に逃走したピーコット族のインディアンを捕らえるよう彼アンカスに指示した。彼は5人のピーコット族を殺して、ガーデナーの信頼を得、褒賞として15ヤードの布地をもらった。布を褒美として与えられることは今日の私たちには安価な印象を与えるが、インディアンは布をまとうという文化を持っていなかったので、機織の布地や裁縫の技術を得ることは彼らにとって新しい経験であり、白人から得られる貴重な財産であった。[35]

またミスティック砦の攻撃では、敵のピーコット族と応援部隊のインディアンを区別するため、味方のナラガンセット族とモヘガン族のインディアンにはイギリス人の服を着させたとアンダーヒルが述べている。

　私たちには通訳として働いたインディアンがいた。英国人の洋服を着て、手には銃を持っていたので、島の人々［ピーコット族］に、お前はインディアンかそれとも英国人かと言われ、疑いの目で見られた。
　We had an Indian with that was an interpreter; being in English Clothes, and a gun in his hand, was spied by the islanders, which called out to him, What are you, an Indian or an Englishman? [36]

　またインディアンのあいだではイギリス人の格好をして、銃を装備している者は恐れられた、と歴史家のアン・リトルは述べている。[37]
　一方、メイソンは、セイブルック砦で自分の部隊の20人の兵士をハートフォードに帰し、アンダーヒルが連れてきたマサチューセッツ湾植民地軍の熟練した兵士を代わりに入れた。こうして戦線離脱した兵士たちがハートフォードに帰って、この戦争の状況を伝えたため、トマス・フッカーがウィンスロップに窮状を訴えたと言われている。[38] またメイソンがセイブルック砦にいた時、記述のようにピーコット族の人質となっていた二人の女性が解放され、同族の内部の情報がもたらされたのである。ピーコット族は銃を16丁所持していたが、弾薬はほとんどないこと、メイソンが海路で攻めてくることを予測して多くのインディアン兵士が見張りについていること、などが彼メイソンに知らされた。このため彼は、海路でミスティック砦に上陸する計画を変更し、ナラガンセット湾まで行って、陸路で同砦に戻ってくるという戦略を立てた。

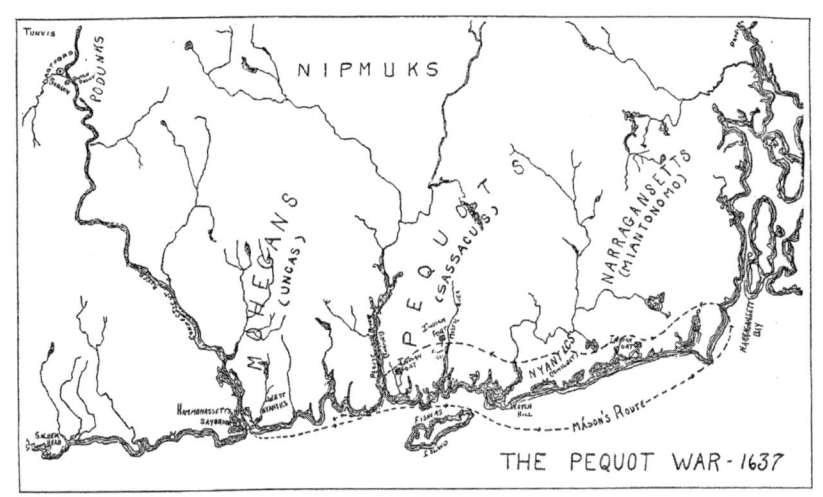

セイブルックからミスティック砦にいたるメイソン軍のルート

　5月19日に植民地連合軍はセイブルックからナラガンセット湾に向けて、海路で移動した（上図「セイブルックからミスティック砦にいたるメイソン軍のルート」を参照）。これは距離的にはかなり遠回りになる。しかしメイソンの計画の第一の理由は、ピーコット族が予想していた西からの進路の裏をかくことであり、第二はナラガンセット族のミアントノモに会い、助力を依頼することであった。ロジャー・ウィリアムズから連絡を受けていた酋長のミアントノモはメイソンを歓迎し、助力を申し出た。こうして植民地軍は、予想された動きとは反対の東側から、ナラガンセット族の道案内を得て、秘かに陸路で進軍した。メイソンとアンダーヒルを指揮官とする植民地軍は、二日かけてピーコット湾と呼ばれた入り江にあるピーコット族の酋長サソーカスが住むミスティック砦に到着した（36頁の図「ミスティック砦への攻撃」を参照）。
　植民地軍がピーコット族の住むミスティック砦に着いたのは5月25日であった。メイソンとアンダーヒルは軍を二つに分割し、26日金曜日の早朝に攻撃を始めた。ミスティック砦は二か所あり、攻撃の時に酋長のサソーカスは数マイル上流の砦におり、下流にあった砦が攻撃

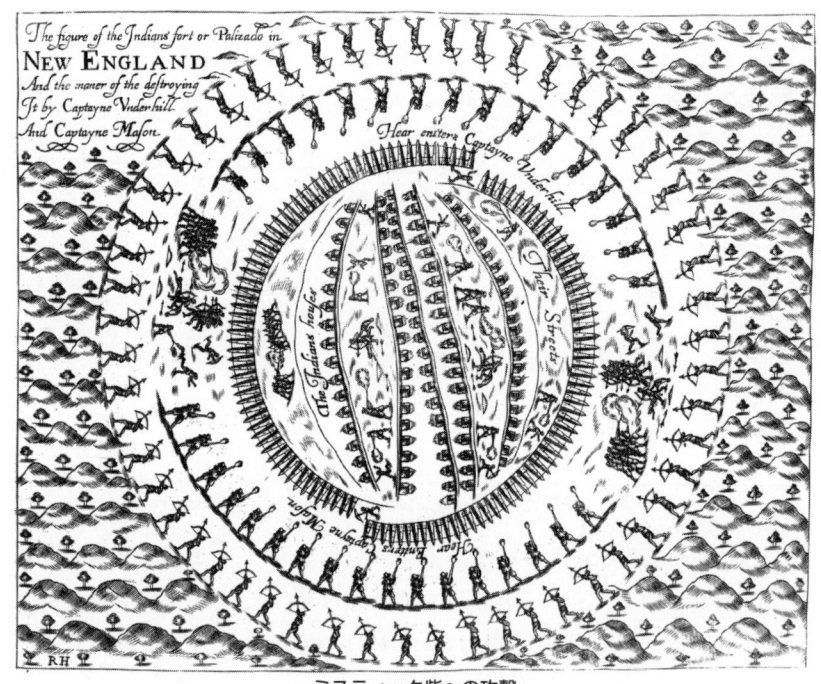

ミスティック砦への攻撃

されていることに気づかなかった。ピーコット族の下流の砦は、アンダーヒル隊長とメイソン隊長の軍に包囲され、さらにその外側には植民地軍に加わったナラガンセット族やモヘガン族が配置され、彼らは逃亡してきたピーコット族を捕えることを任務としていた。メイソン軍はピーコット族の兵士と戦闘をして砦を奪い、彼らを捕虜とすることは不可能と判断し、包囲した砦に火をつけたのである。

　　それから彼（メイソン）は自分が入って行った西側に火をつけた。私（アンダーヒル）は一連の火薬を使って南側の端に火をつけた。両側からの火が砦の中央でいっしょになり、特にひどく燃え上がり、30分ですべてを焼き尽くした。…砦の中にいた多くのものが焼死し

た。男たち、女も子どもも死んだ。焼け出された他の者たちは群れをなしてインディアンの方へ飛び込んできた。一度に20人や30人はいた。それを私たちの兵士が迎え撃ち、剣の先で突き刺した。男たち、女や子どもたちが次々と倒れた。私たちの手を逃れた者は私たちの後ろに控えたインディアンの手のなかに落ちた。

　Then he set fire on the west side, where he entered; myself set fire on the south end with a train of powder. The fires of both meeting the centre of the fort, blazed most terribly, and burnt all in the space of half an hour. … Many were burnt in the fort, both men, women, and children. Others forced out, and came in troops to the Indians, twenty and thirty at a time, which our soldiers received and entertained with the point of the sword. Down fell men, women, and children; those that escaped us, fell into the hands of the Indians that were in the rear of us.[39]

この戦争はピーコット族をほぼ全滅させた。メイソンはこの攻撃の様子を「火がついたオーブン」("a fiery Oven")[40]のようだったと形容している。そして住んでいた女性や子供まで巻き添えにしたその残虐な皆殺しは、歴史に汚点を残した。[41] アンダーヒルはその戦いを評して、「余りにも残酷で、余りにも多くの人を殺し」("it is too furious, and slays too many men")、[42] キリスト教徒たるものはもっと慈悲と憐れみを持つべきではなかったのかと問うている。

　ピーコット戦争の戦後処理は、迅速に行なわれた。ミスティック砦の攻撃が終っても、メイソンたちの植民地軍は敵地の真っ只中にいた。サソーカスと上流にいる300人のピーコット族の兵士は生きていた。しかし幸運なことに、メイソンの部隊は、ピーコット湾に入ってきたマサチューセッツ湾植民地から派遣されたパトリック隊長（Captain Patrick）のボートに救助され、セイブルック砦に逃れたのである。

このミスティック砦の戦いで酋長のサソーカスは逃がれ、はるか遠くのハドソン川流域に住むモホーク族のところまで行き着いたが、8月に殺された。ピーコット族はもともとコネチカット川流域に侵略してきた部族であったから、ミスティック砦で敗北したのちは、この地を去り、北部に逃走したのである。しかし生き残ったピーコット族には女性や子どもがいたので、彼らが逃亡するには時間がかかり過ぎ、食料もなかった。戦争の事後処理を扱った最近の研究によると、イスラエル・ストートンはピーコット族の男性を処刑したが、81人の女性と子どもが生き残り、50名近くを捕虜にしたという。[43] また戦争後にピーコット族を追う植民地軍は、沼地に隠れる彼らを捕まえるために遠征を行なった。沼地の戦いで、植民地軍将校のトマス・スタントン（Thomas Stanton）はピーコット族の中に入ってゆき、降伏するよう説得した。この結果、同族のインディアン180名が降伏した。さらにパトリック隊長がボストンに帰る際に、80名の捕虜を連れていたとフィリップ・ヴィンセントは記している。[44] こうして植民地軍側が300人近い捕虜を得て、ピーコット戦争は1637年7月13日に終了した。

4.
　翌年1638年9月21日のハートフォード条約で、ピーコット族はもとの居住地に住むことやピーコットの名前を使用することを禁止され、絶滅を宣言された。ジョン・メイソンは、約180人の生き残りのピーコット族はモヘガン族のアンカスに80名、ナラガンセット族のミアントノモに80名、ニニグレットに20名与えられたと書いているが、[45] この数字は定かではない。最近の研究では捕虜の数はもっと多かったのではないかと指摘されており、マイケル・フィクスが、約300人の捕虜はボストンに連れてこられ、家庭内の労働をする召使として使用されたと述べている。[46] 女性が極端に少なかった当時、女性は重労働の仕事に追いまくられ、洗濯や食事の準備は言うに及ばず、家畜の食肉の処理

までしていた。自然の中で自由な生活をしていたピーコット族の女性は、こうした重労働の生活になじまず、近隣のナラガンセット族に逃亡した。かつては敵だったナラガンセット族であっても、逃亡したピーコット族は慣れ親しんだインディアンとの生活のほうを選んだのである。[47]

　ピーコット戦争を扱った記録は、すべてミスティック砦の攻撃をクライマックスとして終っているが、コネチカット植民地創設300周年記念委員会が出版したブラッドストリートの論文は、戦後のコネチカット植民地の動きを描写している。インディアンからの襲撃を防ぐ防衛の点から、コネチカット植民地のすべての男性は武器を所持することを要求され、ハートフォードなどタウンごとに弾薬の量が規定された。またこの論文は、メイソンを始めとするコネチカット軍の兵士たちへの恩賞を記していて、興味深い。[48] メイソンは戦争後、コネチカット植民地軍の指揮官（public military officer）に任命され、年収40ポンドが支払われた。さらにメイソンは1642年1月にピーコット族の領土であった地域に500エーカーの土地を与えられた。また彼の兵士たちに対しても、500エーカーが与えられ、牧師だったサミュエル・ストーンには500エーカーの土地が、彼の未亡人と子息にも50エーカーが与えられた。ピーコット戦争はニューイングランド地域の四つのイギリス領植民地によって戦われたが、戦後どの植民地が一番戦争に貢献したかが議論になっている。おそらくマサチューセッツ湾植民地とコネチカット植民地が最有力であることに異論はないと思われるが、興味深いことに、コネチカット植民地は、マサチューセッツに対抗して、強く自分たちの犠牲と貢献の多さを主張した。マサチューセッツ湾植民地の圧倒的な影響力のもとで、自分たちの存在感が薄れると感じたコネチカット植民地は、植民地創設300周年を記念する論文にも見られるように、明確にこの点を指摘している。

　その論文『ピーコット戦争の物語、再考』の中で、ハワード・ブラッ

ドストリートは、ピーコット戦争はコネチカット植民地が行なった戦争である、と断言している。マサチューセッツ湾植民地のアンダーヒル軍からの助力は20名に過ぎず、彼らの助力は大きなものではないと主張する。またメイソンたちをミスティック砦から救い出したマサチューセッツ湾植民地のパトリック隊長は、戦いには参加していない。さらにイスラエル・ストートンが到着したのは戦いの二週間後である。コネチカット植民地の人々は、この戦争は自分たちの勝利だと思っていた。トマス・フッカーは1638年にウィンスロップに送った書簡の中で、ボストンの人々がコネチカットについて侮辱する言葉を発したことに抗議している。

> ああ、可愛そうな早まった人々よ。彼ら（コネチカット植民地）は異教徒との戦争に大急ぎで突入した。もし私たち（マサチューセッツ湾植民地）が何百回となく多くの攻撃をして、彼らを救出しなければ、彼らは完全に絶滅していたであろう。あなたもご存知のすべてのことを考慮しても、これは正しい判断ではない。なぜならば私たちは急いで戦争に訴えたのではないからだ。また主が自身で、同胞たちが来る前に、私たちを救出してくださったのである。
> Alas, poor rash-headed creatures, they rushed themselves into a war with the heathen, and, had not we rescued them, at so many hundred charges, they had been utterly undone. In all which as you know there is not true sentence; for we did not rush into the war; and the Lord himself did rescue, before friends. [49]

歴史家のデンホームは、コネチカット植民地とマサチューセッツ湾植民地のあいだに存在した様々な「さや当て」(bitterness) の一例として、ピーコット戦争の勝利を挙げている。コネチカットから見れば、ピーコット戦争はコネチカット植民地による勝利であり、マサチューセッ

ツ湾植民地は「雑巾がけの片付け仕事」("mopping-up operations")[50]に来ただけだ、と言うのである。

こうしてニューイングランドに住むインディアンの強力な三部族のうち、ピーコット族がまず消滅し、その後1643年9月にナラガンセット族の酋長ミアントノモがモヘガン族の酋長アンカスにより殺された。[51] 一方、白人の側でもコネチカット植民地とマサチューセッツ湾植民地とのあいだで、ピーコット族が占有していた土地の所有権を巡って紛争が起きたが、最終的にイギリス国王によりピーコット族の領土はコネチカット植民地に与えられ、ピーコットの本拠地であったミスティック砦はニューロンドンと改称された。ピーコット戦争により、ニューイングランドの強力なインディアンの部族は絶滅し、マサチューセッツ湾植民地を中心とするイギリス領植民地は大きく南下した。ニューアムステルダムと境界を接するほど領土を拡大する足がかりを作ったのである。

ピーコット戦争のあとに行なわれたフィリップ王戦争の折、インディアンに囚われたメアリー・ローランドソン（Mary Rowlandson）の残した記録『メアリー・ローランドソンの捕囚と奪回の物語』（1682）も注目に値する文献である。1675年2月10日に彼女が住んでいた村ランカスターがインディアンの一団に襲撃された。村は焼かれ、人々は虐殺され、或いは捕虜となった。囚われるよりは死にたいと常々考えていたメアリーも、生きるため、インディアンたちに連行されることを選んだ。

彼女は最後には生還するが、彼らインディアンたちとしばらく行動を共にしたあいだの生々しい記録を今日に残してくれた。何度も移動を重ねながら、負傷した赤ん坊をほどなく失ったことや冷たい水だけでのひもじさの中の苦しい移動のさま、フィリップ王（King Philip）に会ったこと、インディアンたちに帽子やストッキングなどを作ってやり、代わりに食物をもらったりしたことなどを含め、インディアン

社会の見聞記を残したのである。メアリーは、最後には生き残った家族たちと再会している。全篇ピューリタン精神や神の御業への言及などに貫かれている。彼女のこの記録は、今日、植民地時代研究の極めて貴重な資料の一つとなっている。

ピーコット戦争に関する年表

ピーコット戦争はコネチカット川流域の支配権を巡るイギリス人植民地とピーコット族との戦いである。ピーコット族は征服によって土地を入手し、周辺の部族に貢物を要求した。オランダとイギリスが入植したため、勢力のバランスが崩れ、ピーコット族はオランダとは条約により友好関係を持とうとした。またマサチューセッツ湾植民地に対しても友好関係を求めたが、事件が多発して戦争となった。

1633	・ (CT コネチカット) 春　ジョン・ストーン（John Stone）とウォルター・ノートン（Walter Norton）他7名が殺される ・ 10月ピーコット族、和平のための使者を送る ・ 11月1日和平の成立。2人のインディアン犯人の引き渡しと400ファズム（fathom, 1ファズムは6フィート [feet]）のワンパム（wampum）による賠償金の支払い、ビーバー皮40、オッター皮30を決定
1635	・ ウィンスロップII世、ライオン・ガーデナー（Lion Gardiner）にセイブルックに砦を建設するよう命令する
1636	・ 7月ブロック島（Block Island）近くのボートでジョン・オルダム（John Oldham）の死亡を確認する。ジョン・ギャロップ（John Gallop）がボストンに事件を通報する ・ マサチューセッツ湾植民地政府はこれに抗議したが、ピーコット族は攻撃を強化（ピーコット族によるセイブルック砦への攻撃、ピーコット湾のプリマス側の岸への攻撃、コネチカット川を航行する船に対する攻撃） ・ 8月下旬ジョン・エンディコット（John Endicott）、ブロック島に上陸。9月にかけて戦う。 ・ ロジャー・ウィリアムズの尽力で、ナラガンセット族のミアントノモはマサチューセッツ側に味方し、ピーコット族とナラガンセット族との同盟は成立せず

1637	・2月ライオン・ガーデナー、インディアンに捕まるが、脱出する
	・4月18日マサチューセッツ湾植民地総会議、ピーコット族との戦争を宣言
	・4月23日ピーコット族、ウェザーズフィールド（Wethersfield）で6人の男性、3人の女性を殺害。2人の女子を連れ去る（この女子はオランダにより返還される）
	・5月1日コネチカット植民地政府も宣戦布告
	・プリマスからの指揮官はマイルズ・スタンディッシュ（Miles Standish）、マサチューセッツ軍はジョン・エンディコットとジョン・アンダーヒル（John Underhill）が指揮した。コネチカットはジョン・メイソン（John Mason）と牧師サミュエル・ストーン（Samuel Stone）が参戦。モヘガン族のアンカス酋長（Chief Uncas）は白人側に味方し、メイソンに従う
	・5月10日ハートフォード出発
	・5月19日セイブルック（Saybrook）からナラガンセット（Narragansett）湾に海路移動。ミアントノモに会い、助力を依頼。ピーコット湾にある酋長サソーカス（Sassacus）の砦を目指す
	・5月25日メイソンとアンダーヒルを指揮官として、ピーコット族の村へ進攻
	・5月26日（マサチューセッツ湾植民地総会議 [General Court] 開会前日）早朝攻撃始まる。酋長のサソーカスは逃亡したが、8月にモホーク（Mohawk）族に殺される
1638	・9月21日ハートフォード条約。ピーコット族は絶滅を宣言される。生き残りのピーコット族はモヘガン族のアンカスへ80名、ナラガンセット族のミアントノモに80人与えられる
	・マサチューセッツとコネチカットのあいだでピーコット族の土地の所有権を巡り紛争。最終的に国王によりコネチカットに与えられる。ピーコットの本拠地はニューロンドン（New London）と改称

注

1. John Winthrop, *A Short Story*, David D. Hall ed., *The Antinomian Controversy, 1636-1638, A Documentary History* (Durham: Duke Univ. Press, 1990), p. 253.
2. John Winthrop, *The History of New England from 1630 to 1649* (1825; reprint, Ayer Company, Publishers, Inc., 1992), 1:197; *The Journal of John Winthrop 1630-1649*, ed. by Richard Dunn, James Savage and Laetitia Yeandle (Harward Univ. Press, 1996), p. 189.

3. Alden T. Vaughan, *New England Frontier*, (Univ. of Oklahoma Press, 1995) p. 122.
4. Andrew Denholm, *Thomas Hooker: Puritan Preacher, 1586-1647* (Ph.D Dissertation, HartfordSeminary Foundation, 1961), p. 103.
5. Howard Bradstreet, *The Story of the War with the Pequots, Re-Told*, Tercentenary Commission of the State of Connecticut (Yale Univ. Press, 1933), p. 2.
6. Captaine John Underhill, *News From America; or, A New and Experimentall Dicscoverie of New England; containing, A True Relation of Their War-like proceedings these two yeares last past, with a Figure of the Indian Fort, or Palizado* (London, 1638), *Collections of Massachusetts Historical Society*, 3rd Ser., Vol. 6 (1837), pp. 1-28.
7. Philip Vincent, "P[hilip]. Vincent's History of the Pequot War," or "A True Relation of The late Battell fought in *New-England*, between the English and the Pequet Salvages" (London, 1638), in *Collections of Massachusetts Historical Society*, 3rd Ser., Vol. 6 (1837), pp. 30-43. 原典にある題名は、二つ目の"A True Relation of The late Battell…"だが、歴史家の間では通例第一の題名"P. Vincent's History of the Pequot War"が使用されている。Lion Gardener, "Leift Lion Gardener His Relation of the Pequot Warres," *Collections of MHS*, 3rd Ser., vol. 3 (1833), pp. 131-160; Major John Mason, "A Brief History of the Pequot War," *Collections of MHS*, 2nd Ser., Vol. 8 (1819), pp. 120-153.
8. John Mason, "An Epitome or brief History of the Pequot War." "A Brief History of the Pequot War," pp. 133-151. この章は、"Introduction," "To the Honourable The General Court of Connecticut," "To The American Reader," "To the Judicious Reader," "Some Grounds of the War Against the Pequots" の短い章が続いたあとに書かれている『ピーコット戦争の短い歴史』の一番重要な章である。
9. Lion Gardener, "Leift Lion Gardener His Relation of the Pequot Warres," pp. 149-150.
10. Andrew Lipman, "'A meanes to knitt them togeather': The Exchange of Body Parts in the Pequot War," *WMQ* 65 (2008), p. 19fn. リップマンは当時の戦争の過酷さを、この論文で分析している。Cf. Lipman, pp. 3-28.
11. John Mason, "A Brief History of the Pequot War," p. 141.
12. Ibid., p. 141.
13. Andrew Lipman, "'A meanes to knitt them togeather'," p. 19fn.
14. Howard Bradstreet, *The Story of the War with the Pequots, Re-Told*, pp. 1-32.
15. この歴史はオルデン・ヴォーンの解説が詳しい。Alden T. Vaughan, *New England Frontier*, especially Chapter V, "The Pequot War, 1637," pp. 122-154.

16. Alfred A. Cave, "Who Killed John Stone?: A Note on the Origins of the Pequot War," *WMQ* 49 (1992), pp. 509-521.
17. Ibid., p. 517.
18. Francis P. Jennings, *The Invasion of America: Indians, Colonialism, and the Cant of Conquest* (1976), pp. 177-227.
19. Alfred A. Cave, "Who Killed John Stone?," pp. 510-512.
20. Howard Bradstreet, *The Story of the War with the Pequots, Re-Told*, pp. 5, 7.
21. Alfred A. Cave, "Who Killed John Stone?," p. 512.
22. Alfred A. Cave, "Who Killed John Stone?," p. 514; John Winthrop, *The History of New England*, 1:138-140.
23. Alfred A. Cave, "Who Killed John Stone?," p. 511, footnote 7. 歴史家のスティーフン・カッツは1991年の論文でピーコット戦争に関する新しい論議を引き起こしたが、アルフレッド・ケイブはカッツがストーン殺人事件とオルダム殺人事件をピーコット族によるものだと解釈したことに対して、二次資料に依存しており、信用できないと反論している。Cf. Steven T. Katz, "The Pequot War Reconsidered," *NEQ* 64 (1991), p. 208.
24. "The Original Records of the Governor and Company of the Massachusetts Bay in New England," Alexander Young ed., *Chronicles of the First Planters of the Colony of Massachusetts Bay, from 1623 to 1636* (Boston: Charles Little and James Brown, 1846), p 69.
25. "The Company's First General Letter of Instructions to Endicott and His Council," Alexander Young ed., *Chronicles of the First Planters of the Colony of Massachusetts Bay, from 1623 to 1636*, p. 147.
26. Howard Bradstreet, *The Story of the War with the Pequots, Re-Told*, p. 8.
27. Howard Bradstreet, *The Story of the War with the Pequots, Re-Told*, pp. 9-10.
28. John Mason, "A Brief History of the Pequot War," p. 132.
29. Andrew Denholm, *Thomas Hooker: Puritan Preacher, 1586-1647*, p. 105.
30. John Mason, "A Brief History of the Pequot War," p. 132.
31. Howard Bradstreet, *The Story of the War with the Pequots, Re-Told*, pp. 10-11.
32. Andrew Denholm, *Thomas Hooker: Puritan Preacher, 1586-1647*, pp. 105-106.
33. Howard Bradstreet, *The Story of the War with the Pequots, Re-Told*, p. 11.
34. Howard Bradstreet, *The Story of the War with the Pequots, Re-Told*, pp. 10-11.
35. アン・リトルはインディアンがいかに白人の洋服を欲していたかについて、洞察を行なっている。Ann M. Little, "'Shoot That Rogue, for He Hath an Englishman's Coat On!': Cultural Cross-Dressing on the New England

Frontier, 1620-1760," *NEQ* 74 (2001), pp. 238-273.
36. Captaine John Underhill, *News From America*, p. 6.
37. Ann M. Little, "'Shoot That Rogue, for He Hath an Englishman's Coat On!'," p. 266.
38. Howard Bradstreet, *The Story of the War with the Pequots, Re-Told*, pp. 15-16.
39. John Underhill, *News From America*, p. 25.
40. John Mason, "A Brief History of the Pequot War," p. 140.
41. このピーコット族に対する部族皆殺しについては、再検討が行なわれている。Steven T. Katz, "The Pequot War Reconsidered," *NEQ* 64 (1991), pp. 206-224; Michael Freeman, "Puritans and Pequots: The Question of Genocide," *NEQ* 68 (1995), pp. 278-293; Steven T. Katz, "Pequots and the Question of Genocide: A Reply to Michael Freeman," *NEQ* 68 (1995), pp. 641-649.
42. John Underhill, *News From America*, p.27.
43. Michael L. Fickes, "'They Could Not Endure That Yoke': The Captivity of Pequot Women and Children after the War of 1637," *NEQ* 73 (2000), pp. 58-81.
44. Philip Vincent, "P[hilip]. Vincent's History of the Pequot War," p. 40.
45. John Mason, "A Brief History of the Pequot War," p. 148; Howard Bradstreet, *The Story of the War with the Pequots, Re-Told*, p. 27.
46. Michael L. Fickes, "'They Could Not Endure That Yoke'," pp. 60-62.
47. マイケル・フィクスは、ロジャー・ウィリアムズ著 *A Key to a Language* を引用して、インディアンは男女のパートナーシップを大切にして、食事も二人で準備するなど男女同権だったと指摘している。Michael L. Fickes, "'They Could Not Endure That Yoke'," pp. 66-67.
48. Howard Bradstreet, *The Story of the War with the Pequots, Re-Told*, pp. 28-30.
49. Howard Bradstreet, *The Story of the War with the Pequots, Re-Told*, p. 31.
50. Andrew Denholm, *Thomas Hooker: Puritan Preacher, 1586-1647*, p. 146; Connecticut Historical Society *Collections*, Vol. 24, pp. 65-70.
51. "Relation of the Plott—Indian," in Lion Gardener, "Leift Lion Gardener His Relation of the Pequot Warres," *Collections of MHS*, 3rd Ser., vol. 3 (1833), pp. 161-164. この章はピーコット戦争の戦後処理を扱った短い章である。

参考文献

Underhill, John. *News From America*. London, 1638.
Vaughan, Alden T. *New England Frontier: Puritans and Indians 1620-1675*.

Norman: Univ. of Oklahoma Press, 1995.

小沢奈美恵『アメリカ・ルネッサンスと先住民―アメリカ神話の破壊と再生』
　鳳書房、東京、2005
加藤恭子『大酋長フィリップ：消されたアメリカン・インディアン』春秋社、
　東京、1991

第 3 章
フレンチ・インディアン戦争、独立戦争とその文学

瀧口美佳

（1）フレンチ・インディアン戦争、独立戦争

1.

　今から約400年あまり前の1607年、アメリカ大陸ヴァージニアに最初のイギリス植民地が建設され、「ジェイムズタウン」（Jamestown）と名づけられた。さらに1620年、ウィリアム・ブラッドフォード（William Bradford, 1590-1657）が率いた一行は、メイフラワー号でプリマスの海岸に投錨した。彼らは「ピルグリム・ファーザーズ」（Pilgrim Fathers）と呼ばれ、荒野の厳しさと戦いながらアメリカ民主主義の根本的な理念を築いていった。17世紀も終りに近づくと、ピューリタニズムを基礎とした神権政治（Theocracy）が崩れ始め、時代は宗教思想中心から啓蒙主義の時代へと移る。アメリカ大陸は地理的には資源に恵まれ、経済的にも発展していった。

　進展し始めたアメリカ大陸を植民地にしようと、ヨーロッパ列強はその精力を注ぐこととなった。中でもイギリスとフランスの二大勢力が激突するフレンチ・インディアン戦争（French-Indian War）は熾烈であった。北アメリカを舞台として戦われたこの植民地戦争は、1754年夏、アメリカ大陸の東海岸側から開拓を進めて来ていたイギリス植民勢力と、毛皮交易に伴いセント・ローレンス川から五大湖及びミシシッピー川経由でニューオーリンズに至る水路を確保し、大陸縦断支配を目指すフランスの勢力とが、現在のピッツバーグ付近で衝突したのが始まりと言われている。因みに、後に初代大統領となるジョージ・ワシントン（George Washington, 1732-1799）が初陣を飾ったのが、こ

第3章 フレンチ・インディアン戦争、独立戦争とその文学

の戦争だった。

　開戦当初は、フランス軍とインディアンの連合軍に待ち伏せされたイギリス軍が壊滅するなど、フランス側に有利な展開だった。そして1756年7月にヨーロッパで七年戦争が勃発すると、両国は植民地を巡る争いを北アメリカで繰り広げるだけでなく、ヨーロッパをも舞台にし、長期にわたる戦争の時代を迎えることとなった。イギリスは、1757年にチャタム伯ウィリアム・ピット（通称大ピット）が国務大臣・外務大臣に就任すると、体制を立て直して反撃に出た。イギリスはさらに強力な艦隊を導入してフランスからの補給を断つとともに、フランス側についていたインディアンと同盟を結ぶことに成功するなど次第に優勢になり、ついに1759年にケベック・シティ、1760年にはモントリオールが陥落してフランス側が降伏した。この戦争が1763年のパリ条約をもって終結を迎えたことにより、第二次百年戦争と呼ばれたイギリス・フランス間の植民地獲得競争におけるイギリスの優位がほぼ固まり、敗れたフランスは北アメリカ大陸からほぼ全面的に撤退することになった。

　フレンチ・インディアン戦争に勝利したイギリスは、この戦争にかかった経費の3分の1を13植民地に負担させようと、1764年に砂糖法（Sugar Act）、そして1765年には印紙法（Stamp Act）[1]を制定する。しかしこれら諸法は、「代表なき所に課税なし」（No taxation without

メイフラワー号

representative）のキャッチコピーとともに、アメリカ国内で広範囲にわたる反対運動が巻き起こった結果、翌年には撤廃に追い込まれた。

　さらに1773年イギリス議会は、イギリス東インド会社の破産危機を救うために茶法（Tea Act）[2]を制定した。全ての茶に税金をかけるイギリスのやり方に植民地の商人たちの怒りは頂点に達し、73年、インディアンの姿に変装した商人たちはボストン港に停泊中のイギリス貨物船に乗り込み、茶の入った箱を海に投げ捨てたのである。いわゆる「ボストン茶会事件」（The Boston Tea Party）の発生である。これに対してイギリス議会はボストン港を閉鎖し、マサチューセッツ植民地から自治権を奪うなどの懲罰的措置を取った。この対応に不満を持った植民地側は、翌1774年イギリス本国の圧制に反対する第一回大陸会議を開き、これにより両者の対立は決定的となる。そして1775年4月19日早朝、マサチューセッツ州コンコード（Concord）に植民地兵が保管していた弾薬を押収するため、レキシントン（Lexington）の村に入ったイギリス軍と、現地の民兵とが衝突するに至り、独立戦争（American War of Independence）が始まった。コンコード川を挟んだコンコードの戦いでは、民兵（ミニットマン、minuteman）たちも善戦した。ボストンの銀細工職人ポール・リヴィア（Paul Revere）が前夜のうちに馬を飛ばして英軍来襲の報を現地にもたらしたからである。

　植民地側は第二回大陸会議を開き、ジョージ・ワシントンを総司令官に任命した。そして独立戦争開始から1年余りが過ぎた1776年7月4日、フィラデルフィアでトマス・ジェファソン（Thomas Jefferson, 1743-1826）[3]らが起草したアメリカ独立宣言が採択された。その後一進一退の攻防を繰り広げながら、戦局はややイギリス側勝利の方向に傾きかけていた。ところが1778年2月、サラトガ（Saratoga）の戦いでアメリカ軍が勝ったことを知ったフランスが、アメリカと同盟を結び参戦し、また79年6月には、スペインもフランスとのブルボン家同盟を理由に、アメリカ側で参戦することになった。さらに1780年にはイ

第3章 フレンチ・インディアン戦争、独立戦争とその文学

ギリスのヨーロッパでの覇権を懸念したオランダも、アメリカ側として参戦した。が、それにも関わらず、アメリカ軍の圧倒的優勢とはならなかった。

　独立戦争が事実上終結したのは、1781年10月のヨークタウン（Yorktown）の戦いである。ワシントンはフランス軍と協力して、イギリス軍の不意を突いてヨークタウンを包囲した。そのため、脱出の道を閉ざされたイギリス軍のコーンウォリス将軍の部隊全員が降伏した。これを機に、イギリス国王ジョージ3世（George III, 1738-1820）は議会での支配力を失い、独立戦争は終結に向った。また1783年9月のパリ講和条約をもって、戦争勃発から8年、アメリカ独立宣言から7年の歳月を経て、アメリカ合衆国の独立が正式に認められた。それ以後、アメリカは急速に民主主義を国内に浸透させていった。1803年にはフランス皇帝ナポレオン・ボナパルト（Napoléon Bonaparte, 1769-1821）からミシシッピー川以西のフランス領ルイジアナ（Louisiana）を買収し、いよいよ西部への開拓が本格的に始まったのであった。

2.

　当時のヨーロッパはナポレオン戦争下にあり、フランスを封じ込めるためにイギリスが行った海上封鎖によって、アメリカは経済的に大きな打撃を受けていた。ナポレオン戦争にかかりっきりのイギリスからカナダを奪ってしまおうと、アメリカ第4代大統領ジェイムズ・マディスン（James Madison, 1751-1836）政権時の1812年6月、アメリカ議会はイギリスに宣戦布告し、米英戦争（The War of 1812）が始まった。この戦争は五大湖地方とカナダ戦線、また海戦が中心だった大西洋戦線、さらに南部諸州とインディアンの争いの南部戦線の三つの戦線で行なわれた。アメリカは、カナダ戦線では、エリー湖やオンタリオ湖を制圧するものの、モントリオールやケベックの攻略に失敗し、カナダ侵略の野望は消えた。大西洋戦線においては、前半こそはアメ

リカ軍が善戦したものの、ナポレオン戦争で勝利の目途がついたイギリスが海軍をその大西洋戦線に送ったため、アメリカ軍はその活動を封じ込められてしまった。また1814年イギリス軍がアメリカ東海岸に上陸すると、首都ワシントンD.C.は陥落し、大統領府も焼かれてしまった。南部戦線では、インディアンの土地へと侵攻していた南部諸州と、アメリカ人の西進を防ぐためにイギリスと手を結んだインディアンが、激しい戦いを繰り広げた。アメリカは、カナダ戦線や大西洋戦線では苦しい戦いを強いられていたが、この南部戦線においては、オリヴァー・ペリー（Oliver Perry, 1785-1819）[4]や後にアメリカ合衆国第7代大統領となるアンドリュー・ジャクソン（Andrew Jackson, 1767-1845）などの活躍もあり、優勢を保っていた。なかなか決着がつかないまま、経済的にも軍事的にも疲弊した両軍は講和に向けての協議を始め、1814年12月末ベルギーにおいてガン条約を結び、米英戦争は終結することになった。米英戦争中、アメリカに対するイギリス商品の輸入が止まったため、アメリカは経済的にも自立せざるを得なくなり、国内では産業、工業ともに発展した。そのため政治的な独立を果たした「独立戦争」に対して、米英戦争は、経済的な独立を果たしたということで「第二次独立戦争」とも呼ばれている。

（2）フレンチ・インディアン戦争、独立戦争時代の文学

1．

　ここでは、18世紀後半から19世紀初頭にかけての文学の流れについて触れることにする。政治の時代とも言える18世紀後半には、アメリカ文学と呼べるものは確立しておらず、報告書、日記、説教集などが出版され、それらは、独立への気運を高めるのに役立った。代表作としては、トマス・ペイン（Thomas Paine, 1737-1809）の『コモン・センス』（*Common Sense*, 1776）やベンジャミン・フランクリンの『自

第3章 フレンチ・インディアン戦争、独立戦争とその文学

叙伝』(*The Autobiography*, 1818) などがある。

　19世紀初頭に入ると、文化面においてはまだヨーロッパの影響が強く残っていたものの、アメリカ文学が徐々に形をなしつつあった。アメリカ文学の最初期を支えた代表的な作家としては、チャールズ・ブロックデン・ブラウン (Charles Brockden Brown, 1771-1810) やワシントン・アーヴィング (Washington Irving, 1783-1859)、ジェイムズ・フェニモア・クーパー (James Fenimore Cooper, 1789-1851) などが挙げられる。ブラウンの代表作『ウィーランド』(*Wieland*, 1798) は一人の女性を主人公にした書簡体小説で、イギリスのゴシック小説の影響をうかがわせる。またブラウンは、お城の代わりに荒野やインディアンを登場させることにより、アメリカ的な素材を生かそうとした。ワシントン・アーヴィングは、1809年に『ニューヨークの歴史』(*A History of New York*, 1809) を出版し、一躍アメリカ・ロマン派の代表的作家となったが、1815年から17年間アメリカを離れ、ヨーロッパでの作家活動を続ける。彼の初期の短編集『スケッチ・ブック』(*The Sketch Book*, 1819 – 1820) にヨーロッパを題材にしたものが多く含まれているのはそのためである。彼はまたドイツの民話にヒントを得て、話の舞台をアメリカに変えた短編「リップ・ヴァン・ウィンクル」("Rip Van Winkle") や「スリーピー・ホロウの伝説」("The Legend of Sleepy Hollow") なども生み出している。

　ところでクーパーの作家としての出発点は、1820年に出版した『用心』(*Precaution*, 1820) であった。この作品は有名なイギリスの女流作家ジェイン・オースティン (Jane Austen, 1775-1817) の遺作『説得』(*Persuasion*, 1818) を模倣して書かれたと言われている。しかしクーパーは2作目の『スパイ』(*The Spy*, 1821) からは、アメリカを舞台にした小説を執筆するようになり、大成功を収める。彼の最も広く読まれている作品『モヒカン族の最後』(*The Last of the Mohicans: A Narrative of 1757*, 1826) は、フレンチ・インディアン戦争中の1757年

に実際に起こったウィリアム・ヘンリー砦虐殺事件（William Henry Massacre）を中心テーマとして書かれた歴史ロマンスである。フレンチ・インディアン戦争を扱った他の作品としては、同じく彼クーパーの『道を拓く者』(*The Pathfinder*, 1840) を挙げることができる。この２つの作品については、次章で詳しく述べる。

　クーパーはフレンチ・インディアン戦争に限らず、独立戦争を舞台にした小説も創作している。その代表的なものが、独立軍側スパイとして活躍した人物を主人公にした上記の『スパイ』や海軍で活躍した水先案内人（パイロット）について書いた『水先案内人』(*The Pilot*, 1823) であった。

2.

　独立戦争にかかわる愛国的文学には、クーパーの他に、R.W. エマーソン (Ralph Waldo Emerson, 1803-82) やフィリップ・フレノー（Philip Freneau, 1752-1832) らの詩作品もある。

　エマーソンの「コンコード賛歌」(Concord Hymn, 1837) は、彼とゆかりの深いコンコードの古戦場を歌った傑作である。

　ニューヨーク出身のフレノーは、独立戦争時、イギリス軍を風刺する詩を発表した。愛国的長詩『アメリカの高まる栄光』(*The Rising Glory of America*, 1771 [ブラッケンリッジ＜Hugh Henry Brackenridge, 1748-1816＞との合作]) などで知られる。フレノーには「野のスイカズラ」(The Wild Honeysuckle, 1786) や「インディアンの墓地」(The Indian Burying Ground, 1788) など広く知られた詩作品もある。

　イギリス人のトマス・ペインは、『コモン・センス』(1776)、『人間の権利』(*The Rights of Man*, 1791-92)、それに『理性の時代』(*The Age of Reason*, 1794-95) などを著して、植民地人を鼓舞した。彼はトマス・ホッブズ（Thomas Hobbes, 1588-1679) やジョン・ロック（John Locke, 1632-1704) らと共に、18世紀ヨーロッパの啓蒙思想などに基づ

第3章 フレンチ・インディアン戦争、独立戦争とその文学

く新たな人民主権的な思想を拠りどころに、アメリカの独立闘争に理論的根拠を与えようとしたのである。

メル・ギブソン（Mel Gibson）主演の傑作映画『愛国者』（*The Patriots*, 2000）も、一家族に焦点を当てながら、独立戦争における愛国的アメリカ人たちの活躍を描いた作品である。

ワシントン・アーヴィングは、伝記大作を数作物したが、『ジョージ・ワシントン伝』（*The Life of George Washington*, 1855-59）もその一つである。アーヴィングの父は、ワシントン将軍を尊敬しており、息子にワシントンと命名した程である。少年時代のアーヴィングは、同将軍に会ったことがあり、その時の情景を描いた絵もハドソン河岸タリータウン（Tarrytown）の彼の邸宅に残されている。彼にはクーパーとは異なった視点で独立戦争を取り上げた作品「リップ・ヴァン・ウィンクル」もある。同作については改めて次章で触れたい。

いずれにせよ、以上のようにアメリカ初期の作家たちは、政治的そして文化的にも依然としてヨーロッパ及びイギリスの影響が強い状況において、よりアメリカらしいものを文学作品に表現していこうとしていたと言える。

注

1. この条例は証書をはじめ新聞・カレンダー・パンフレットに至るまで、印紙をつけることを義務付けたものだった。
2. 東インド会社に植民地の茶の販売についての独占権を与えるというものだった。
3. 彼は独立宣言を書いた当時、わずか33歳だった。ワシントン大統領の閣僚として働き、1801年にアメリカ第3代大統領となった。大統領職を退いた後は故郷バージニアに戻り、教育に力を注いだ。
4. 彼は1853年に浦賀に黒船で現れ、日本に開国を迫ったマシュー・ペリー（Matthew Perry, 1794-1858）の兄である。

参考文献

Bercovitch, Sacvan, ed. *The Cambridge history of American literature*. Cambridge: Cambridge University Press, 1994.
Kirkpartrick, D. L., ed. *Reference guide to American literature*. London: St. James Press, 1987.
Irving, Washington. *The Complete Works of Washington Irving*. Reichart, Walter A. and Lillian, Schlissel, eds. Boston: Twayne Publishers, 1981.

板橋好枝、高田賢一編著『シリーズ・はじめて学ぶ文学史②―はじめて学ぶアメリカ文学史』、ミネルヴァ書房、東京、1991
齊藤昇『ワシントン・アーヴィングとその時代』本の友社、東京、2005
巽孝之『アメリカ文学史―駆動する物語の時空間』慶應義塾大学出版会、東京、2003

"Mayflower Ship" ＜ http://www.sd5.k12.mt.us/kms/wc/pilgrims/pilgrims.htm ＞

第4章
クーパーと『モヒカン族の最後』及び
アーヴィングと「リップ・ヴァン・ウィンクル」

瀧口美佳

1.

　アメリカ小説の創成期を支えた作家の中で、アメリカの神話や叙事詩的ロマンスを最も華麗に描いた作品を生み出したのはJ. F. クーパーであろう。クーパーは、1789年アメリカのニュージャージー州バーリントンに生まれた。父ウィリアムはニューヨーク州北西部に広大な領地を所有しており、その土地の中にクーパーズタウン（Cooperstown）を建設していた。現在ではクーパーズタウンは、野球の殿堂（Hall of Fame）がある場所としても知られている。風光明媚なオッツェゴ（Otzego）湖畔の町である。

　18世紀末のクーパーズタウンは原始的な大自然、大森林地帯に囲まれており、開拓者も数多く住んでいた。彼らと接していく中で、クーパーが開拓者の精神や雰囲気を感じ取っていたとしても不思議ではない。クーパーはフロンティア精神が旺盛であったこともあり、1803年イェール大学（Yale University）に進学するものの、わずか2年で放校の身となり、その後は5年間に及ぶ船員や海軍での仕事を経験した。1811年に結婚し、亡くなった父親の後を継いでニューヨーク州の大地主となった。そして地主業が行き詰まりを見せ始めた1820年頃から、作家活動を始め、1822年ニューヨーク市に引っ越した後、主に小説の執筆に取り掛かることになる。代表作には、白人の開拓者であり猟師でもあるナッティー・バンポー(Natty Bumppo)を主人公とした5編の小説「レザーストッキング・テイルズ」("The Leather-Stocking Tales")、平和で牧歌的なアメリカ社会が消えていく様子を描いた「リトル・ペイジ家物語」("Littlepage Manuscripts")などがある。これらの作品では、

自然、政治、人権、そして土地所有などの諸問題が、アメリカ独自のテーマとして展開していく。このようにアメリカの風土を背景に壮大な歴史ロマンスを描いたクーパーは「アメリカ小説の父」と称され、その文学的な技法により、「アメリカのスコット」[1]と呼ばれることもある。また当時のアメリカ作家たちと同じように、1826年から7年にわたるヨーロッパ生活を経験している。彼が1833年に帰国すると、アメリカ国内は「ジャクソニアン・デモクラシー」(Jacksonian Democracy)の真っ只中にあり、小作農たちが平等を主張するのを目の当たりにするのだった。この動きに不安を覚えたクーパーは「レザーストッキング・テイルズ」の執筆と並行して、アメリカ民主主義の誤った解釈を厳しく批判する『アメリカの民主主義者』(*The American Democrat, or Hints on the Social and Civic Relations of the United States of America*, 1838)を著した。

2.

　クーパーの名を後世に残す作品となったのは、1823年から1841年にかけて発表された連作「レザーストッキング・テイルズ」である。これは5つの作品からなる物語で、主人公は皮革(レザー)の脚絆(ストッキング)をはいているナッティー・バンポーという白人の開拓者であり、鉄砲の名手でもある。ここでは、出版年ではなく、物語の内容に沿って論じていくことにする。最初の物語は、1740年代前半のオッツェゴ湖周辺の大森林地帯が舞台となっている『鹿殺し』(*The Deerslayer*, 1841)である。この作品におけるナッティーは20代前半の若者であり、ある意味で初陣を経て、その後の冒険へと出発するのである。次の物語は『モヒカン族の最後』で、時はフレンチ・インディアン戦争の最中である1757年に設定されている。ホークアイ(Hawkeye)として登場する30代半ばのナッティーが、イギリス軍大佐の娘二人をフランス軍やインディアンたちから守り、父親の元へ送り届けようとするガイ

ド役を果たしている。そして三番目の物語として知られているのが、『道を拓く者』である。時代は『モヒカン族の最後』から2年後の1759年で、オンタリオ湖地方で繰り広げられる冒険だけでなく、ナッティーの恋愛についても描かれている。続いて1823年に出版された『開拓者』(The Pioneers) では1793年に時代が移り、70代半ばのナッティーは、チンガチグック (Chingachgook) とともに大自然での生活を平穏に送っていたが、そこにある日「文明社会」を代表するような土地所有者マーマデューク (Marmaduke) という人物が現れる。自然を代表するナッティーと文明を代表するマーマデュークという二極対立の構図を通して、当時のアメリカ社会の抱える矛盾を述べている作品である。5部作最後の物語となる『大草原』(The Prairie, 1827) は、ナッティーが晩年の80歳代を迎える1804年を舞台としており、彼の孤独や大自然 (Wilderness) に回帰していく様子を描いている。

　このように一人の開拓者を主人公にした「レザーストッキング・テイルズ」は、西部開拓の物語であると同時に、その過程で支払われた代償―森林の伐採、動物の殺戮、インディアンの強制移住―の物語でもあった。中でも『モヒカン族の最後』は、幾度も映画化され最も広く読まれている作品と言えるだろう。この作品を改めて世に知らしめたのは、1992年に20世紀フォックス社から公開されたマイケル・マン (Michael Mann) 監督、ダニエル・デイ・ルイス (Daniel Day-Lewis, ホークアイ役) とマデリーン・ストウ (Madeleine Stowe, コーラ役) 主演の『ラスト・オブ・モヒカン』であった。映画の内容は、原作とかけ離れ、随分脚色されてしまっているが、クーパーの名と原作『モヒカン族の最後』を映像メディアを通して現代人に紹介する上で、十分効果のある映画であった。

　『モヒカン族の最後』は、主人公のホークアイ（ナッティー・バンポー）が、第一作にあたる『鹿殺し』にも登場したモヒカン族首長チンガチグックやその息子アンカス (Uncas)、イギリス軍少佐ダンカン・ヘイワー

ド（Duncan Heyward）らとともに、イギリス側のウィリアム・ヘンリー砦に同砦の司令官であるマンロウ大佐（Major Munro）の娘コーラ（Cora）とアリス（Alice）をフランス軍やフランス側インディアンのヒューロン族（the Hurons）から守りながら連れて行く物語である。ホークアイらは使命の遂行に全精力を注ぐ。何とか親子が対面できたものの、既にウィリアム・ヘンリー砦はフランス軍に囲まれており、イギリス軍は降伏を余儀なくされた。その際、撤退の様子を見物していたフランス軍とヒューロン族であったが、そのヒューロン族のリーダー的存在マグワ（Magua）はマンロウ大佐への復讐心から、コーラとアリスを捕虜にして連れ去る。二人を救い出すために、再びホークアイは、チンガチグック、アンカス、ヘイワード及びマンロウ大佐とともに、3人の後を追って行く。しかし最後にマグワの妻となることを拒んだコーラが、ヒューロン族のインディアンに殺害され、コーラの敵を討ったアンカスもマグワによって殺される。そしてホークアイがアンカスの仇を取ろうとしたその時、マグワは自ら崖から落ちていくという悲劇的な最後を遂げる。

3.
　『モヒカン族の最後』は1826年の出版以来、1世紀以上にわたって、クーパーの作品の中で最も厚い読者層を持つ作品だった。しかしその評価は、「現実味がない」「クーパーの描くインディアンは、ただ脚絆をつけモカシンをはいただけの文明人である」などと揶揄され、散々なものであった。クーパーを神話批評の観点か

ジェイムズ・フェニモア・クーパー

第4章 クーパーと『モヒカン族の最後』及び アーヴィングと「リップ・ヴァン・ウィンクル」

ら論じた批評家フランシス・パークマンは「革脚絆物語のインディアンたちは表面的に、あるいは事実とは異なって描かれている。それは社会的な意味をほとんど持たないただの冒険談に近いものにすぎない」(Kirkpatrick, 229) と述べている。

　ところが20世紀に入り、小説におけるリアリズムとロマンスの文学的定義が区別されるようになると、『モヒカン族の最後』は、以前とは異なり、批評家たちの間で作品の奥に潜む深さが評価されるようになった。さらに、大げさ過ぎると言われたクーパーの風景描写さえも、大自然（Wilderness）を象徴するものとして、文学的なパラダイムの中で見直されるようになった。

　『モヒカン族の最後』ではイギリス軍とフランス軍の戦い、インディアン部族の抗争、またインディアンの白人に対する憎しみなどが描かれている。さらに、英仏両軍及びインディアンに見られる倫理的な腐敗についても述べられている。物語の冒頭部分において、マンロウ大佐率いるイギリス軍のウィリアム・ヘンリー砦は、危機的状況にあった。それにもかかわらず、近くのエドワード砦にいるウェブ将軍には援軍を送る気配は全く見られなかった。それどころか、マンロウ大佐が援軍を求める旨をインディアンの伝令に託すと、将軍は降伏をすすめる手紙を送ってきたのである。マンロウ大佐率いる第60連隊は、自分の身の安全しか考えない卑怯なウェブ将軍によって見殺しにされる寸前にあった。将軍の倫理感の欠如とも言える行動に対して、マンロウ大佐は「あの男は私を裏切ったのだ！彼は私の家のドアまで、不名誉という客を連れてきたのだ」と怒りをあらわにする。

　一方、このような卑劣な行動はフランス軍にも見られる。ホークアイ一行がコーラとアリスを無事にウィリアム・ヘンリー砦まで送り届けた後に、ヘイワードとマンロウ大佐が降伏条件を話し合うため、フランス軍の陣地に赴いた場面である。フランス軍司令官のモンカルムは通訳を必要としないほど英語を理解できるにもかかわらず、全く分

からないふりをし、ヘイワードと大佐の話を盗み聞きしたのだった。さらに、モンカルムは大佐に名誉ある撤退を約束したものの、ヒューロン族による大虐殺が始まってもフランス側はそれを止めようとせず、傍観していたのであった。

『モヒカン族の最後』において英仏軍の戦いと同じくらい重要な意味を持つテーマとして、インディアンの白人に対する憎しみがある。特にヒューロン族のマグワが抱く激しい憎悪は、最終的にコーラ、アンカスの死を引き起こすことになる。陰険で獰猛な容貌をしたマグワは、次のように登場する。

「その人間というのは、昨夜、不吉な知らせをもってやってきた"インディアンの伝令"だった。ひきしまった体をまっすぐに立て、みじろぎもしないで立っていた。まったく冷静で、インディアン特有の性格から、自分の気持ちをおさえ、まわりの興奮や騒ぎを無視していた。だが、その静かな態度には、暗い激しい感情が渦巻いているようだった。もっとも、それは、まわりで見ている人々にはわからなかった。経験に富んだ人間にしかわからないものだった。」

『モヒカン族の最後』（犬飼和雄訳）

一方、マグワと対照的な存在として、モヒカン族の最後の者アンカスが登場する。アンカスは無口で正義感の強い人物として描かれている。例えば、マグワの間違った道案内に騙されていたと知ったヘイワード少佐が、ホークアイたちにウィリアム・ヘンリー砦までの道案内を頼む場面で、アンカスは「無力な婦人たちをこのまま放り出してしまうなんて、男のすることではない」と考えたり、「控えめに、婦人たちの供のように、できる限りのことをこまごまと手伝っていた」と描かれたりしている。

こうした二人の対照的なインディアンを登場させることによって、

第4章 クーパーと『モヒカン族の最後』及び アーヴィングと「リップ・ヴァン・ウィンクル」

クーパーはインディアンも白人同様に多様性を持つ人間であることを読者に印象づけようとしていたのであろう。

　白人たちによって始められた戦争にいつの間にか巻き込まれ、同じ言葉を持つ部族同士でさえ争うようになってしまったインディアンは、さらに白人から「火の水」（酒）を飲むことを教えられ、マグワのように堕落してしまう者も出て来た。実際に「レザーストッキング・テイルズ」の4作目にあたる『開拓者』では、チンガチグックも酒飲みの年老いたインディアン、ジョン (John) として登場する。

　アンカスを「正義感の人」とすれば、ホークアイは「勇気の人」と言えるであろう。ホークアイの風貌は「若い時から苦労や労働を経験した人のようであり、逞しい体ではあったが、どちらかといえば、痩せぎみだった」「その小さな目は、敏感に鋭く常に動いていた。話しながらも、あたりに目をくばっていた。・・・白人は、そのように注意をはらっていたが、その表情には少しも狡猾なところがなかった」という風に描写されている。

　ホークアイというニックネームは、ナッティーの物事を観察し、判断する鋭い視線をよく表している名である。さらに敵方のインディアンであるヒューロン族は、ナッティーに「長い銃」というニックネームを与えている。これは彼が持つ銃身の長いライフル銃に因んでつけられた名である。彼はインディアンの象徴であるトマホークは身につけていないが、その代わり白人の発明した銃を武器として携えている。これはナッティー、つまりホークアイが、インディアンたちとどんなに長く生活していても、彼が白人であることに変わりはなく、ただ白人とインディアンの両方の価値観を理解する人物だということを象徴しているのではないだろうか。

　物語の最後においてアンカスがマグワによって殺されたことにより、モヒカン族はチンガクグックで正統な血が絶えることになってしまった。アンカスとコーラの葬儀の場で、ホークアイは息子を亡くしたチ

ンガチグックに対して、次のように言う。

　「ちがう、ひとりぼっちじゃないぞ。」と、ホークアイが叫んだ。ホークアイはそれまで、自分の気持ちをおさえるようにして、ごつごつしたチンガチグックの顔を熱っぽい目で見つめていたが、チンガチグックがひとりぼっちだというのを聞くと、もう自分をおさえていることができなくなったのだ。「ちがうぞ、チンガチグック、あんたはひとりぼっちじゃない。おれたちは、肌の色はちがうが、同じ道をあゆむ運命におかれているのだ。おれには、だれひとり家族がいない。・・・アンカスは、しばらくおれたちのもとから去っただけだ。それにしても、チンガチグック、あんたはひとりぼっちではないぞ。」

『モヒカン族の最後』（犬飼和雄訳）

　ホークアイの言葉には、彼がチンガチグックとともに"モヒカン族の最後の者"として生きていこうとする決意が込められている。
　ホークアイは、文明社会と荒野の境であるフロンティアに生きる典型的男性であった。地位も財産も教養もないが、一貫して民主主義を通そうとする。白人でありながら、インディアン文化も理解しようとする本当の意味での民主主義者と言えるだろう。そして、白人としての知恵とインディアンの生得力を融合させながら、数々の困難を乗り越えていく。まさにアメリカ・ヒーローの素質を持った人物である。しかし結果的に、自分の息子のように可愛がっていたアンカスと、守ることを誓ったコーラを助けられないままに、物語は終わる。これは、両方の文化を融合させることが極めて困難であり、当時のアメリカにおいて白人とインディアンがともに生きていくには限界があるというクーパーなりの示唆だったと考えられるのではなかろうか。
　『モヒカン族の最後』は人種問題を扱った作品であるとも評されてい

第4章 クーパーと『モヒカン族の最後』及び アーヴィングと「リップ・ヴァン・ウィンクル」

る。確かに白人とインディアン間の食い違いが至る所で顕著に現れている。人種問題と言えば、白人対黒人の軋轢を連想するが、1826年当時における人種問題はもっぱら白人対インディアンの構図だった。それは「レザーストッキング・テイルズ」の一作目『鹿殺し』の登場人物ヘンリー・マーチの「インディアンは半人前以下だが、黒人は白人に次ぐ人種で、白人の近くで暮らす存在なのである」という言葉によって裏付けられる。

『モヒカン族の最後』はアメリカ初期の混沌とした時代を鮮明に描いている作品であると言える一方で、白人の視点から描かれた「インディアン」の物語であり「神話」であるということも否めない。しかし、アメリカ文学形成期における様々な事情（ほとんどがヨーロッパを舞台にした作品だったことなど）を考慮に入れるならば、クーパーがアメリカの一大特色たる大自然を舞台にし、ヨーロッパには存在しない真の意味でのアメリカ原住民のインディアンを登場させ、アメリカ独自の歴史ロマンスを生み出したことは大いに評価に値すると言えるのである。

4.
　ワシントン・アーヴィングの『スケッチ・ブック』中の傑作短編「リップ・ヴァン・ウィンクル」は、ヨーロッパの古い民話に由来するとも言われているが、日本の浦島太郎物語のような話である。
　まだアメリカがイギリスの植民地だった頃、リップ・ヴァン・ウィンクルという男が、ハドソン川中流の西方に広がる美しいキャッツキル(Catskill)山脈[2]のふもとの村に住んでいた。彼は恐妻家で、畑仕事や金儲けは好きではなかったが、とにかく善人で、人に慕われる男だった。
　ある日リップは、いつものように、女房の小言から逃れるために、愛犬のウルフを連れ、鉄砲を携えて山の中へ入っていった。すると、昔のオランダ風の格好をした見知らぬ老人に酒樽を運ぶのを手伝ってほ

しいと言われ、付いて行くと同じような服装の一団に遭遇した。彼らは運んで来た樽の酒を飲み始め、リップも勧められるままに飲み、酔っ払って寝込んでしまう。

眼が覚めてみると、例の老人とともにいた場所におり、所持していた鉄砲はさび付き、伴っていた筈の犬も見当たらなかった。家族の待つ村に帰るものの、家は荒れ果てており、誰もいなかった。

「リップ・ヴァン・ウィンクル」の一場面

村人たちから長い灰色のあごひげをたらした無様な格好のリップに、罵声が飛ぶ。

　　王党派野郎！王党派野郎！スパイ！逃亡者！やつを追い立てろ！追い払え！

　　　　　　　　「リップ・ヴァン・ウィンクル」

リップは、今は母親となった娘と再会し、女房も友人も既に亡くなっていることを知らされる。そして彼は、自分が20年間も山の中で眠り続けていたことに気づくのであった。

20年前には、イギリス国王ジョージ3世（George Ⅲ, 1738-1820, 在位1760-1820）の肖像画が掲げられていた場所に、今ではワシントン大統領のそれが見られた。この20年間にアメリカは、独立戦争を戦ってイギリスに勝利し、村人の間には「選挙」、「民主主義」、そして「市民の権利」などが生まれていたのであった。

この作品は、植民地時代から独立、そして民主主義の時代へと移っていったアメリカの歴史の意義深い一こまを表わしているのである。一読したところでは、味わい深いがよくある不思議な一昔話に過ぎな

第4章 クーパーと『モヒカン族の最後』及び アーヴィングと「リップ・ヴァン・ウィンクル」

いように思えるが、実は、当時のアメリカ史の巨大なうねりの中に据えられた物語なのである。リップは、いかにもアメリカ型の「女房の尻に敷かれた夫」(hen-pecked husband)の典型、いや原型である。そして当時の、まだアメリカが農本社会だった頃の一アメリカ市民の典型でもある。リップは、時代の激変に戸惑いつつも、新たな価値観に彩られた新時代のアメリカ社会を受け入れていかねばならない一市民を映してもいるのである。

このようにして、「リップ・ヴァン・ウィンクル」は、アーヴィングをしてアメリカの国民文学の創始者たらしめているのである。

注

1. ウォルター・スコット (Sir Walter Scott, 1771 – 1832) は、18世紀後半にスコットランドの壮大な自然を背景に歴史ロマンスを描いた作家である。イギリス・ロマン派の代表作家として知られる。
2. Catskill Mountains はニューヨーク州東部にある標高の低い山脈で、現在は別荘地にもなっている。

参考文献

Cooper, James Fenimore. *The Works of J. Fenimore Cooper*, 10 vols. 1892.; New York: Greenwood Press, 1969.
Dekker, George, and McWilliams, John P., eds. *Fenimore Cooper: The Critical Heritage*. London: Routledge & Kegan Paul, 1973.
Irving, Washington. *History, Tales and Sketches*. New York: The Library of America, 1984.
Kirkpatrick, D. L. ed. *Reference Guide to American Literature*. London: St. James Press, 1987
Peck, H. Daniel, ed. *New Essays on The Last of the Mohicans*. Cambridge, England: Cambridge University Press, 1992.
Rans, Geoffrey. *Cooper's Leather-Stocking Novels: A Secular Reading*. Chapel Hill: University of North Carolina Press, 1991.
有倉宏「時間の中心ナッティー・バンポー―民主主義の担い手―」『英語・英米文学研究の新潮流』金星堂、東京、1992
犬飼和雄訳『モヒカン族の最後 (上・下)』、早川書房、東京、1993
小野雅子「『モヒカン族の最後の者』にみる「闘い」の意味」『文学的アメリカの闘い―多文化主義のポリティクス』松柏社、東京、2000

"James Fenimore Cooper"　＜ http://heritageamerican.wordpress.com/2008/09/06/becoming-a-free-people-again/ ＞
"Rip Van Winkle"　＜ http://www.wilsonsalmanac.com/seven_sleepers.html ＞

[映画]

The Last of the Mohicans. Dir. Michael Mann. Perf. Daniel Day-Lewis, Madeleine Stowe, Morgan Creek International, 1992.

第 5 章
南北戦争とその文学

依藤道夫

（1）南北戦争

1.

　アメリカ独立戦争（the War of Independence, 1775-1781）により本国イギリスから自立した新生アメリカ合衆国は、その後の国造りの過程で第二次対英戦争たる 1812 年戦争（～1815）を戦った。1815 年にはアンドリュー・ジャクソン（Andrew Jackson, 1767-1845）がニューオーリンズでイギリス軍を打ち破っている。アメリカは、経済、貿易面でもさらなる自立を果たしたのである。その後、1823 年 12 月にはモンロー大統領（James Monroe, 1758-1831）がモンロー・ドクトリン（Monroe Doctrine）を宣言して、ヨーロッパに対する孤立的自主路線を打ち出した。1845 年 12 月、アラモ（Alamo）[1]の戦いなどに象徴されるテキサス併合を果たした後、同年 5 月、メキシコに宣戦布告する。メキシコ戦争（the Mexican War）[2]の結果、48 年、アメリカはニューメキシコ（New Mexico）、アリゾナ（Arizona）、カリフォルニア地方（California）を獲得した。モンロー主義に反するアメリカの帝国主義による政治的、軍事的姿勢が、その版図をさらに広げていった。マシュー・ペリー（Matthew Calbraith Perry, 1794-1858）の「黒船」が浦賀に来航（1853）したのも、そうした対外膨張政策の一環に他ならない。

　アメリカは、フロリダにおけるセミノール族とアメリカ軍の一連の戦いたるセミノール戦争（the Seminole Wars, 19 世紀前半）など、インディアンたちとの戦闘も続けていた。そして終には、南北戦争という大内乱を経験した後、世紀末 1898 年には、米西戦争[3]によりフィリ

ピン（Philippines）とプエルト・リコ（Puerto Rico）を獲得した。さらにカメハメハ王朝のハワイ諸島（Hawaiian Islands）も併合している。

南北戦争後、西部開拓の進展とともに対インディアン戦争も一層熾烈化し、76年にはリトル・ビッグホーン（Little Bighorn）の戦争で、カスター将軍（George Armstrong Custer, 1839-76）の部隊が全滅するという惨事も起こっている。

1890年、アメリカ合衆国国勢調査局がフロンティアの消滅を宣したが、同国政府の対外進出姿勢はさらに強まり、世紀末の99年には国務長官ジョン・ヘイ（John Hay, 1838-1905）が中国での門戸開放政策を求め、1905年には、セオドール・ルーズヴェルト大統領（Theodore Roosevelt, 1858-1919）が、日露戦争の終結による日露の和平交渉に手を貸している。日露の講和がポーツマス条約（the Portsmouth Treaty）の締結である。

2.

著名な作家、歴史家であるシェルビー・フット（Shelby Foote）もアメリカ史の「クロス・ロード」と呼んだ南北戦争（the Civil War, 1861-65）は、北部の人口2100万人、南部の900万人（その半数は奴隷）のうち南北合わせておよそ62万人もの死者を出した激しい戦いであった。が、それは北部と南部の政治的、経済的利害の対立から生じたものである。北部は、資本主義的商工業を基盤とした社会であるのに対して、南部は、黒人奴隷制度（Slavery）の上に成り立つ大農園（Plantation）を基盤とした綿花王国（Cotton Kingdom）と呼ばれる領域だった。そこでは少数の大プランターたちが絶大な権力を握っていた。一時は、合衆国人口のうち7人に1人が黒人奴隷と言われた。北部は反奴隷制の立場を取り、南部は同制度の維持と発展を熱望していた。イギリスなどに綿花を大量に輸出する南部は、北部の保護関税法、たとえば1828年の関税法（「唾棄すべき関税」）などに強硬に反対した

第5章 南北戦争とその文学

歴史を持っていた。

　こうしてアメリカ合衆国（連邦、the Union, or the Federal States of America）と南部連合（the Confederate States of America）の二つに分裂する。

　南北戦争は、当初は必ずしも倫理的、道義的な理由から起こったわけではない。政治的、経済的な利害の対立が原因と言えるが、イギリスなどとの対外的、国際的に複雑な関係も絡んで、北部のアブラハム・リンカーン大統領（Abraham Lincoln, 1809-65）は、連邦維持を譲れない一線として最優先し、緊迫する戦況や差し迫った国際状況を睨みながら、終に戦争中の1863年1月1日に「奴隷解放宣言」（the Emancipation Proclamation）を発した。南部側の主張やイギリスなど諸外国の干渉を先手を打って封じようとしたものでもあった。正義の戦いであることを内外に鮮明にしようとしたのである。

　戦争の推移としては、まず北部（23州）との決別を目指した南部諸州（11州）が1861年2月に南部連合を樹立し、元上院議員、元陸軍長官のジェファソン・デイヴィス（Jefferson Davis, 1808-89）を新大統領（1861-65）に選ぶ。同年4月、南部軍がサウスカロライナ（South Carolina）州チャールストン（Charleston）の港の北部軍側のサムター要塞（Fort Sumter）を攻撃したことで、開戦の火蓋が切られた。要塞は攻略された。南軍の馬一頭を除き、犠牲者は出なかった。

　61年7月、首都ワシントン南西のマナサス（Manassas）のブル・ラン（Bull Run）川でアーウィン・マクドーウェル将軍の北軍とピエール・ヴォルガード将軍及びジョゼフ・ジョンストン将軍の南軍が戦い、北軍は敗北する。第一次ブル・ランの戦いである。この戦いで、南軍のトマス・ジャクソン准将（別名ストーンウォール・ジャクソン [Stonewall Jackson]）の活躍が光った。

　戦闘は東部戦線とアパラチア山脈西方の西部戦線の両方で、並行して行なわれる。東部戦線では第一次ブル・ランの戦いの後、62年4月

の北軍のシェリダン将軍が制圧することになるシェナンドー渓谷のヴァレー作戦、同6月の南軍のリッチモンド（Richmond）防衛のための「七日間の戦い」、同8月の南軍がヴァージニアを制した第二次ブル・ランの戦い、同年9月の南軍総司令官ロバート・エドワード・リー将軍（Robert Edward Lee, 1807-70）が北部侵略を断念させられたアンティータムの戦いなどが続く。因みに、アンティータム川を挟んだ戦いでは北軍のマクレラン将軍はリーの進軍を阻止するも、追撃せず、リンカーンにより解任されている。さらに、12月、アンブローズ・バーンサイド将軍き下の北軍ポトマック軍団がフレデリックスバーグの戦いで大敗を喫する。翌63年5月には、バーンサイドの後任ジョゼフ・フーカー将軍がチャンセラーヴィルの戦いでリー将軍に打ち破られる。ただし、この戦いにおける負傷がもとで南軍の猛将ストーンウォール・ジャクソンは命を落とした。

　一方、西部戦線では、62年4月にテネシー川辺のシャイロー（Shiloh）で総司令官ユリシーズ・グラント将軍（Ulysses Grant, 1822-85）の北軍とアルバート・シドニー・ジョンストン（Albert Sydney Johnston, 1803-62）将軍の南軍の間で激戦が行なわれる。グラントは大軍をテネシー川沿いの村ピッツバーグ・ランディング（Pittsburgh Landing）に上陸させ、ジョンストン軍と戦う。ドン・ビューエル軍の来援を得た北軍が勝利し、ジョンストンは戦死、南軍はコリンス（Corinth）への退却を余儀なくされた。「シャイロー」はヘブライ語で平和な場所の意であり、真に皮肉な話である。

　同じ4月、北軍の海軍はニューオーリンズ（New Orleans）を占領し、物流の大動脈ミシシッピー川の入り口を押さえる。10月、ペリーヴィルの戦いの後、南軍のブラック将軍はケンタッキー州からテネシー州へ退却し、北軍はチャタヌーガ（Chattanooga）、ヴィックスバーグ（Vicksburg）などの攻略を目指す。因みに、12月、テネシーのマーフリーズボローの野営地で、南北両軍の兵士たちが「ホーム・スウィート・ホー

ム」(Home, Sweet, Home) を合唱したという有名なエピソードが残されている（この歌はヘンリー・ビショップ「Henry Bishop」卿作曲のイギリスの古歌で、日本では「埴生の宿」として知られる）。しかし当地での激戦も、凄まじかった。

ところで、トマス・ダイジャ（Thomas Dyja）は、『王国のための試合』（1997）という作品で、戦争中に南北両軍が互いに野球（baseball）の試合を戦ったという物語を描いている。この作品はあくまでフィクションであるが、多少の根はあるようである。同作については（2）の文学の項で改めて触れたい。

グラントの北軍は、いよいよ南部側のミシシッピー川の要衝ヴィックスバーグを攻める。5月、グラントは同地を包囲した。結局、7月4日にその攻略に成功している。

3．

天王山となった最大の会戦は、東部ペンシルヴァニア州のゲティスバーグ（Gettysburg）の戦いだった。63年7月、大統領リンカーンの命を受けたポトマック軍団長ジョージ・ミード将軍指揮の9万の大軍は、ゲティスバーグの郊外で、リー将軍の南軍7万5千と激戦を展開し、終にこれを打ち破った。リー将軍の北進は完全に阻止され、南北戦争の帰趨はこれで決した。この戦いでは、南軍のリトルラウンドトップ攻撃に対し、北軍左翼のチェンバレン大佐の反撃が成功し、同所が持ちこたえたことが効いた。

南軍の一部隊ジョー

ゲティスバーグ古戦場（1984）

ジ・ピケット少将（George Edward Pickett, 1825-75）の軍1万3千が突撃して、壊滅したのも、この戦闘の一こまである。世に「ピケットの突撃」（Pickett's Charge）として知られ、この戦いの重大な転機を画した。こうして南軍全軍が南へと退却した。時を同じくして、ヴィックスバーグも落ち、ミシシッピー川方面も北軍が抑えた。ゲティスバーグでの南軍死傷者2万8千人、北軍は2万3千人であった。

戦後、リンカーンは、ゲティスバーグの丘上であの有名な「ゲティスバーグ演説」（Gettysburg Address）を行なった。「人民の人民による人民のための政府は地上から消えることはない」（Government of the people, by the people, for the people, shall not perish from the earth）のくだりは、とりわけ人口に膾炙している。

東部の64年4月のウィルダネスの戦い、西南部の63年9月のチカモーガの戦い、11月のチャタヌーガの戦い、64年9月のシャーマン将軍（William Tecumseh Sherman, 1820-91）によるジョージア州アトランタの攻略（いわゆる「海への進軍」の一環）などを経て、終に、1865年4月9日、リー将軍がヴァージニア州のアポマトックス（Appomattox）でグラント将軍に降伏する。さしもの大戦争もようやく終りを告げたのである。因みに両者は、メキシコ戦争で出合っていた。

なお、南北戦争の特徴として機関銃や螺旋砲、有線電信などを含む各種の近代兵器が活用され、それが膨大な人的被害を招いたということが指摘できる。海戦でも、史上初めての甲鉄艦同士、北軍のモニター号と南軍のメリマック号が戦い、前者が後者を打ち破っている。潜水艦も現れている。要するに、この戦争は、20世紀的近代戦争の嚆矢なのである。なお、この時期の日本の幕末維新動乱の渦中の函館戦争でも、甲鉄艦が用いられている。

ところで、ハリウッド映画『栄光』（The Glory）は、北軍で活躍した脱北した黒人奴隷部隊の勇壮かつ悲劇的な物語である。名優デンゼル・ワシントンやモーガン・フリーマンなどがそれぞれの役を見事に

演じている。同映画にはのちほど改めて言及する。

　南部黒人たちは、進駐して来た北部兵を見て喜んだが、南部白人は、北兵をにらみつけるのであった。

　さて、戦争直前の1859年、ウェスト・ヴァージニア州ハーパーズ・フェリー（Harpers Ferry）の南軍武器庫を18人の部下とともに襲撃し、敗れて捕らえられ、処刑された白人のジョン・ブラウン（John Brown, 1800-59）は、急進的な奴隷制反対論者であり、例の有名なメロディ「リパブリック賛歌」とともに南北戦争の歴史に忘れ難い名を刻んだ。黒人奴隷出身のリチャード・アレン（Richard Allen, 1760-1831）は、合衆国で最初の黒人教会をフィラデルフィアに設立した。やはり奴隷解放運動家の逃亡黒人奴隷フレデリック・ダグラス（Frederick Douglass, 1817-95）の名もまた挙げられねばならない。彼は、戦争中、黒人に北軍参加を説いた。南北戦争の引き金となったと言われるハリエット・ビーチャー・ストウ（Harriet Beecher Stowe, 1811-96）の『アンクル・トムの小屋』（*Uncle Tom's Cabin*, 1852）は、最初は雑誌に連載されて、世の注目を浴びたものである。ビーチャー家の言い伝えによると、リンカーン大統領は、ストウ夫人に「それでは、あなたがこの大きな戦争を起こした小さなご婦人なのですね」と言ったという。

　そのリンカーン大統領は、戦争直後1865年4月14日、首都ワシントンで観劇中に、狂信的な南部主義者の俳優ジョン・ウィルクス・ブース（John Wilkes Booth, 1819-92）により暗殺されてしまう。大詩人ウォルト・ホイットマン（Walt Whitman, 1819-92）はその死を悼んで、名詩「ライラックの花が前庭に咲いた時」を詠んだのである。

　因みに、こうして一歩前進した人種問題であるが、7人に1人が奴隷と言われたアメリカでは、1830年代から奴隷解放の動きが始まっていたのであった。

4．

　南北戦争においては、北部がのべ200万人、南部が90万人の兵士を動員した。そして戦死者数は南北総計62万人近くにのぼった。膨大な国家的損失だったわけである。けれどもリンカーンと北部の大義は全うされた。

　南北戦争の持つ意味であるが、高木八尺氏によれば、第一に州権問題を解決して、合衆国連邦制度を確立し、アメリカの民族的統一国家の基盤を強固にしたことであり、第二には、南部の特殊な社会制度と産業組織を排除して、同地域をアメリカ全体の不可分の一部として包み込み、近代産業国家としてのアメリカのさらなる発展を可能にしたことである（『アメリカ』東大出版会）。

　政治、経済上の対立についても、奴隷制度の是非の争いについても、戦前からの長いプロセスがあり、経済上の関税問題や奴隷制度の維持、拡大のための諸事件、たとえばミズーリ協定[4]を廃止する「カンザス・ネブラスカ法」[5]の成立（1854）や「ドレッド・スコット判決」（1857）[6]などのことがあり、それと同様に、戦後の再建時代（the Reconstruction）[7]においても、多様な諸問題の時間をかけての解決が求められた。

　荒廃した南部社会の再建は容易でなく、敗北した南部人の北部に対する反感や恨みの情も根深く残っていた。解放された黒人奴隷たち約400万人の処遇や崩壊した経済の建て直しなどに戦後10年を要したのである。戦後のアメリカ合衆国は「スティームとスティールの時代」（高木氏）と呼ばれ、近代的な工業化が推し進められ、南部もそうした方向、流れに組み入れられていった。他方で、北部から来た渡り者、いわゆるカーペット・バガー（Carpetbagger）の跋扈や白人至上主義の人種差別主義者集団たるKKK（the Ku Klux Klan）による黒人虐待事件などもあらわだった。

　再建時代は、南部をアメリカ合衆国の近代的体制の中に組み込むという面を有しながらも、軍事力を持った北部人による過酷な支配（軍事占領）

という事実も否定できなかった。それは、たとえば、ウィリアム・フォークナーの文学世界などにも如実に反映されている。

解放された黒人奴隷たちにはその後市民権も与えられたが、人種隔離政策、いわゆる「ジム・クロウ制度」は、公民権運動が盛んとなる1950年代まで続いた。

ともかく、19世紀後半のアメリカは、マーク・トウェイン（Mark Twain, 1835-1910）の言う「鍍金時代」（the Gilded Age）[8]たる殺伐としたにわか成金の俗物主義的、物欲主義的側面を持ちながらも、中国人移民などを使っての各地方の鉄道建設、西部、特にカリフォルニアのゴールド・ラッシュ（Gold Rush）、「明白なる宿命」（Manifest Destiny）による西漸運動（Westward Movement）、対インディアン戦争の継続と領土の拡張といった歴史的諸事項に彩られつつ、世界列強の一つに成長していくのである。

（2）南北戦争時代の文学

1．

南北戦争前の19世紀前半期アメリカ文学の世界では、ロマン主義文学が大いに栄えたが、それはこの国が若々しい新生の独立国家として出発したことやヨーロッパ思潮の影響を受けていることなどによるものであった。

「アメリカン・ルネッサンス」（American Renaissance）の時代とも言われるこの時期、小説の分野では、まず、アメリカ文学の開祖、父とも呼ばれるニューヨークのワシントン・アーヴィングが『スケッチ・ブック』を書いた。アメリカ最初期の短編「リップ・ヴァン・ウィンクル」や「スリーピー・ホロウの伝説」などを含んでいる。

南部ヴァージニアとも縁の深いエドガー・アラン・ポー（Edgar Allan Poe, 1809-49）は近代的短編小説理論を確立し、「黒猫」や「アッ

シャー家の崩壊」「黄金虫」などで知られた。彼は「大鴉」(The Raven) などの詩も書いた。彼は創作や編集上の名声とともに、その貧しく不幸な人生模様でも記憶されている。ジェイムズ・フェニモア・クーパーは第4章でも詳しく論じられたが、新大陸のウォルター・スコット (Sir Walter Scott, 1771-1832) たらんとした歴史作家でもあった。

さらに、ナサニエル・ホーソン (Nathaniel Hawthorne, 1804-64) とハーマン・メルヴィル (Herman Melville, 1819-91) はアメリカ・ロマン主義小説界に聳える二大巨峰とも言うべき存在である。前者ホーソンは、ニューイングランド植民地時代の"罪と罰"と人間精神の開放の要を説いた。『緋文字』(*The Scarlet Letter*, 1850) や『七つの破風の家』(*The House of the Seven Gables*, 1851) などで知られる。また、後者メルヴィルは、ニューヨークの人だが、南太平洋での体験を基にした海洋作家として活躍した。代表作に処女作『タイピー』(*Typee*, 1846) や『オムー』(*Omoo*, 1847)、神秘的な一大傑作『白鯨』(*Moby-Dick, a Whale*, 1851)、『ビリー・バッド』(*Billy Budd*, 1924) などがある。

詩人では、ホーソンと同じメイン州ボードイン大学出身で、ハーヴァード大学の教授だったヘンリー・ウォッズワース・ロングフェロー (Henry Wadsworth Longfellow, 1807-82) が国民詩人として人気を博した。"学者詩人"で当代切っての知識人でもあり、「村の鍛冶屋」(The Village Blacksmith)、「矢と歌」(The Arrow and the Song) などが人口に膾炙している。『エヴァンジェリン』(*Evangeline*, 1847)、『ヒアワサの歌』(*The Song of Hiawatha*, 1855) などが代表作である。ウィリアム・カレン・ブライアント (William Cullen Bryant, 1794-1878) は、早熟な天才詩人と言われ、既に青年時に「サナトプシス (死観)」(Thanatopsis, 1817) という哲学的、瞑想的な詩を書いていた。彼はワーズワース (William Wordsworth, 1770-1850) 流の自然観を尊び、「アメリカ詩の父」とも言われる。『ニューヨーク・イヴニング・ポスト』(*The New York Evening Post*) などを編集した。また、民衆詩人

としてニューイングランドを歌った『雪ごもり』(*Snowbound*、1866) などを発表した農家出身のジョン・グリーンリーフ・ホイッティアー (John Greenleaf Whittier, 1807-92) は、反奴隷制の立場に立ったジャーナリストで、クェーカー教徒でもあった。『自由の声』(*The Voices of Freedom*, 1846) などもある。彼はロバート・バーンズ (Robert Burns, 1759-96) の愛読者だった。

エミリー・ディッキンソン (Emily Dickinson, 1830-86) は、19世紀アメリカ詩壇で、ホイットマンと双璧をなしている。マサチューセッツ州アマースト (Amherst) で法律家の娘として生まれたが、病気がちで、愛情を燃やす対象者もいたようだが、結局独身を通し、隠者的な生活を送った。死後、遺族や身近な人々の尽力もあって、遺稿が出版されることになる。短詩の中に愛や死、人生の苦悩や絶望を歌い、情熱的、官能的な詩人でさえあった。彼女が表現しようとした「事物の深みと多様性」には最も複雑な技のみが対応できるのであり、彼女の隠遁は「絶対的なもの」、「普遍の王国」へのそれだった（スピラー [R.E.Spillar]『アメリカ文学のサイクル』）。

オリヴァー・ウェンデル・ホームズ (Oliver Wendell Holmes, 1809-94) とジェイムズ・ラッセル・ローウェル (James Russell Lowell, 1819-91) は、ロングフェローと並んでニューイングランドの代表的知識人であり、「お上品な伝統」(the genteel tradition) の体現者でもある。前者ホームズは、産褥熱の研究などで知られる高名なハーヴァード大学医学部教授であり、随筆家、詩人など、文人としても活躍した。随筆集『朝食卓』(*Breakfast-Table*) シリーズが代表作である。後者ローウェルは、法律家でやはりハーヴァード大学教授（語学）であり、反奴隷制の活動も行なった。彼はロングフェローの「情感」とホームズの「知性」を共有していた (R. E. スピラー)。文人としても随筆や評論、詩などを発表し、『アトランティック・マンスリー』(*The Atlantic Monthly*) 誌の編集者でもあった。彼はスペイン公使、イギリス公使など外交官とし

ても活躍している。彼のヤンキー方言の会話集『ビグロー書簡集』(*The Biglow Papers*, 1848, 67) は、奴隷制度やメキシコ戦争も批判している。

アメリカン・ルネッサンスの重要な一角を担い、独立戦争開戦の地、コンコードを拠点としたグループが「超絶主義者」(Transcendentalist) たちである。彼らの奉じる「超絶主義」(Transcendentalism) は、カント (Imanuel Kant, 1724-1804) の『純粋理性批判』(*Kritik der reinen Vernunft*, 1781) に由来する哲学思想で、人間の直覚や感性を重視した。彼らは人間一人一人の能力を信じ、自己信頼 (self-reliance) に厚かった。人には神が宿ると説いたのである。

このグループは、超絶主義クラブ (哲学者ヘッジ [Frederic Henry Hedge, 1805-90] の名前からヘッジ・クラブ [Hedge's Club] とも言う) を作り、『ダイアル』(*The Dial*) という機関誌を有した。

中心人物のラルフ・ウォルドー・エマーソン (Ralph Waldo Emerson, 1803-82) は、ハーヴァード出身で、ボストン第二教会の牧師だった。「コンコードの哲人」と呼ばれ、『自然』(*Nature*, 1836)、『アメリカの学者』(*The American Scholar*, 1837)、『神学院演説』(*The Divinity School Address*, 1838) などで知られる。『自然』にはエマーソン思想の真髄が盛り込まれている。また、『アメリカの学者』は、ホームズにより「アメリカの知的独立宣言」だと賞賛された。残された彼の業績は、講演を著作にしたものが主である。

エマーソンの弟子のヘンリー・デヴィッド・ソロー (Henry David Thoreau, 1817-62) は、師同様にハーヴァード大出身であり、反物質主義の立場を取り、自然を重んじ、自然と一体化することを欲した。彼は1845年夏から47年秋まで2年余り、コンコード郊外のウォールデン池 (Walden Pond) のほとりに自前の小屋を作り、自由な実験生活を試みた。その成果が有名な『ウォールデン、森の生活』(*Walden, or Life in the Woods*, 1854) である。『市民としての反抗』(*Civil Disobedience*, 1849) を書いた彼は、メキシコ戦争に反対し、納税を拒否して、入牢

さえした。反奴隷制の立場にも立った。インドのマハトマ・ガンジー（Mahatma Gandhi, 1869-1948）にも影響を与えた。彼ソローは東洋思想にも造詣が深かった。今日環境やエコの問題と取り組む日本でも、なお人気が高い。

他の超絶主義者には、ソローのよき友人でルイザ・メイの父、ペスタロッチ方式の教育者で奴隷制反対論者のブロンソン・オールコット（Bronson Alcott, 1799-1888）、牧師でやはり奴隷制に反対したセオドール・パーカー（Theodore Parker, 1810-60）、『ダイアル』の編集もしたマーガレット・フラー（Margaret Fuller, 1810-50）、そしてボストン郊外で超絶主義者たちの共産的集団農場ブルック・ファーム（Brook Farm）[9]を主導したジョージ・リップレー（George Ripley, 1802-80）などがいた。

なお、コンコードに住んだホーソンは、一時、同ファームにも属したが、やがて去っている。妻のソフィア・ピーボディ（Sophia Peabody）とは同ファームで知り合ったし、そこでの体験が彼に『ブライスデイル・ロマンス』（*The Blithedale Romance*, 1852）を書かせている。

ともかく、この超絶主義運動は、アメリカの大自然を基盤とした、いかにもアメリカらしい、理想主義的、楽観主義的、そしてロマン主義的な思潮であり、それはエマーソンを尊敬していた詩人ホイットマンにもそのまま通じるものであった。

2.

さて、南北戦争前の南部にも、文人たちがいた。

ウィリアム・ギルモア・シムズ（William Gilmore Simms, 1806-70）は、ロマンスの基準を叙事詩のそれに置いていた。彼は『パルチザン』（*The Partisan*, 1835）やカロライナのインディアン戦争の物語『ヤマスィー族』（*The Yamassee*, 1835）などを書いている。

ジョン・ペンドルトン・ケネディ（John Pendleton Kennedy, 1795-1870）も、ヴァージニアの田園物語シリーズ『ツバメの納屋』（*Swallow*

Barn, 1832) を物した。

　ウィリアム・フォークナー（William Cuthbert Faulkner, 1897-1962）の曽祖父ウィリアム・クラーク・フォークナー大佐（Colonel William Clark Falkner,1825-89）は、農園主、実業家、弁護士、政治家、作家、鉄道建設者などの多彩な肩書きを有した成り上がりの地方の名士だった。作家としては、南北戦争前後にわたって、いくつものロマンスを書いた。曾孫のフォークナーが少年時代からこの先祖を尊敬しており、その名前も彼に因んでつけられた。

　この曽祖父のフォークナーは、中尉としてメキシコ戦争を戦うが、1847年4月に負傷し、ミシシッピーに帰る。さらに南北戦争では、大佐として第二ミシシッピー連隊を組織し、第一次マナサスの戦いで奮戦して、ジョンストン将軍から感状を受けている。傲慢な性格だった大佐は、1862年4月の連隊選挙でストーン大佐に負けて、指揮権を喪失する。が、ミシシッピーの故郷に戻った彼は、再び第一ミシシッピー・パーティザン・レンジャーズ（第七ミシシッピー騎兵隊となる）を組織して再出征し、戦い続けた。文才のある彼は、自らのメキシコ戦争の体験を描いた4千行の詩『モンテレーの包囲』（*The Siege of Monterey*, 1851）、ブエナ・ヴィスタの戦いを描いた物語『スペインのヒロイン』（*The Spanish Heroine*, 1851）、最初は地元リップレーの『リップレー・アドヴァタイザー』（*The Ripley Advertiser*）にも連載（1880年8月〜）した代表作たるロマンス『メンフィスの白バラ』（*The White Rose of Memphis*, 1881）などを書き残している。最後は、政敵のリチャード・サーモンド（Richard Thurmond）にリップレーの中央広場の一角で射殺された。筆者はかつて、同地のジャック・コヴィントン氏にその現場を案内されたことがある。フォークナー大佐とサーモンドは一度は鉄道の共同経営者でもあった仲である。サーモンドは事件後も生存し続けた。

　ハリエット・ビーチャー・ストウ夫人（Harriet Beecher Stowe,

第5章 南北戦争とその文学

1811-96）は、コネチカット州リッチフィールドで生まれた。父ライマンはイェール大学出身の牧師であった。また、母ロクサーナは、ジョージ・ワシントンの副官アンドリュー・ワード将軍の孫に当たり、仏語や文学書に親しむ、なかなかの教養人であった。

少女時代から作文の得意だったストウは、ワシントンの週刊新聞『ナショナル・イアラ』（*The National Era*）に奴隷制に反対する小説『アンクル・トムの小屋』（*Uncle Tom's Cabin*）を連載し、評判となる。彼女はケンタッキーの農場で奴隷たちの悲惨な状態を見て、この作品を執筆したのである。作品連載は、1851年5月から52年春まで10ヶ月間にわたって41回続き、直ちに単行本として出版され、19世紀の内に42ヶ国語に翻訳されたという。19世紀アメリカの最大のベストセラー小説だった（高野フミ編『「アンクル・トムの小屋」を読む』）。一年間で150万部売れたと言う。奴隷制度の悲惨さを告発したこの傑作は、南北戦争勃発の重要な原因の一つになったと言われているわけである。

なお、ストウ夫人は、ニューイングランドの地方色豊かな『オーズ・アイランドの真珠』（*The Pearl of Orr's Island*, 1862）や『オールドタウンの人々』（*Old Town Folks*, 1869）なども書き、合衆国の女流作家、地方色作家のパイオニアの一人ともなっている。

大詩人ウォルト・ホイットマン（Walt Whitman, 1819-92）は、ニューヨーク郊外ロング・アイランドの貧しいクェーカー教徒の農家に生まれた。印刷所で働いたことからジャーナリストとなり、1855年に詩集『草の葉』（*Leaves of Grass*）を自身で活字を組んで、自費出版した。無題の12篇の詩を載せた。この作品は、その後8回にわたって改訂を続け、大部なものとなっていく。最後の版が臨終版（deathbed edition）である。ホイットマンはエマーソンの影響を強く受けていた。理想主義者、楽天主義者であり、自由詩形で高らかにアメリカ人の心情を歌い上げ、最初の国民詩人となった。個人の自由な精神を尊び、批判を浴びながらも、肉体的、官能的な詩さえ大胆に世に問うた。ヴィクトリア朝風

を採らず、新鮮な心象を生み出し、魂と肉体の詩人となった（H.C. ブラッシャーズ『アメリカ文学史』八潮出版社）。彼は、南北戦争中、看護人として働いた。

ホイットマンは、尊敬するリンカーンが暗殺されると、追悼詩「ライラックの花が前庭に咲いた時」(When Lilacs Last in the Dooryard Bloom'd) を作り、捧げた。いかにもホイットマンらしい「開拓者よ！おう、開拓者よ！」(Pioneers! O Pioneers!) や日本の遣米使節のブロードウェイ行進を歌った「ブロードウェイの行列」(A Broadway Pageant) なども有名である。彼の墓は、キャムデン（Camden）にある。なお、日本の夏目漱石（1867-1916）や有島武郎（1878-1923）も彼に少なからぬ関心を示している。ともかく、南北戦争期を代表するダイナミックな国民詩人である。

既出のルイザ・メイ・オールコットの『若草物語』（『四姉妹』 *Little Women*, 1868-69) も、南北戦争期を代表する作品である。後世、エリザベス・テイラーの演ずる作を含めて、ハリウッドで映画化も繰り返された名作である。ニューイングランドを舞台に、従軍牧師の出征中、留守の家族を守るマーチ家のメグなど4姉妹の物語である。

最後に父の牧師が病を得て、帰郷してくるが、南北戦争が彼女たちの家庭生活の間接的な後景をなしているのである。

ポー、O. ヘンリーと並び称せられる短編小説の名手アンブローズ・ビアス（Ambrose Bierce, 1842-1914?）も、南北戦争に従軍した一人である。「毒舌家ビアス」(Bitter Bierce) と呼ばれたが、ロマン主義者でもあった。やはり最後の落ち（surprising ending）の名手であり、それも、ロジカルなポーやヒューマンな O. ヘンリーとは異なり、極めてアイロニーに富んだ作品を書いた。戦争後、ジャーナリスト、文筆家としてサンフランシスコやロンドンで活動したが、仕舞にはメキシコで消息を絶っている。南北戦争を題材とした『命半ばに』(*In the Midst of Life* [1892]、元は『兵士と市民の物語』[*Tales of Soldiers and*

Civilians, 1891]と言った）が代表作である。その中の「アウルクリーク橋の出来事」(An Occurrence at Owl Creek Bridge)や「空中の騎士」(A Horseman in the Sky)はとりわけ広く読まれているが、ともに大変皮肉な内容で、技も冴えている。

ビアスの『悪魔の辞典』(*The Devil's Dictionary*, 1911)も広く人口に膾炙している。彼の芥川龍之介（1892-1927）への影響も、技巧や心理描写的な面を含めて、少なくない。「藪の中」は、ビアスの短編作品「月に照らされた道」(The Moonlit Road)の影響も受けている。

なお、南北戦争と関わりの深いビアスの文学ではあるが、彼は、幽霊物語も沢山書いている。

スティーヴン・クレイン(Stephen Crane, 1871-1900)の『赤色武勲章』(*The Red Badge of Courage*, 1895)は、南北戦争を描いた純文学作品として最高の出来栄えを誇っている。極めて評価の高いこの作品だが、作者は南北戦争後に生まれた人であり、当然同戦争を実体験はしていない。ただ、同戦争のことを準備段階でしっかり調査したと言われている。

ニュージャージーでメソジスト派の牧師の子として生まれたクレインは、シラキュース大学で学んだ後、ジャーナリストとなり、創作へと向かった。早くも23歳にして処女作『街の女、マギー』(*Maggie: A Girl of the Streets*, 1893)を自費出版したが、これは貧民街生まれの少女マギー・ジョンソンが転落の人生を辿っていく自然主義的な物語である。彼女は終に売春婦となり、自殺して果てる。作品内容が斬新過ぎて、世に受け入れられるに到らなかったが、ハムリン・ガーランドやW. D. ハウエルズらに認められはした。

自然主義文学者クレインは、労働争議なども度々起こった世紀末の殺伐とした移民の町ニューヨークを熟知することにより"戦争の心理学"(the psychology of war)を体得し、学生時代から戦争に関することには何にでも惹きつけられていた（アルフレッド・ケイジン）。

『赤色武勲章』は、主人公の若者ヘンリー・フレミングが戦争に憧れて、悲しむ母親に別れを告げ、出征するが、過酷な戦場にあって恐怖にとらわれ、一度脱走する。が、恥じて再び原隊に戻り、乱戦の中で自軍旗を守ろうとする勇敢な戦士へと変貌していく。逃走—変身—復帰の軌跡を辿りつつ、主人公の心理を深く探求している。作者は実戦場を生々しく描出するが、ヘンリー・フレミングの心理描写に最大の重点を置いているのである。
　この作品のもう一つの顕著な特徴は、自然描写にある。霧が次第に晴れて丘に広がり、休んでいる軍隊の様子が段々とはっきり見えてくる冒頭の部分からして既にそうである。

> 冷気が地上からしぶしぶながら消え去ってゆき、後退する霧が丘陵上に広がって、休んでいる軍隊をあらわにしていた。景色が褐色から緑に変わってゆくにつれて、軍隊は目覚め、騒々しい噂に芯から震え出した。・・・
>
> 　　　　　　　　　　　　　　　　　　　『赤色武勲章』第1章

　非常に感覚的な文章である。心理や自然を見事に描き出すクレインの文体は、同じ自然主義作家のセオドール・ドライサーのそれなどとは異なり、繊細、精密で、色彩感にも富み、彼が自然主義作家の枠をはみ出た存在でもあったことが注目されるのである。
　クレインは結婚してイギリスに住み、ヘンリー・ジェイムズやジョゼフ・コンラッド（Joseph Conrad, 1857-1924）らとも交流するが、肺結核に犯され、転地先のドイツで早死にした。『黒い騎士、その他』(Black Riders and Other Lines, 1895) など、20世紀の新詩に影響を与えた詩集も出している詩想豊かな文人でもあった。
　マーガレット・ミッチェル（Margaret Mitchell, 1900-49）は、20世紀1930年代の作家だが、南北戦争を描いて大ベストセラー作家となっ

第5章 南北戦争とその文学

た。故郷のジョージア州アトランタを舞台とした彼女の作品『風と共に去りぬ』(Gone with the Wind, 1936) は、愛と戦争を描いた壮大な絵巻である。南部の敗戦に屈せず、故郷タラの赤い大地と緑の藪やジャスミンの叢を想いつつ、明日は明日の太陽が照るのだ、と考えるヒロインのスカーレット・オハラ（Scarlett O Hara）は、極めて忍耐強い南部女性の典型である。

クラーク・ゲイブル（[William] Clark Gable, 1901-60）とヴィヴィアン・リー（Vivien Leigh, 1913-67）主演の同名のハリウッド映画の人気も、今日なお衰えていない。

やはり南北戦争を描いた異色の映画『栄光』(The Glory) は、デンゼル・ワシントンやモーガン・フリーマンなども演じている大作であり、脱走した元奴隷たちからなる黒人部隊が北軍の一翼を担って活躍する物語である。白人のロバート・グールド・ショー（Robert Gould Shaw）大佐を主人公とするストーリーであり、ショー大佐が率いるところのマサチューセッツ州の第54連隊たる黒人部隊の厳しい訓練の模様、黒人なるがゆえに差別され、軍隊内で銃や軍服の支給を故意に遅らされるなどの嫌がらせを受けたり、実戦でなく、肉体労働ばかりをあてがわれるなどする。しかしショー大佐は、この部隊のために命をかけている。その真心は、黒人兵たちに通じ、彼らの心を奮い立たせるのである。黒人部隊は二度の実戦のうち、一つでは南軍を打ち破る。そしてゲティスバーグやヴィックスバーグの戦いのすぐ後の戦闘であるサウスカロライナのワグナー砦攻略に向かうのである。

ショー大佐が司令部に先鋒となることを求め、許可されて第一陣として要塞の敵軍を混乱させようとした作戦である。海岸の砂浜沿いに激しい攻撃をかけるが、南軍も必死に防戦し、先頭に立って突撃したショー大佐は華々しく戦死し、黒人兵たちも多くが倒れ、傷つく。結局、攻略は失敗し、砦は南軍の手中に残るが、黒人部隊の栄光と誇りは南北戦争史に刻み込まれるのである。この戦闘では、連隊の4割が生還

しなかったと言われている。

　白人の目線で描かれた物語だが、南部の同胞奴隷たちの解放を目指す逃亡黒人奴隷兵たちの自己犠牲的な奮闘ぶりが、生き生きと描写されているのである。なお、この映画は、数作の原作本に基づいて製作されている。それらはリンカーン・カースタイン（Lincoln Kirstein）の『この月桂樹をかぶせよ』（*Lay This Laurel*）、ピーター・バーチャード（Peter Burchard）の『ある勇壮な突撃』（*One Gallant Rush*）、そして『ロバート・グールド・ショーの手紙』（*The Letters of Robert Gould Shaw*）である。

　因みに、「奴隷制度は死んだ」は、北軍シャーマン将軍の言葉である。

　南北戦争関連の名作映画としては、他に『コールド・マウンテン』（*Cold Mountain*）なども挙げられる。ジュード・ロウ（Jude Law）やニコール・キッドマン（Nicole Kidman）主演の名画で、南軍の一白人脱走兵の物語である。原作は、チャールズ・フレイジアー（Charles Frazier）の作品である。

　ウィリアム・フォークナーが、先祖の関係もあって、南北戦争を多くの作品の題材としたことはよく知られている。彼については、次の第6章で詳論する。

　野球（ベースボール[baseball]）はアメリカ合衆国で早くから行われていたと言われるが、ホイットマンや南北戦争の頃には、民間で既にかなり普及していたようである。編集や出版の企画を専門としたトマス・ダイジャ（Thomas Dyja）が、こうした野球と南北戦争をテーマに描いた作品が『王国のための試合』（*Play for a Kingdom*, 1997）である（邦訳名『白球の王国』[佐々田雅子訳。文春文庫]）。

　ダイジャのこの作品は「アメリカ野球学会」（SABR, The Society for American Baseball Research）の第15回ケーシー賞を受けてもいる。

　本作では、南北両軍が激しい戦闘の合間のひと時、野球の交流試合を重ねるというものである。その都度のスコアも掲げられている。非常にユニークな作品である。むろん小説、フィクションではあるが、戦

争中、兵士の間で賭け事の楽しみの一つに野球があった模様で、実際、作者は、当時の資料の中に北軍内で行なわれた試合のスコアを見つけていた（佐々田雅子）。

既述のリンカーン大統領の「ゲティスバーグ演説」の文章も、当時を代表する香り高いそれだった。高邁で力強く、リズム感にあふれている。また、サウスカロライナの女性メアリー・チェスナット（Mary Chestnut）の日記も、南北戦争時の貴重な遺産となっている。

ジュリア・ウォード・ハウ（Julia Ward Howe, 1819-1910）の作詞した「リパブリック賛歌」（The Battle Hymn of the Republic, 1862）は、北軍の愛唱歌となった。

3.

南北戦争後は、戦前の牧歌的なロマン主義に代わって、現実主義、リアリズムの色合いが濃くなってくる。文学においても、写実主義が主となり、地方色運動（Local colour movement）が強まる。地方色自体は地方特有の風俗、習慣、人情、言語や自然を重んじるものであり、ロマンティシズムの色さえないではなかったが、民族が分断されて大戦争を戦った後のことなので、当然その影響は大きく、現実主義や俗物主義さえもが風靡し、「鍍金時代」とさえ呼ばれる浅薄で物質主義的な風潮も見られたわけである。

なお、地方主義（Regionalism）とは、1920年代頃から盛んになったリアリズム中心の運動のことであり、地方色のほうは、地方賛美にもつながる、ロマン主義的な要素さえ秘めたもので、1880年代頃に最も勢いがあった。

地方色作家には、アーカンソーのトマス・ソープ（Thomas Thorpe, 1815-78）、ジョージアのオーガスタス・ボールドウィン・ロングストリート（Augustus Baldwin Longstreet, 1790-1870）及びジョエル・チャンドラー・ハリス（Joel Chandler Harris, 1848-1908）、ルイジアナはニュー

オーリンズのジョージ・ワシントン・ケイブル (George Washington Cable, 1844-1925)、イリノイのジョン・ヘイ (John Hay, 国務長官、1838-1905)、インディアナのエドワード・エグルストン (Edward Eggleston, 1837-1902)、そしてニューイングランドのストウ夫人やサーラ・オーン・ジューエット (Sarah Orne Jewett, 1849-1909) など多彩な人々がいる。とりわけカリフォルニアのブレット・ハート (Bret Harte, 1836-1902) は、ニューヨーク州の出身ながら、カリフォルニアに移り、鉱山で働いたりしたのち、サンフランシスコに行き、『オヴァーランド・マンスリー』(*The Overland Monthly*) の編集長もやりながら、『ローリング・キャンプの赤ん坊、その他』(*The Luck of Roaring Camp and Other Stories*, 1870) で認められた。「ローリング・キャンプの赤ん坊」は、カリフォルニアの鉱山町の荒くれ鉱夫たちが、娼婦の私生児を育てることにより変わってゆくというヒューマンな物語である。

ブレット・ハートなどの西部の文学は、フロンティア特有のユーモアや皮肉、開放感や誇張そして俗語表現などの特色に彩られるが、デヴィッド・クロケット (Davy[David] Crockett) やポール・バニヤン (Paul Bunyan) などの英雄話からなる「ほら話」(Tall Tale)[10] が注目される。

こうしたフロンティア文学の頂点に立つのがマーク・トウェイン (Mark Twain, 本名サミュエル・ラングホーン・クレメンス [Samuel Langhorne Clemens], 1835-1910) である。ミシシッピー川沿岸のミズーリ州フロリダに生まれ、同沿岸のハンニバルで育ったトウェインは、印刷屋の小僧や蒸気船のパイロット（水先案内人）をやり、一時南軍に属したのち、鉱山や新聞社で働き、「キャラヴェラス郡の有名な跳び

ミシシッピー川の外輪船（メンフィスにて。1984）

蛙」というユーモアに満ちた、気の利いた短編で評判を取った。『田舎者の外遊記』(*The Innocents Abroad*, 1869. 海外旅行記)、『ラフィング・イット』(*Roughing It*, 1872. 国内旅行記)、『鍍金時代』(*The Gilded Age*, 1873. C. D. Warner との合作)、『トム・ソーヤーの冒険』(*The Adventures of Tom Sawyer*, 1876)、『ハックルベリー・フィンの冒険』(*The Adventures of Huckleberry Finn*, 1884)、そして『王子と乞食』(*The Prince and the Pauper*, 1882) など沢山書いた。とりわけトムやハックの物語は、世界の児童文学の古典にさえなっている。

『自伝』(*Autobiography*, 1924) は、「私が生まれて、フロリダの人口100人の1パーセントを増やす貢献をした」などのユーモアたっぷりの記述から始まり、率直に人生を語っている。北部ニューイングランドの女性と結婚して、コネチカット州の州都ハートフォード (Hartford) に住み、戦前の懐かしいミシシッピー河畔の生活を思い返しながら、執筆活動を行なったが、その場所は「ヌック・ファーム」(Nook Farm) と称され、今日もトウェインの屋敷やその内部の家具や調度品など諸遺品が残されている。なお、ストウ夫人の家も同所に移築、保存されている。

トウェインは晩年、厭世主義に陥り、『人間とは何か』(*What is Man ?*, 1906) など暗い作品を物したが、それは事業の失敗や肉親の喪失などによるとも説明されている。が、やはり不安や混沌といった諸要素をはらんだ20世紀への社会の変化が、彼に否定的な影響を与えるところがあったのではなかろうか。

4.

ウィリアム・ディーン・ハウエルズ (William Dean Howells, 1837-1920) も、オハイオ出ながら、マーク・トウェインと同様に、大学教育を受けない「"西部"の子であり印刷工であり、ジャーナリストであった」(ジャック・フェルナン・カーン『アメリカ文学史』白水社)。しかし彼の教養や知識は豊かであった。彼のリアリズムは、トウェインとへ

ンリー・ジェイムズの中間で（H. C. ブラッシャーズ）、極端に走らず、人生の真実に即した書き方をしようとしたが、不徹底とのそしりも受けている。

　彼は平凡な庶民の生活や人生を描いた。『アトランティック・マンスリー』誌（*The Atlantic Monthly*）の編集に携わり（副編集長、次いで編集長を務めた）、トウェインやジェイムズ、それに自然主義作家たちを支援した。リンカーンの伝記を書いて大統領当選に寄与し、ヴェニス領事にもなって、『ヴェニスの生活』（*Venetian Life*, 1866）も物している。

　代表作『サイラス・ラファムの出世』（*The Rise of Silas Lapham*, 1885）は、農村出身の主人公サイラスの経済的成功と破滅、そして彼のモラル上の覚醒と道徳的な再生を描いている。彼ハウエルズは、19世紀から20世紀初頭にかけての過渡期のアメリカ文学において指導的な役割を果たし、その橋渡しの役もした。

　そのハウエルズの影響も受けたヘンリー・ジェイムズ（Henry James, 1843-1916）は、神学者の父と心理学者、哲学者の兄（ウィリアム・ジェイムズ [William James, 1842-1910]）を持つ。ハーヴァード大学で法律を学んだが、文学へ移った。芸術的亡命者（expatriate）としてのヨーロッパでの生活も長く、最終的にはイギリスに帰化している。

　コスモポリタンとして主に「国際テーマ」と言われる欧米を対比する彼特有の作品群を創作した。処女作『デイジー・ミラー』（*Daisy Miller*, 1879）や『ある婦人の肖像』（*The Portrait of a Lady*, 1881）、『鳩の翼』（*The Wings of the Dove*, 1902）それに『大使たち』（*The Ambassadors*, 1903）などがそうである。

　ジェイムズは、フローベル（Gustave Flaubert, 1821-80）やプルースト（Marcel Proust, 1871-1922）、ドストエフスキー（Fyodor Mikhaylovich Dostoyevsky, 1821-81）、ジェイムズ・ジョイス（James Joyce, 1882-1941）らのような小説道の大家に並ぶ域に達した偉大な作家である。劇作も行なったが、これは成功しなかった。ミステリー物『ね

じの回転』（*The Turn of the Screw*, 1898）は特に広く読まれている。

ジェイムズは必ずしもヨーロッパ一辺倒ではなく、ホーソンを敬い、『ホーソン論』（*Hawthorne*, 1879）も残している。彼の文学理論を述べた『小説の技巧』（*The Art of the Novel*, 1934）も重要な産物である。もともと少年時代に火事場で背中に損傷を受けたことが、彼を観察者的、傍観者的な人間にしたとも言われる（R.E. スピラー）。

ジェイムズは、小説道の師として、後に続く作家たちに、心理描写の手法や視点（point of view）の重要性などを含めて、さまざまな示唆や影響を与えた。彼は欧米の新しい20世紀小説が志向すべき道筋をつけた重要な人物の一人だったのである。

やはりニューイングランドの代表的な知識人で、二人の大統領を先祖に持つヘンリー・アダムズ（Henry Adams, 1838-1918）は、ハーヴァード大学、ベルリン大学で学んだ歴史学者、哲学者だった。南北戦争の勃発とともに英国公使の父チャールズの個人秘書としてイギリスに渡り、当地に7年間滞在した。その後、ハーヴァードの中世史助教授となっている。代表作『ヘンリー・アダムズの教育』（*The Education of Henry Adams*, 1918）は彼の自伝的な思索と人生哲学の書である。『合衆国史』（*The History of the United States*）9巻（1889-91）や「モン・サン・ミシェルとシャルトル」（*Mont-Saint-Michel and Chartres*, 1913）などの意義深い著作も広く知られている。彼は視野の広い文明論者でもあったのであり、過度の物質文明を懐疑し、中世の統一性と近代の多様性の調和を求めながら、歴史の進展を考察し続けたのである。

イーディス・ウォートン（Edith Wharton, 1862-1937）もニューヨークの名門の生まれだが、やがてパリに住むことになる。H. ジェイムズの影響も受けて、アメリカ（ニューヨーク）とヨーロッパの社交界を扱う風俗小説を書いた。心理描写も用いている。『イーサン・フロム』（*Ethan Frome*, 1911）は田舎を舞台にした、心中を遂げられなかった一農夫の悲劇的物語である。が、ウォートンの本領は、『国の慣習』

(*The Custom of the Country*, 1913) や『無垢の時代』(*The Age of Innocence*, 1920) などの社交界風刺の物語にある。

　世紀末から20世紀初期にかけて風靡したのが、フランスのエミール・ゾラ (Emile Zola, 1840-1902) を祖とする自然主義 (Naturalism) の文学である。南北戦争以降、アメリカは、次第に物質主義的、資本主義的流れ、そうした傾向を強めていった。産業化、工業化の進展がやがてシカゴ (Chicago) などの大工業都市を生み出していく。世紀末ともなると貧富の差や階級問題、労使対立、環境問題など資本主義社会の諸矛盾があらわとなる。こうして社会の裏面や暗部を鋭く抉り出し、告発する自然主義文学が盛んになる。それは、観察と記録、写実を重んじる科学的、実験的な手法を用いた。同時に、しばしば激しい社会的抗議や告発を伴うものでもあった。ハーバート・スペンサー (Herbert Spencer, 1820-1903) の思想やチャールズ・ダーウィン (Charles Darwin, 1809-82) の自然法則、さらには遺伝や運命的決定論などに特色付けられてもいた。

　フランスではゾラ、イギリスではトマス・ハーディ (Thomas Hardy, 1840-1928)、ジョージ・ギッシング (George Gissing, 1857-1903) らが特に知られるが、ヨーロッパ発のこの新分野がアメリカでは、この時期大いに栄えた。最初期のハムリン・ガーランド (Hamlin Garland, 1860-1940) は『幹線道路』(*Main-Travelled Roads*, 1891) を、またゾラ流に忠実なフランク・ノリス (Frank Norris, 1870-1902) は『マクティーグ』(*MacTeague*, 1899) や未完に終った『小麦の叙事詩』(*The Epic of the Wheat*) 3部作などを著わした。ノリスは記者として、南アフリカ戦争 (ボーア戦争、1899-1902) や米西戦争も経験している。スティーヴン・クレインについては既に述べた。クロンダイク地方[11]のゴールド・ラッシュなども体験したジャック・ロンドン (Jack London, 1876-1916) は『野生の呼び声』(*The Call of the Wild*, 1903) や『白い牙』(*White Fang*, 1906) などを書き、1904年には、従軍記者として日露戦

争にも赴き、サンフランシスコの『イグザミナー』紙に記事を送っている。そして最も偉大なセオドール・ドライサー（Theodore Dreiser, 1871-1945）は『シスター・キャリー』（*Sister Carrie*, 1900）や大作『アメリカの悲劇』（*An American Tragedy*, 1925）などを残した。

多彩な作家たちの活躍が見られた自然主義文学も、時の流れの中でやがて方向を見失い、暴露主義者たち（Muckrakers）[12]の文学へと堕していく。が、その中には『ジャングル』（*The Jungle*, 1906）を著わしたアプトン・シンクレア（Upton Sinclair, 1878-1968）などの実のある作家も含まれてはいた。

自然主義文学は比較的短命に終ったが、世紀末から新世紀にかけての過渡期のアメリカ文学史に相当の貢献をなしたことは間違いない。ある意味では、その後のアメリカ文学の重要な一母体足り得たのである。

女流作家も、地方色文学を含めて、輩出するようになり、ストウ夫人やサーラ・オーン・ジューエットらの他にも、ウィラ・キャザー（Willa Cather, 1873-1947）、エレン・グラスゴウ（Ellen Glasgow, 1874-1945）などの登場を見る。

ヨーロッパに帰化する小説家 H. ジェイムズや詩人の T. S. エリオット（Thomas Stearns Eliot, 1888-1965）、それにエズラ・パウンド（Ezra Pound, 1885-1972）やガートルード・スタイン（Gertrude Stein, 1874-1946）らアメリカ人たちが 20 世紀初頭のヨーロッパ文壇で華々しく活動し、新世紀欧米の新文学の形成に大いに寄与したことは大変意義深いことである。そのあとを受けて『ワインズバーグ・オハイオ』（*Winesburg, Ohio*, 1919）のシャーウッド・アンダスン（Sherwood Anderson, 1876-1941）やアメリカでノーベル文学賞を初受賞したシンクレア・ルイス（Sinclair Lewis, 1885-1951）、次いでフレッド・ロビンソン教授の言う「星座」（constellation）たる「失われた世代」（the Lost Generation）の若手作家たちが登場してくるのである。

注

1. テキサス州サン・アントニオのフランシスコ修道会寺院。1836年、メキシコからの独立を求めてここに拠ったデイヴィ・クロケット（Davy［David］Crockett, 1786-1836）を含む187名全員がメキシコ軍に包囲され、屈せずに抗して、全滅した。映画化もされている。
2. 1846～48年の間戦われたアメリカとメキシコの戦争。1836年のテキサス独立を認めないメキシコ政府に対して、アメリカ合衆国は、46年、宣戦布告した。優勢なアメリカ軍はメキシコ領内へ進軍、さらに、ニューメキシコやカリフォルニアも占領した。1847年9月、メキシコ市が陥落し、サンタ・アナ将軍は、国外へ逃れる。グアダルーペ・イダルゴ条約により、アメリカは、ニューメキシコとカリフォルニアを併合した。アメリカの侵略的膨張政策の結果でもある。
3. 1895年、カリブ海のスペイン治下のキューバ島で、また、96年、同じスペイン領フィリピンで、独立革命が勃発する。キューバを戦略的、経済的に重視するアメリカは、98年4月、スペインに宣戦布告した。フィリピンでも、アギナルドの革命軍に呼応して、8月、マニラを落とす。その前月、7月には、アメリカ軍とキューバ革命軍はサンチャゴを攻略していた。12月、パリでアメリカ、スペイン間に講和条約が結ばれたが、キューバとフィリピンの革命軍は、除外され、両地域はそれぞれアメリカの支配下に置かれることになる。アメリカはキューバを保護下に、また、プエルト・リコ、フィリピン、グァムをハワイともどもアメリカ領に加えた。これまたメキシコ戦争同様に、アメリカの帝国主義的膨張政策による戦争だったと言える。
4. ミズーリ互譲法（the Missouri Compromise）とも言う。奴隷制度を巡って北部と南部が対立する中、自由州と奴隷州が数において拮抗していたが、結局、1820年3月、マサチューセッツ州から分離したメイン州を自由州とし、ミズーリを奴隷州とする、また、ミズーリを除く「ルイジアナ購入地」（Louisiana Purchase）の他の地域は北緯36度30分以南のみを奴隷制度下に置く、という協定が結ばれた。1821年、ミズーリはようやく連邦への編入を認められた。
5. ロッキー山脈～ミズーリ川間の地域をカンザス準州、ネブラスカ準州として、連邦に編入する法律（1854）。大統領を目指すスティーヴン・ダグラス（イリノイ選出民主党上院議員）が議会に提出した極めて政治的な法案であり、ミズーリ協定の北緯36度30分以北にあるこれら両準州の自由州か奴隷州かの行方を住民の選択決定に委ねるため、同協定を否定するのみならず、奴隷制度を肯定するものだった。54年5月成立した。南北戦争前夜の後退的動きであり、反奴隷制の共和党の登場を促しもした。
6. ミズーリの奴隷ドレッド・スコット（Dred Scott, ca 1795-1858）は、主人とともにイリノイ州、ルイジアナ準州へと移り住んだが、1836年、元のルイジアナへ帰った。新しい主人に虐待された彼は、自由州に住み、自由人となったからには損害賠償を求めたい、として、訴えた。しかし連邦最高裁は、ミズーリ協定は無効として、その提訴権を否定し、奴隷制度を擁護

した。因みに、この判決は、南北戦争後の1866年に覆される。
7. 南北戦争後の南部側諸州の連邦への再統合と荒廃した同地域の再建の時代を指す (1865-77)。北側による軍政的側面も顕著だった。再建政策は、政治、経済、社会などの諸方面に及んでいる。
8. マーク・トウェインとチャールズ・ダッドリー・ウォーナー (Charles D. Warner) 共著の物語『鍍金時代』(*The Gilded Age*, 1873) に由来する用語。南北戦争後、19世紀後期アメリカ社会の俗物主義、拝金主義の色濃い風潮を批判し、風刺的に表現している。上辺だけ華やかで実のない「金ぴか時代」という意味。当時は社会的堕落や政治的腐敗も目立った。
9. ジョージ・リップレー (George Ripley, 1802-80) を中心に超絶主義者たちが、ボストン郊外のロクスベリーに1841年4月から営んだ「新しい村」的集団農場。作家ナサニエル・ホーソンも、一時所属し、その経験から『ブライスデイル・ロマンス』を物した。
10. 19世紀アメリカのフロンティアで流行した誇大で滑稽な、ユーモアに満ちた民話、ほら話の類を指す。伝説的巨人ポール・バニヤン (Paul Bunyan) をはじめとして、マイク・フィンク (Mike Fink, ca.1770-ca.1823)、ダニエル・ブーン (Daniel Boone, 1734-1820)、デイヴィ・クロケットなどにまつわる物語など。開拓者たち、鉱夫や木こり、牧童など辺境の人々の間で好まれた。マーク・トウェインなども、その流れにある。
11. カナダのユーコン川支流のクロンダイク川 (Klondike River) 両岸一帯を指す。19世紀末、ドーソン市を中心として、ゴールド・ラッシュに沸いた。
12. 行き過ぎた自然主義文学の文人たちが暴露趣味に陥って醜聞をあさるなど、堕落したもの。muckは「肥やし、汚物」、rakeは「熊手 (で掻き集める)」の意。中にはアプトン・シンクレアの『ジャングル』のように意義深い、文学的な作品もある。

参考文献

Bierce, Ambrose. *In the Midst of Life* (A Selection). Edited, with Notes, by Masami Nishikawa. Tokyo: Kenkyusha, 1968.
Cowley, Malcolm, Ed. *The Portable Hawthorne*. New York: The Viking Press, 1946.
Crane, Stephen. Edited by Sculley Bradley, Richmond Croom Beatty & E. Hudson Long. *The Red Badge of Courage*. New York: W. W. Norton & Company, Inc., 1962.
Crane, Stephen. *The Red Badge of Courage*. New York: State Street Press, 2000.
Crane, Stephen. *The Red Badge of Courage*, with an Introduction by Alfred Kazin. New York: Bantam Dell, 2004.
James, Henry. *Hawthorne*. Ithaca, New York: 1966 .
Kazin, Alfred. *On Native Grounds, An Interpretation of Modern American*

Prose Literature. New York: Harcourt Brace Jovanovich, Inc., 1970
Keegan, John. *A History of Warfare*. New York :Vintage Books, A Division of Random House, Inc., 1994.
Miles & Pooley. Edited with Notes by Fujio Aoyama. *A History of American Literature*. Tokyo: The Hokuseido Press, 1976.
Porte, Joel. *The Romance in America*. Middletown, Connecticut: Wesleyan University Press, 1972.
Spiller, Robert E. *The Cycle of American Literature, An Essay in Historical Criticism*. New York: The Macmillan Company, 1963.
Twain, Mark. *The Adventures of Tom Sawyer*. New York: Washington Square Press, Inc., 1961.
Wendell, Barrett. *A Literary History of America*. New York: Charles Scribner's Sons, 1900.

アダムズ、ヘンリー、刈田元司訳『ヘンリー・アダムズの教育』八潮出版社、東京、1971
有賀　貞、大下尚一編『概説アメリカ史』有斐閣、東京、1999
有賀　貞、大下尚一、志邨晃佑、平野　孝編『アメリカ史—17世紀〜1877年』山川出版社、東京、1998
井出義光、本間長世、大橋健三郎『アメリカの南部』研究社、東京、1973
岩山太次郎編『金メッキ時代とアメリカ文学』山口書店、京都、1987
ヴィダル、ゴア、中村紘一訳『リンカーン』（上、下）本の友社、東京、1998
NHK『南北戦争』（第1回〜第9回）、1992年放映（製作：フローレンタイン・フィルム、1990年、アメリカ）
大島良行、『忘れられたアメリカ史』丸善、東京、1999
大橋健三郎、斎藤光『アメリカ文学史』明治書院、東京、1984
加藤朗『現代戦争論』中央公論社、東京、1993
加藤尚武『戦争倫理学』筑摩書房、東京、2003
亀井俊介『アメリカ文学史講義』全3巻、南雲堂、2000
カーン、ジャック・フェルナン、島田謹二訳『アメリカ文学史』白水社、東京、1966
クレイン、スティーヴン『赤い武功章　他三篇』岩波書店、東京、1974
猿谷　要編『アメリカの戦争』（世界の戦争8）、講談社、東京、1985
ジーブルク、フリードリヒ、金森誠也編訳『ナポレオン大いに語る』PHP研究所、東京、2009
スピラー、ロバート・E.、吉武好孝、待鳥又喜共訳『アメリカ文学の展開』北星堂書店、東京、1963
ダイジャ、トマス『白球の王国』文芸春秋、東京、2000
高木八尺『アメリカ』東京大学出版会、東京、1962
高野フミ『「アンクル・トムの小屋」を読む』彩流社、東京、2007
高村宏子、飯野正子、粂井輝子編『アメリカ合衆国とは何か—歴史と現在』雄

山閣出版、1999
竹島達也、依藤道夫編『アメリカ文学と「アメリカ」』鼎書房、東京、2007
チェース、リチャード、待鳥又喜訳『アメリカ小説とその伝統』北星堂書店、東京、1982
トウェイン、マーク『トム・ソーヤーの冒険』新潮社、東京、1998
トウェイン、マーク『ハックルベリィ・フィンの冒険』新潮社、東京、2002
中屋健一『アメリカ西部開拓史』筑摩書房、東京、1963
西田実『アメリカ文学史』成美堂、東京、1984
ビアス、アンブロウズ,西川正身訳『いのちの半ばに』岩波書店、1972
ブラッシャーズ、ハワード・C.『アメリカ文学史』八潮出版社、東京、1967
ブルックス、ヴァン・ウィック、石川欣一訳『花ひらくニュー・イングランド』ダヴィッド社、東京、1987
――、『メルヴィルとウィットマンの時代』ダヴィッド社、東京、1987
――、『小春日和のニュー・イングランド』ダヴィッド社、東京、1987
別府恵子、渡辺和子『アメリカ文学史』ミネルヴァ書房、東京、1989
松村劭『戦争学』文芸春秋、東京, 1999
ミッチェル・マーガレット、大久保康雄、竹内道之助訳『世界文学全集 21 ミッチェル 1』河出書房新社、東京、1964
――、『世界文学全集 22　ミッチェル 2』河出書房新社、東京、1964
山岸義夫『南北戦争』近藤出版社、東京、1972
依藤道夫『黄金の遺産―アメリカ1920年代の「失われた世代」の文学』成美堂、東京、2001
ローランソン、メアリー及びジェミソン、メアリー、白井洋子訳『インディアンに囚われた白人女性の物語』刀水書房、東京、1996

第6章
フォークナーと『アブサロム、アブサロム！』

依藤道夫

1.

　ウィリアム・フォークナー（William Faulkner, 1897-1962）は、アメリカ南部文学の代表者で、1950年度のノーベル文学賞受賞者である。フォークナーの主要作『アブサロム、アブサロム！』（*Absalom, Absalom!*, 1936）は、彼なりの南部神話の総仕上げである。南部作家としての彼の少なくとも前半のキャリアを集大成した金字塔である。

　この大作は、作者の家系も含む南部世界の悲劇的物語であり、南北戦争とその前後の期間を中心とした南部史と南部精神の考察、探求でもある。そこには、フォークナー家を含む南部地主階級（南部貴族）の盛衰をベースとした奥深い南部の神話的物語が展開されているのである。

　本作中で象徴的南部地主として描写されているのが「サトペン家」(the Sutpens)である。すなわち、ミシシッピー州の架空の町ジェファソン（Jefferson, 実は現実のオックスフォード [Oxford]）[1] を主舞台としたトマス・サトペン（Thomas Sutpen）と彼の一族の物語である。彼の波乱に満ちた一代記とも言える。そして物語の流れにおいては、南北戦争がその重要な屈折点をなして

ミシシッピー州ラファイエット郡オックスフォード（作品中のジェファソン）の群庁舎（コートハウス）と前庭。左手に南軍兵士像が見える（1984）。

いる。戦争までのサトペンとサトペン家は、多分に懸念される諸要素をはらみながらも、ともかく上昇志向を示し、戦後は一気に下降、没落する。もちろん物語は、戦争という屈折点で一度断ち切れてしまうのではなく、水の流れのように一連のものであり、前半で蓄積された諸要因が、因果応報として後半に災いをなすという形になっている。作者は、サトペン家の歴史を19世紀アメリカ南部史に重ね合わせ、南部史をサトペンの一代記に委ねてもいるわけである。

　南北戦争は、アメリカ合衆国史において空前の大戦であり、その悲惨さは言葉に尽くし難い。それは分裂した北部と南部の双方にともに未曾有の惨禍をもたらした。同戦争は、とりわけ、戦火を浴びて惨敗を喫し、国土が荒廃した南部人たちに、戦争の正邪、大義のゆくえはともかく、ヴァージニア大学のレイモンド・ネルソン教授（Raymond Nelson, University of Virginia）がかつて筆者に指摘したように、戦後再建時代以来20世紀半ばに至るまで、長期にわたり続いた恨みさえ含んだ奥深い苦悩や絶望感を残した。そうした南部人たちの諸々の複雑な翳りを帯びた想いを代弁したものがフォークナー文学とも言えるわけである。つまり南北戦争抜きでは、フォークナー文学、とりわけ『アブサロム、アブサロム！』は語ることが出来ないのである。この戦争に対する彼フォークナーの想いには、彼の家系や先祖に対するそれと同様に極めて深刻で、重いものがある。

　それゆえに彼は、この戦争を『アブサロム、アブサロム！』以外の諸作品でもいろいろに紡ぎ、描いている。それらは『サートリス』(*Sartoris*, 1929)、『征服されざるもの』(*The Unvanquished*, 1938)、『墓場への侵入者』(*Intruder in the Dust*, 1948)、『尼僧への鎮魂歌』(*Requiem for a Nun*, 1951)、そして『エッセイ、演説、書簡』(*Essays, Speeches, & Public Letters*, 1965) などである。たとえば、ベイヤード・サートリス（Bayard Sartoris）少年の成長過程を描いた短編集『征服されざるもの』中の一文は、次のようなものである。

父がヴァージニアへ連れて行く最初の連隊を作り始めた時、バックおじ（Uncle Buck）とバディおじ（Uncle Buddy）が町へ来て応募しようとしたので、他の人々は二人が年を取り過ぎている（彼らは70歳を越えていた）からだめだということを決めた。それゆえその時、父の連隊はまず最初の戦いを私たちの牧場でやらねばならないような有様だった。・・・こうして彼らは妥協し、マッキャスリン（McCaslin）の二人のうちの一人が出征できることに終に同意した。父とバックおじ、バディおじは握手してそう決めたが、第二次マナサス（Second Manassas）の戦いの翌年の夏、部下たちが父を降格させようとした時、父を支えようとしたのはマッキャスリンたちの票だった。彼らは父とともに連隊を離れ、ミシシッピーに戻り、非正規の騎兵隊を結成した。こうして一人が行くということで、どちらが行くことにするか二人で決めることになったのだが・・・
　　　　　　　　『征服されざるもの』（「退却」"Retreat"）

　これは、実戦場ではなく、ミシシッピーの故郷における戦時の一情景を描いたものである。

2．

　既に記したように、南北戦争は『アブサロム、アブサロム！』の作品世界と深く絡んでいる。一見したところ、戦争に関する描写や言及は、作品を通じて断片的にちりばめられているのみのように見えるが、それは、一つにはこの作品が例によってフォークナー一流の回想的、遡及的そして心理的（意識の流れ的）な語りの手法で書かれ、しかも構成面で語り手が個別に、複数にわたっているからでもある。そこに読者の受ける印象として、不確かさや曖昧さやある種のもどかしさが生まれることにもなるのである。
　全9章のうち、語り手はそれぞれ、ジェファソンの町の薄暗い自室

第6章 フォークナーと『アブサロム、アブサロム!』

におけるミス・ローザ・コールドフィールド（Miss Rosa Coldfield[一人称の語り。1, 5章]）、同じくジェファソンのコンプソン家（the Compsons）の藤の花の匂うヴェランダでのコンプソン氏（Mr. Compson [2, 3, 4章]）であり、またハーヴァード大学の寮の寒い部屋におけるクェンティン・コンプソン（Quentin Compson）と学友のカナダ人シュリーヴ・マッキャノン（Shreve McCannon）の対話 (6, 7, 8, 9章) である。ミス・ローザが語る相手はハーヴァード大学に向って出発する直前のクェンティン・コンプソン青年であり、コンプソン氏が語る相手もやはり息子たるその出発前のクェンティン青年である。従って、全章を通じて関与し続けるのはクェンティン青年のみなのである。すなわち混沌とした全体をかろうじて貫く一本の糸が彼クェンティンのみなのである。

　各語り手の語りには、クェンティンをはじめとして各人の個性的な（勝手な）解釈や記憶や思い込みや願望さえもが含まれており、すべて正確、妥当な内容ばかりとは言い難い。

　ミス・ローザの想いは余りな愛憎に満ちており、コンプソン氏の話にはその父コンプソン将軍（General Compson）からの又聞きが多い。さらに、二人の若者、クェンティンとシュリーヴはそれぞれ、北米合衆国最南のミシシッピー人と北米最北のカナダ人であり、全く異なる対照的な背景を有した人物たちなのであり、両者間の完璧な意思疎通、相互理解は結局は望めそうにない。クェンティンの言う「南部人でなければ分からない」南部特有の問題でもあるからである。また、クェンティンの話にも、父コンプソン氏からの又聞きが含まれている。

　結局、みなが、ある種の盲目状態のままで、サトペン問題（深南部 [the Deep South][2] 問題）という巨像の肌をあちこち撫で回しているという感が深いのである。しかし、実はこうした韜晦ぶりがフォークナー特有のものであり、彼がこうした手法を用いることにより読者をして敢えて南部問題という難問に挑ませているという風にも取れるのである。

フォークナーによるそうした狙いが秘められているとも言えるのである。形を変えた『トリストラム・シャンディ』(The Life and Opinions of Tristram Shandy, Gentleman, 1759-67) 流である。そう言えば同作の作者ローレンス・スターン (Laurence Sterne, 1713-68) は、「意識の流れ」の開祖ともされる人物である。フォークナー流の源泉なのである。

因みにオルガ・W・ヴィッカリー (Olga W. Vickery) は、ローザのするサトペン物語が、コンプソン氏の語りに影響を与え、両者がクェンティンとシュリーヴの部分に取り込まれている、と述べ、さらに次のように言っている。

　　私たちが描く最終的なサトペン像は、少なくとも三つの解釈の融合物から生じており、それぞれの解釈は、異なる世代に属し、異なる個人的な偏見を反映している。
　　　　　　　　　　　オルガ・W・ヴィッカリー『ウィリアム・
　　　　　　　　　　　フォークナーの小説―批評的解釈』第6章

3.
さて、中心主題の『アブサロム・アブサロム！』と南北戦争の問題に戻る。南北戦争がその『アブサロム・アブサロム！』に深く関与していることは既に述べたが、全篇を通じて、同戦争とかかわる記述や言及そのものは、あくまで拾い方、数え方にもよるが、少なくとも40箇所以上にのぼる。それらは、次の如くである。

　　サトペンがヴァージニアの戦いに出征したこと（1章）、サトペンは勇気や力はあったが、思いやりや名誉心に欠けていたこと（1章）、リンカーンの大統領当選（3章）、南軍によるサムター要塞（Fort Sumter）の攻撃（3章）、ミシシッピー州の南部への分離やミシシッピー連隊のジェファソンからの出征（3章）、同左（3章）、サートリス大佐と副官のサトペン（3章）、戦時下の南部の女性（3章）、

同左（3章）、ミス・ローザのおばが良人を探してイリノイ州で北軍の戦線を突破しようとしていたこと（3章）、サトペン家の黒人たちの北軍への脱走（3章）、同左（3章）、戦争の原因（4章）などである。

次いで、サトペンの息子たちヘンリー・サトペン(Henry Sutpen)とチャールズ・ボン（Charles Bon）の学生隊への参加（4章）、同左（7章）、同左（8章）、ピッツバーグ・ランディングの戦闘と負傷した士官ボンを背負って退却した兵卒のヘンリー（4章）、同左（8章）、銃後のサトペン農園（4章）、ジェファソンの臨時の野戦病院（4章）、将校選挙によるサートリス大佐の退位とサトペンの連隊長（大佐）への昇進（4章）、同左（6章）、敗軍の将兵たちの帰還や荒廃した国土などのこと（5章）である。

さらには、見えてきた終戦や敗北の意味(5章)、カーペット・バガーの登場や黒人暴動の噂（5章）、ミス・ローザの父で参戦忌避者のコールドフィールド氏（Mr. Coldfield）（5章）、サトペンが二つの大理石の墓石を戦場をくぐって運ばせたこと（6章）、同左（7章）、学生部隊の連隊長になった祖父コンプソン将軍のボンと同じピッツバーグ・ランディングにおける負傷（右手を失う）（7章）、同左（7章）、同左（8章）、祖父の軍隊への帰還（准将になる）と南軍の敗退（7章）、同左（7章）、リー将軍がジョンストン将軍（General Albert Sidney Johnston, 1803-62）に送った援軍に第23ミシシッピー連隊が含まれていたこと（7章）、退役軍人たち（8章）、楽隊によるディクシー（Dixie）の演奏（8章）、コリンスの民家の寝室で肩の傷を癒すボン（8章）、南北2名の大統領の登場とアラバマ州での南部の大決起集会と分離のこと（8章）などである。そして砲火の下のヘンリーとボン（8章）、彼らのシャイローへの前進（8章）、シャイローでの敗北とピッツバーグ・ランディングからの退却（8章）、話しの種にならない南軍の負傷者のこと（8章）、ヴィッ

クスバーグやアトランタなどの敗北した諸土地と敗戦のさらなる原因（8章）、アラバマ、ジョージアでの退却（8章）、サトペンが長のジェファソン連隊がロングストリート（James Longstreet, 1821-1904）の軍団に含まれていること（8章）、1865年の南軍の西部軍残党の退却（8章）、65年1月、2月、3月のカロライナにおける敗走と退却（8章）などである。また、歩哨たちの目に映じる遠くの北軍の野営の火が南軍の10倍にも達していたこと（8章）、シュリーヴの言うシャーマン将軍に対する恨みを代々受け継いで来た生得権のようなものやマナサス（正しくはゲティスバーグ）のピケットの突撃で死んだ大佐たちの子孫云々（9章）などである。

　これらの記述や言及は、各語り手やそのまた聞き手を通しているため、すべてが事実を反映しているとは限らないわけである。例によってフォークナーらしく、同一内容についての記述や言及が繰り返されることもあるが、大体上記のような形になる。まとめると、下表のようになる。

『アブサロム、アブサロム！』
における南北戦争についての記述や言及

章	回数
第1章	2
第3章	10
第4章	6
第5章	4
第6章	2
第7章	7
第8章	17
第9章	1

（ピックアップやカウントの仕方如何にもよるので、本表の限りではない）

第6章 フォークナーと『アブサロム、アブサロム!』

作中、1章と5章のミス・ローザの一人称による語りの部分では、戦争というよりもむしろ彼女自身や父コールドフィールド氏、姉のエレンを含むサトペン一家などへの言及が主であり、それは彼女ミス・ローザの直接体験に基づくものではあるものの、彼女の激しい思い込みが自身の回想を曇らせている場合があり得る。2, 3, 4章のコンプソン氏の話は、彼自身の直接体験によるものではなく、それは、一見客観的で合理的に見えるものの、実はその内容は、同氏の父コンプソン将軍からの又聞きである。作中に、「サトペンがクェンティンの祖父に語ったところでは」とか「お前のおじいさんが話したところでは」とか「おじいさんの言うには」といった表現が頻出しているのは、そのことを示している。

それゆえ、戦争についての記述や言及は、3, 4章においてそれなりには見られる。

戦争に関する記述や言及が最も多く現れるのは、第8章であり、その頻度は他章を圧する。同章は、クェンティンとシュリーヴの対話の最も熱を帯びた部分である。作中で占める頁数も第7章と並んで最も多い部分である。むろん、クェンティンも、ミス・ローザや父からの又聞きから、シュリーヴも全くの第三者的立場から話を再構築しようとしている。さらに彼らそれぞれなりの推測や思い込みも混じっているであろう。が、ともかく、8章においてはクェンティン、シュリーヴ両者の対話に戦争に従軍したサトペン大佐、ボン、ヘンリーが度々登場することもありはするものの、戦争に関連する頁が頻出しているのである。たとえば次のような一文が見られる。

クェンティンはまだオーヴァーを着てさえいなかった。オーヴァーはシュリーヴが置いたいすの腕から落ちた床の上にあった。彼らは寒さから退却しなかった。彼ら二人とも、寒さに耐えていた。それはまるで50年前のあの時期の二人の若者の精神的苦役に変化

した肉体的苦痛の慎重に自らを鞭打つ苦行者的高揚の中にあるかのようであった。或いはむしろ48年、それから47年、そして46年前なのか、というのはあれは1864年そして65年のことで、飢えてぼろぼろになった残存部隊がアラバマ、ジョージアを通って退却していた。それも背後の勝ち誇った軍隊に追い立てられたのではなく、チカモーガ（Chickamauga）、フランクリン（Franklin）、ヴィックスバーグ、そしてコリンスやアトランタといった戦場名の高まる潮流によって追い立てられていたのである。数は勝っても、弾薬や物資の蓄えが不足していたからというばかりでなく、将軍足り得なかった将軍たちがいたせいで敗れた戦闘ばかりだったのであり、そうした将軍たちは当時の戦法やそれを学び取る適性を通してではなく絶対的なカースト制度によって与えられた「前進！」と命じれる神聖な権利によって将軍だったのである。またはその将軍たちは、用心深い密集戦闘の戦い方を学ぶには既に年を取り過ぎていたのであろう。

『アブサロム、アブサロム！』第8章

『響きと怒り』（*The Sound and the Fury*, 1929）にも登場し、作者フォークナーを幾分反映するとも考えられるクェンティン青年の南北戦争に対する関心や思い入れは、彼フォークナーが幼時から崇敬していた曽祖父ウィリアム・クラーク・フォークナー大佐（Colonel William Clark Falkner, 1825-89)―主にジョン・サートリス大佐（Colonel John Sartoris ）のモデルとされる―の参戦のこともあって、非常に深かった。作家フォークナーは、少年時代から、身内の人々や彼の初期の師（メンター）たるイェール大学出身の同郷の先輩で有能な弁護士だったフィル・ストーン（Phil Stone, 1893-1967）[3]らから曽祖父や南北戦争のことを繰り返し聞かされていた。因みに、ストーン氏の妻メアリー・W.ストーン夫人も、かつて筆者に、夫君がフォークナー青年に南北戦

第6章 フォークナーと『アブサロム、アブサロム!』

争やフォークナー家のことなどもしばしば話して聞かせた、と証言された。『フォークナー・ニューズレター』(*Faulkner Newsletter*) の編集長だった故ウィリアム・ブーザー (William Boozer) 氏もストーン氏がフォークナーに南北戦争や彼の先祖のことを含めて多くのことを教示したことを筆者に話されたことがある。フォークナーは、作家になってからも、自ら愛車を駆って南北戦争の史跡巡りなどをしたとも言われている。南北戦争は、アメリカ合衆国を分断し、南部地主階級を没落に追いやり、ひいてはフォークナー家の衰退をもたらしたという歴史的事実を伴うが、同戦争が一般的な善悪正邪の判断を含めて複雑な諸要素をはらみながらも、フォークナー自身にとり、南部問題を考える場合、最大の問題、乗り越えねばならぬ最大の課題の一つだったことは確かであろう。それゆえにこそ、後年、彼が日本を訪問した際 (1955年夏)[4]に残した「日本の若者たちへ」("To the Youth of Japan") においても、ガダルカナル (Guadalcanal) 戦や沖縄戦などにも言及しつつ、南部と日本両者の敗北者同士の想いに触れもしたのである。

　私の側、南部は、その戦争に負けたが、その戦いは、広大な海洋で中立の地域ではなく、私たち自身の家や庭、農場で戦われたのであり、それはあたかも沖縄やガダルカナルが遠い太平洋の島々でなく、本州や北海道の近くだったようなものなのです。
　　　　　　　　　　　　　　　　　　　　　「日本の若者たちへ」

　フォークナーの苦悩は、郷土南部への愛惜と普遍の大義の間のきしみにも由来したことであろう。残虐な奴隷制度という過去の罪業を背負う南部世界の一員としての彼、没落し行く南部旧家の嫡男としての彼の南部探求の極みが、この『アブサロム・アブサロム!』だったのである。そこには彼の南部人としての誇りと同時にある種の贖罪の念が込められていたのかもしれない。

109

4.

　『アブサロム、アブサロム！』は、壮年期のフォークナーが登り詰めた頂点に位置する作品であるが、一面において、アメリカ文学に特有のアメリカン・ドリーム（American Dream）の物語でもある。多分にいびつに歪み、翳りに富んだドリームではあるものの。第7章中の「サトペン小伝」とでも言える部分は、のちのウェスト・ヴァージニア（West Virginia）に当たる山中の貧乏白人（the Poor White）[5]のサトペン一家が山を下って、東へ移動し、沿海のタイドウォーター地方（Tidewater）[6]へと進んでいく道程を描いている。

　少年トマスは、ある時、父の使いとして地主の館に赴くが、玄関先でみすぼらしい自分のと異なり立派な衣服を着込んだ黒人の召使から裏口へ回れと言われ、深く傷つく。

　　彼（トマス・サトペン）は、父の伝言を持ってその大きな家に行かされたその日、自分が純真で無邪気だということを知りさえしなかった。・・・彼はお前（クェンティン）のおじいさんに話した、ドアに出てきた猿のような黒人が言葉を言い終えないうちに自らが溶解し、体の一部分が回転して、そこで過ごした2年間を急速に逆走していくように思った。・・・そして彼は、その黒人の言ったことを覚えてはいなかった。伝言を言う間もないうちに、二度と正面玄関には来ないで、裏口に回るようにとその黒人が言った時のことさえ覚えてはいなかった。

　　　　　　　　『アブサロム、アブサロム！』第7章。（　）内筆者注

　これは、出世欲に取り付かれ、彼の言う「グランド・デザイン」（Grand Design）なる夢を実現するために奮闘するトマスの人生の一つの起点、原点ともなる重要な事件である。彼は西インド諸島のハイチ（Haiti）などで活動することにより、深南部ミシシッピ州北部で黒人奴隷た

第6章 フォークナーと『アブサロム、アブサロム!』

ちを抱える大地主にまで出世する。例の黒人召使の言動や奴隷制度がサトペンを育て上げたのである。そして南北戦争が彼のすべてを崩壊させてしまう。南部の大義を貫くために出征した筈の大戦は、悲惨な敗北という結末を迎える。サトペンは、

オックスフォード郊外のカレッジヒル・チャーチの内部。フォークナーはここで結婚式を挙げた。トマス・サトペンの挙式の場にも想定されている（1984）。

何とか故郷に帰還できたが、奴隷解放宣言により黒人奴隷制度は消滅し、サトペン農園 (Sutpen's Hundred) も荒廃する。「グランド・デザイン」を成就するために不可欠の存在だった息子のヘンリー（Henry）は、父のハイチ時代の忘れ形見で黒人の血の混じったチャールズ・ボン（Charles Bon）を射殺して、行方知れずになってしまう。妹ジューディス（Judith）とヘンリーのミシシッピー大学の学友チャールズとの近親相姦を防ぐため、というよりは黒い血のサトペン家への流入を阻止するために殺人を犯してしまうのである。結局、ヘンリーは、サトペンが黒人奴隷に生ませた娘クライティ（Clytie）の世話を受けつつ、サトペン館に老年に至るまで潜み続ける。サトペン大佐は、男子ほしさに下男のウォッシュ・ジョーンズ（Wash Jones）の孫娘ミリー（Milly）にも手をつけた挙句、ウォッシュにより草刈り鎌で殺害されてしまう。「グランド・デザイン」が残したものは、知能障害を持つ黒い肌の若者ジム・ボンド（Jim Bond）—チャールズ・ボンの孫—だけであった。まことに皮肉な結末である。

戦争の結果、サトペンの抱いた「アメリカン・ドリーム」は、もろくもついえ去った。彼の描いた人生軌跡は、南部の宿命的な崩壊の軌

跡とそのまま重なっていたのである。ちょうどフィッツジェラルドが魔都ニューヨークの手に絡め取られたように。

　物語はクェンティン青年の次のような悲痛な叫びで幕を閉じている。度々引用される文章である。

　　「僕は南部を憎んじゃいない」とクェンティンは、急いで、直ちに、すぐさま言った。「僕は南部を憎んじゃいない」と彼は言った。僕は憎んじゃいない、と彼は思った。冷たい大気の中で、堅く無慈悲なニューイングランドの暗闇の中で思った。僕は憎んじゃいない、憎んじゃいない！僕は南部を憎んじゃいない！南部を憎んじゃいないんだ！

　　　　　　　　　『アブサロム、アブサロム！』第9章

　この文章は、一読して受ける印象以上に強烈なメッセージを読者に伝えようとしている。既出のレイモンド・ネルソン教授が指摘したように、「ぼくは南部を憎んじゃいない！」（"I don't hate it!"）は、南部人としてのクェンティン（フォークナー）の心底からの苦悩と愛惜の情を表明しており、それは単にこの作品の結末に際しての締めくくりとしての役割を果たすのみならず、作品全体が包含する躍動する有機体としての19世紀南部世界、南部人の心の深奥にある苦悩と誇りを集約する非常に意味深い一文であるように思われるのである。

　既に言及したイェール大学名誉教授フレッド・C. ロビンソン教授も、南部の故郷アラバマへの懐旧を筆者に語られたことがある。また氏の先輩で盟友のクリアンス・ブルックス教授（Cleanth Brooks, 1906-94）はかつて筆者に「フォークナーを知るにはミシシッピー（オックスフォード）に行ってみることだ」と助言された。筆者はその後、幾度もミシシッピーの現地を訪れたが、ブ教授の言葉通りであることを改めて実感している。現地には、部外者、新来者にとってはとりわけ、言葉を通し

てだけでは伝わりにくいある種の「地霊」のようなものが漂っているのを感じる。土地のにおい、歴史のにおいと言い換えれるかもしれない。それは部外者、新来者にとってさえも、何か心底から畏怖しかついとおしむべきもののように思えるのである。

5.

　『尼僧への鎮魂歌』は全3幕の形式の作品であるが、各幕の冒頭部分でジェファソンの歴史を語っている。それらの中にはむろん南北戦争への言及が見られる。たとえば次の一文は、第1幕からの引用である。

　　そして翌年、8本の解体された大理石の円柱がニューオーリンズでイタリア船から降ろされ、ミシシッピー川をさかのぼる蒸気船に積まれてヴィックスバーグへ、次いでもっと小さな蒸気船に積まれてヤズー川、サンフラワー川、タラハッチ川（the Tallahatchie）[7]をのぼり、今はサトペン保有のイケモテュッベ(Ikemotubbe)[8]の古い船着場に運ばれる。そこからさらに12マイルの距離を牡牛に引かれてジェファソンへ運ばれる。二つの同じ4本柱のポーチコ（玄関先の柱廊）、一つは北側に、もう一つは南側に置かれ、どれにも錬鉄製のニューオーリンズのグリル状のバルコニーがついている。南側のその一つの上に1861年、サートリスがこの町で最初の南軍の制服を着て立ち、一方、下の広場では、リッチモンドからの徴兵官が連隊に登録し、宣誓させる、その連隊をサートリスが大佐としてヴァージニアへ連れて行き、ビー将軍の一部隊とし、第一次マナサス（First Manassas）の戦いでヘンリーハウスの前でジャクソン軍の最左翼に陣を構えることになる。そしてその両方から百年間で毎年5月と11月に規則的に任命されたほとんど世襲の役人たちが、抑揚も中断もなしに叫ぶのである。「さあ、ヨクナパトーファ郡巡回裁判所が来るから、聞いてもらえるよ」・・・

『尼僧への鎮魂歌』第1幕　郡役所（市の名前）。
文中（　）内筆者注

　南部の大地に砲声が轟き、硝煙が立ち込め、ミシシッピー州も北軍により深々と蹂躙された。ジェファソン（オックスフォード）の町も例外ではなかったのである。

　フォークナーは、後年の第一次世界大戦、第二次世界大戦の惨禍もしっかり見据えたわけであり、そうした面からも改めて南北戦争に想いを馳せ直したに違いない。

　彼は彼自身の家系にとり「身近」だった南北戦争の影響やその意味を諸作品を通じて問うたわけであるが、とりわけ『アブサロム、アブサロム！』においては、同戦争が奴隷制度の上に成り立った南部社会を、ひいては南部の伝統的価値観を根底から崩してしまったプロセスやその深い意味をサトペン一族の興亡を軸として描いた。

　南北戦争は、既に言及したように、北軍による破壊や蹂躙と再建時代の北側勝者による過酷な仕打ちによって南部人に根深い恨みの情も植え付けたが、一方でフォークナーは、『アブサロム、アブサロム！』を通じて、敗戦の悲惨や苦悩を描くのみならず、いや、それらを描くことにより、後年「ノーベル文学賞受賞演説」（"Speech of Acceptance"、1950年12月）でも述べたように、人間の不滅性や同情（compassion）、犠牲（sacrifice）そして忍耐（endurance）の大切さなどについて強く訴えかけようとしたのではなかろうか。

注

1. フォークナーの創作世界における架空のミシシッピー州ヨクナパトーファ郡（Yoknapatawpha County）ジェファソン（Jefferson）は、彼自身の現実の故郷ラファイエット郡（Lafayette County）オックスフォード（Oxford）を反映している。オックスフォードは、ミシシッピー州北部に位置し、ミシシッピー州立大学（The University of Mississippi [Ole Miss]）の所在地でもある。

2. アメリカ合衆国の最南部諸州地域を指す。最も南部的、保守的とされる。ミシシッピー、アラバマ、ジョージア、ルイジアナ。
3. フォークナーの同郷の４歳上の先輩。ミシシッピー大学、イェール大学で法律を学び、弁護士として活躍、ミシシッピー州の名士となる。文学青年で、初期のフォークナーに文学の手ほどきをした。処女作詩集『大理石の牧神』(*The Marble Faun*, 1924) の出版も助けた。
4. 昭和30年（1955）夏、フォークナーは、ノーベル文学賞作家として、アメリカ国務省及び東京のアメリカ大使館を通じて日本に招かれ、日本アメリカ文学会による長野での夏季セミナーに講師として参加した。ロバート・ジェリフィー（Robert A. Jelliffe）氏著『長野のフォークナー』(*Faulkner at Nagano*, 研究社、1956）や斎藤襄治氏著「フォークナーの思い出」（『文芸』1962年10月号、河出書房 [同氏著『日米文化のはざまに生きて－斎藤襄治論稿集』＜海文堂、2004＞にも収録]）、依藤著『フォークナーの文学―その成り立ち』（成美堂、1997）などを参照されたし。
5. アメリカ南部の貧困層白人を指す言葉。多くは小作、農園労働者などだった。仕事上、黒人と競合することもあった。フォークナーの作品にも、ウォッシュ・ジョーンズやスノープス（Snopes）一族などのように、しばしば登場する。
6. ヴァージニア州東部沿岸地方の呼称。
7. ミシシッピー川支流ヤズー川（Yazoo River）に注ぐミシシッピー州北部の川。フォークナーの作品でしばしば言及される。
8. フォークナーの一部の作品に登場するインディアンの酋長の名前。トマス・サトペンは、彼から土地を入手した。

参考文献

Boozer, William & Wells, Dean Faulkner & Wells, Lawrence, Ed. *The Faulkner Newsletter, Collected Issues*, Copy number 10. Oxford, Mississippi: Yoknapatawpha Press, 1994.

Brooks, Cleanth. *William Faulkner, Toward Yoknapatawpha and Beyond*. New Haven & London: Yale University Press, 1979.

――. *William Faulkner. The Yoknapatawpha County*. Baton Rouge: Louisiana State University Press, 1990.

Cowley, Malcolm, Ed. *The Portable Faulkner*. New York: The Viking Press, 1946.

Falkner, William Clark. *The White Rose of Memphis*. Chicago & New York: M.A. Donohue & Company, 1909.

Faulkner, William. *Absalom, Absalom!*. New York: The Modern Library, Random House, 1951.

――. *Absalom, Absalom!*. New York: Random House, 1964.

――. *Intruder in the Dust*. New York: Vintage Books, Random House, 1972.

――. *Sartoris*. London: Chatto & Windus, 1964.

──. *The Sound and the Fury*. London: Chatto & Windus, 1961.
──. *The Unvanquished*. London: Chatto & Windus, 1967.
Gwynn, Frederick L. & Blotner, Joseph, Ed. *Faulkner in the University*. Charlottesville & London: University Press of Virginia, 1995.
Hoffman, Frederick J. & Vickery, Olga W., Ed. *William Faulkner, Three Decades of Criticism*. New York & Burlingame: Harcourt, Brace & World, Inc., 1963.
Merriwether, James B. *The Literary Career of William Faulkner*. Columbia, SC: University of South Carolina Press, 1972.
Miner, Ward L. *The World of William Faulkner*. New York: Cooper Square Publishers, Inc., 1963.
Polk, Noel. *Faulkner's Requiem for a Nun*. Bloomington: Indiana University Press, 1981.
Snell, Susan. *Phil Stone of Oxford, A Vicarious Life*. Athens & London: The University of Georgia Press, 1991.
Vickery, Olga W. *The Novels of William Faulkner, A Critical Interpretation*. Baton Rouge: Louisiana State University Press, Revised Edition, 1981.
Winchell, Mark Royden. *Cleanth Brooks and the Rise of Modern Criticism*. Charlottesville & London: University Press of Virginia, 1996.

大橋健三郎『ウィリアム・フォークナー研究』南雲堂、東京、1996
カレン、ジョンB.、原川恭一訳、『フォークナー文学の背景』興文社、東京、1970
高田邦男『ウィリアム・フォークナーの世界』評論社、東京、1978
西川正身編『フォークナー』研究社、東京、1966
日本ウィリアム・フォークナー協会編『フォークナー事典』松柏社、2008
フォークナー、ウィリアム、大橋吉之輔訳『アブサロム、アブサロム！』冨山房、東京、1968
──、高橋正雄訳『アブサロム、アブサロム！』（上、下）講談社、東京、1998
──、大橋健三郎、藤平育子、林　文代、木島　始訳『随筆・演説　他』冨山房、東京、1995
──、林信行訳『サートリス』白水社、東京、1965
──、斎藤　光訳『征服されざる人びと』冨山房、東京、1975
──、坂田勝三訳『尼僧への鎮魂歌』冨山房、東京、1967
──、加島祥造訳『八月の光』冨山房、東京、1995
──、龍口直太郎訳『フォークナー短編集』新潮社、東京、1962
藤平郁子『フォークナーのアメリカ幻想─「アブサロム、アブサロム！」の真実』研究社、東京、2008
フライマーク、ヴィンセント、　ローゼンタール、バーナード編、谷口陸男監訳『奴隷制とアメリカ浪漫派』研究社、東京、1976
依藤道夫『黄金の遺産－アメリカ1920年代の「失われた世代」の文学』成美堂、

東京、2001
——、『フォークナーの世界―そのルーツ』成美堂、東京、1996
——、『フォークナーの文学―その成り立ち』成美堂、東京、1997

第7章
第一次世界大戦とその文学

花田愛

(1) 第一次世界大戦

1.

　戦争を語らずして20世紀という時代を俯瞰することはできない。およそ90年にわたって世界のどこかで戦火が燃え続けていた。人類のエネルギーが絶え間なく戦争に向けられていたと言っても過言ではない。この戦争の世紀の出発点が、第一次世界大戦（World War I, 1914-18）である。

　当時のヨーロッパは列強が帝国を築き上げ、互いに牽制し合っている状態であった。新興工業国として勢力を拡大していたドイツ帝国は、ベルリン、ビザンティウム（イスタンブール）、バグダッドの3都市をつなぐ鉄道を敷設し、終点を海港のバスラとすることでペルシャ湾へと進出しようとしていた。だが、インドのカルカッタ及びケープタウンやカイロといったアフリカ大陸の都市を影響下に置こうとするイギリスは、ドイツが海軍力を増強して中近東へ進出してくることに危機感を強める。建艦競争を繰り広げる両国の対立関係は次第に深まり、イギリスは覇権維持のため1904年に英仏協商を、1907年には英露協商を締結する。かくして、1882年に締結されていたドイツ・オーストリア・イタリアの三国同盟に対し、イギリス・フランス・ロシアの三国協商という列強同士の明確な対立の構図が完成することになる。

　また、旧オスマン帝国領のバルカン半島では、スラヴ人の民族運動がロシアを後ろ盾として活発化し、バルカン半島をスラヴ民族の手に奪回しようとする汎スラヴ主義を掲げていた。少なくとも9言語を話

す 16 の民族グループを抱えていたオーストリア＝ハンガリー帝国は、このスラヴ人の民族運動が他の民族グループへと伝播することを恐れ、ドイツを後ろ盾として汎ゲルマン主義を掲げた。帝国の思惑が渦巻く緊張関係の中、1914 年 6 月 28 日、ボスニアの州都サラエボでオーストリアの皇位継承者フランツ・フェルディナント大公とその妃ゾフィーがセルビア人民主義者ガブリロ・プリンツィプに暗殺される。一ヶ月後、セルビア政府に対してオーストリアが送付した 10 か条の最後通牒にセルビア側は条件付きの承諾をする。しかし、これに納得できないオーストリアは 7 月 25 日にセルビアとの国交を断絶し、28 日には宣戦を布告するに至るのである。

　この戦争は、一般市民を巻き込む総動員体制が敷かれた、人類にとって初めての総力戦となった。戦火は 4 年 3 ヶ月にわたってヨーロッパのほぼ全域を呑み込み、かつて経験したことのない大規模な戦闘、破壊が繰り返された。鉄道[1]のほかにも戦車や戦闘機、毒ガス、機関銃、地雷、軍艦、潜水艦、機雷など数多くの近代的な兵器が開発され、その威力はそのまま死傷者の数へと結びついていったのである。一度引き金が引かれれば全自動で連射し続ける高性能の機関銃の前に、生身の人間は虫けらと同じであった。たった一挺の機関銃で、一個小隊をものの三分間で一掃できるという。機関銃の出現は、機動戦であったこれまでの戦争のスタイルを塹壕戦へと変貌させた。人は穴に潜ることで強力な機械から逃れたのである。しかし、兵器の開発は更に進む。膠着状態を打破する兵器として、機関銃の弾を跳ね返し、塹壕を乗り越え、ひたすら前進し、砲撃する戦車が開発された。空気より比重が重い毒ガスも、塹壕内や地下壕内の歩兵部隊の掃討作戦に使われるようになった。毒ガスは 124,200 トンもの量が使用され、犠牲者は 120 万人にのぼった。そして、その開発はいたちごっこの様相を呈した。塩素ガスが使用されると、対塩素用ガスマスクが開発され、それを無効にする窒素系毒ガスが現れると、更にそれに対するマスクができる、すると今度

は皮膚がただれるマスタード・ガスが登場する、という具合で、この大戦中に約30種類ものガスが使用されたという。飛行機による爆弾の投下や手榴弾、迫撃砲などによって更に死傷者は増加し、これまでの戦争と比較することが難しいほどにその数ははね上がった。この大戦での死者（戦闘員）は約856万人、行方不明者は775万人、負傷者は2,120万人にのぼると推定されている（Hogg 47）。

　これらの近代兵器の開発や戦線の膠着状態などにより、ヨーロッパ諸国はそれまでに蓄積してきた富を一挙に消耗することになる。これに対して、モンロー主義の伝統に倣い、中立政策を取っていたアメリカは、国土を戦火にさらすことなく、武器・食料の大補給基地となっていた。しかし、ルシタニア号事件[2]が起こると、それまで中立の立場を維持してきた議会でも反ドイツの気運が高まっていく。その後、1917年1月のツィンメルマン電報[3]が発覚し、ドイツの無差別潜水艦作戦が再開されると、合衆国の議会で参戦が決定されるのである。時の大統領ウッドロー・ウィルソン（Woodrow Wilson, 1856-1924）の「戦争を終わらせるための戦争」「民主主義を守るための戦争」「聖戦」という美しい言葉の響きに酔いしれて、アメリカの多くの若者たちが戦場へと乗り込んでいった。1917年6月以降、アメリカ兵がヨーロッパへ続々と上陸し始めると、前線の勢力図はみるみるうちに書き換えられていき、戦況は大きく変化し始める。翌年の秋になるとブルガリア、トルコ、オーストリアが立て続けに降伏する。同じ頃、ドイツでは、キール軍港で即時講和を求める水兵の暴動がベルリンへと波及して、皇帝ヴィルヘルム2世（Wilhelm Ⅱ）が退位する。その後、樹立されたドイツ共和国臨時政府が休戦条約に調印することで、4年3ヶ月にも及ぶ戦争に幕が下ろされたのである。莫大な金をつぎ込み、大地を荒廃させ、かつてないほど多くの尊い命を失ったこの戦争で、ヨーロッパ諸国は経済的にも精神的にも疲弊してしまう。一方、参戦が遅く、戦場が本国から遠く離れていたアメリカにとって、戦後はむしろ焼け太りの状

態であり、国民はかつてないほどの好況に酔いしれたのである。

2.

　第一次大戦後、好景気に沸いたアメリカだったが、1929年にニューヨークのウォール街の証券取引所で株価が大暴落すると、急速な不況の波が全世界を呑み込んだ。1932年の選挙でフランクリン・D・ルーズヴェルト（Franklin D. Roosevelt, 1884-1945）が勝利を収め、翌年大統領に就任すると、彼は不況から脱すべく社会保障と経済復興を主としたニューディール政策を打ち出す。「全国産業復興法（NIRA）」を成立させて資本と労働力を組織化し、「農業調整法（AAA）」による農産物の価格調整を行ない、「連邦緊急救済法（FERA）」による失業者の救済、「テネシー峡谷開発公社（TVA）」の創設による治水・ダム建設・発電などの公共事業を推し進めた。しかし、アメリカが不況から脱出できたのは第二次世界大戦を迎えてからであり、30年代は長期に及ぶ極めて深刻な大不況に見舞われた時代であった。

　この時期になるとファシズムの波が次第に世界を覆い尽くそうとしていた。ドイツではヒトラー率いるナチが台頭し、イタリアではムッソリーニが権力を握っていた。ロシアではスターリンが大粛清によって絶対的な権力を掌握し、日本では軍部の勢力が拡大し、軍事行動が活発化していた。このような波はスペインにもやってくる。

　もともと他のヨーロッパ諸国よりはるかに工業化が遅れていて、国民のほとんどが農業に従事していたスペインでは、貧困が特に深刻な問題となっており、政局も安定していなかった。第一次大戦後のスペインでは、カタルーニャやバスクなどの地方自立の動きだけでなく、右派と左派の対立が尖鋭化していた。1931年、選挙で左派が勝利し、ブルボン王朝が倒れて共和国が成立するが、政情の安定にはほど遠く、1933年の総選挙では再び右派が勝利して政権を奪回する。左翼と右翼の激しい抗争が繰り返される中で、1935年にコミンテルン第7回大会

で人民戦線戦術が採択されると左派勢力の結束が深まり、1936年の総選挙で左翼連合が圧勝して、人民戦線内閣を組織する。しかし、人民戦線側も議会制民主主義を志向する穏健派と、社会主義・無政府主義革命を志向する強硬派に内部分裂していた。強硬派の暴走は止まらず、スペイン保守派の中心人物ホセ・カルボ・ソテロの暗殺へと展開する。穏健派の憂慮もむなしくソテロ暗殺により、かねてから反乱を準備していた右派は急速に結束を固める。植民地モロッコのメリリャで反乱が起こると、カナリア諸島に左遷されていたフランシスコ・フランコ将軍（Francisco Franco, 1892-1975）はモロッコへ赴いて反乱軍を指揮し、スペイン本土へと攻め上がったのである。赤色テロの脅威にさらされたカトリック教会、地主、資本家などの保守勢力はフランコ側を支持することになる。

　ドイツとイタリアは反共の立場で、早い段階からフランコ側を支持し、武器や兵隊を送り込んだ。一方、イギリスとフランスは不干渉という消極策を取る。旧ソ連はドイツ・イタリアとの対抗上、人民戦線側にやはり武器や兵隊を送る。戦いは全体主義と民主主義の国際紛争にまで発展して、第二次世界大戦の前哨戦となった。権力と思想を巡る複雑な緊張と抗争の中で、自由を愛する労働者や知識人が反ファシズムの立場からスペインに駆けつけ、国際義勇兵として人民戦線側で戦ったが、内戦は1939年まで続きスペインの国土を荒廃させた。結局、共和国政府は反乱軍側に敗れ、戦いはフランコ将軍率いる独裁政権の樹立で幕を下ろす。フランコ政権は影響力を拡大し、完全なファシズム体制へと転換していった。1930年代、世界はこの人民戦線とファシズムの巨大な衝突を固唾を呑んで見守った。そして、多くの作家や知識人が人民戦線側の敗北に肩を落とし、第二次世界大戦という悲劇の幕開けを予感するのである。

（2）第一次世界大戦時代の文学

1.

　「明白な運命（Manifest Destiny）」[4]を信じて西漸を断行してきたアメリカ合衆国が、フロンティアの消滅を公式に宣言したのは1890年であった。東部と西部を結ぶ中継地として発展を遂げた中西部では「シカゴ・ルネッサンス（Chicago Renaissance）」と呼ばれる文芸運動が巻き起こった。シャーウッド・アンダスン（Sherwood Anderson, 1876-1941）は、大都市近隣の架空の田舎町を舞台に23人の人物を短編形式で綴った『ワインズバーグ・オハイオ』（*Winesburg, Ohio*, 1919）を発表し、精神的に抑圧され歪曲されざるを得なかった人々の苦悩を描いている。彼が用いた斬新な心理的リアリズムや語りの構造は、のちにヘミングウェイ（Ernest Hemingway, 1899-1961）やフォークナー（William Faulkner, 1897-1962）らにも大きな影響を与えることになる。また、アメリカ文学の特色とも言える短編小説が多く出版されたのもこの時期である。アンブローズ・ビアスやオー・ヘンリー（O. Henry, 1862-1910）がそれぞれ、物語の構成に工夫を施した『命半ばに』や『四百万』（*The Four Million*, 1906）などの作品を残している。さらに、アンダスンと同じく中西部出身でありながら、個人の内面よりも社会が抱える因襲や偽善、商業主義を風刺とユーモアを交えて描き切ったシンクレア・ルイス（Sinclair Lewis, 1885-1951）は、のちの社会派作家とも称されたドス・パソス（John Dos Passos, 1896-1970）やスタインベック（John Steinbeck, 1902-68）の先駆けとなった。

　文学的土壌が豊かになりつつある時代に、アメリカは大陸の外へ目を向け始め、順調に国力を伸ばし、初めての世界規模の大戦を迎えることになる。列強がそれぞれ総力戦で挑んだこの大戦は、多くの「戦争文学」を生み出した。特に、前線の地となったフランスやドイツでは、たくさんの詩や小説、回想録などが次々と発表された。フランス

では、アンリ・バルビュス (Henri Barbusse, 1873-1935) の『砲火』(*Le Feu*, 1916) が一ヶ月で2万部を売り上げ、その後も月に1万部ずつ売れてゆくベストセラーとなった。また、ドイツではエーリッヒ・マリア・レマルク (Erich Maria Remarque, 1898-1970) の『西部戦線異状なし』(*In Westen nichts Neues*, 1929) が出版から一年後にアメリカで映画化されるほど話題となった。

　しかし、「戦争文学」が数多く登場したのはフランスやドイツだけではない。前例のない死傷者の数や絶え間なく続く恐怖、繰り返される残虐行為は、アメリカの文学界にも大きな影響を及ぼした。近代都市が廃墟と化し、人々が虚脱と絶望の渦の中で打ちひしがれているまさにその時、モダニズム文学は立ち現れたのである。モダニスト詩人たちの目に映った荒廃した風景は、これまでヨーロッパ社会が享受してきた豊かな文明や精神性、道徳観までもが失われてしまったことを見透かしていた。エズラ・パウンド (Ezra Pound, 1885-1972) による詩「ヒュー・セルウィン・モーバリー」('Hugh Selwyn Mauberley', 1920) の第4部では、第一次大戦で戦った者たちの動機が列記され、「祖国のために、死んだ者もいた、「甘美」でも「誉れ」でもなかった……」と、学校で必ず習う愛国心についての格言[5]が否定される。近代戦が人々に残したのは、死者への悼みだけではない。戦争によって、これまで信じてきたものが根本から崩壊してしまったのだということをパウンドはこの詩篇に詠み込む。

　また、アメリカ人でありながらイギリスに帰化したT・S・エリオット (T. S. Eliot, 1888-1965) は『荒地』(*The Waste Land*, 1922) において、不毛で非創造的な世界に生きる無能な敗北主義者の姿を水のない岩だらけの荒れ果てた近代都市のなかに描き出す。この詩は、生命よみがえる4月を最も残酷な月 ("April is the cruellest month") と呼び、死んだ土地からライラックが育て上げられる ("breeding, Lilacs out of the dead land") イメージで始まる。エリオットがこの詩で描き出すの

は、世界規模の戦争がもたらした苦しみの中でこれまで培ってきた自信と誇りが木端微塵に砕け散り、豊かな精神的土壌を失ったヨーロッパ近代都市の無残な姿である。この希望と想像力を失った厭世的な詩の世界は、大戦後の詩の主流となった。

　このように実際に戦場に行かずとも、戦後の荒廃した世界の中に創作のモチーフを見出し、象徴的な作品を残したモダニストたちの系譜が存在する一方で、アメリカでは若い世代の作家たちが新たな文学を生み出し始めていた。実際に、第一次大戦においてフランスやイタリアで従軍し、残酷な戦場をその目で見つめてきたヘミングウェイやカミングズ（E. E. Cummings, 1894-1962）、ドス・パソス、ロバート・ヒリヤー（Robert Hillyer, 1895-1961）、マルカム・カウリー（Malcolm Cowley, 1898-1989）らである。彼らは、戦争を直に経験した者として塹壕戦や軍隊機構の特徴を作品の中に書き記していくのである。

　イタリアの野戦衛生隊で軍用トラックの運転手として従軍し、重傷を負ったヘミングウェイは、自身の体験を下敷きに第一次世界大戦を舞台として描いた小説『武器よさらば』（*A Farewell to Arms*, 1929）や『我らの時代に』（*In Our Time*, 1925）などを残している。延々と続く塹壕戦は兵士たちに肉体の疲労のみならず、精神の崩壊をももたらした。長時間、冷たく湿気だらけの不潔な環境に閉じ込められ[6]、新たな塹壕を掘り、悪天候や敵の襲撃のおかげで傷んでしまった箇所の補修を繰り返す。休息や睡眠も補助壕で取る。第一線壕に配置となれば、孤立無援の状態で哨戒に当たり、敵の襲撃に備えてじっと待機する。この大戦の戦死者で最も多かったのは、塹壕内で砲撃を受けたことによるものであったと言われるが、『武器よさらば』の中でアメリカ人青年フレデリックが重傷を負うのも塹壕での砲撃によるものである。あまり深くない塹壕の中で、一瞬にして生命が吹き飛ぶ恐怖にさらされながら、やっとのことでまずい食べ物にありついた瞬間、激しい砲撃を受ける。

川の対岸と川沿い一帯で機関銃や小銃の音が響いていた。大きな水しぶきの音がした。照明弾が上がり、ぱっと炸裂して、青白くたなびいていく。ロケット弾があがり、砲弾が炸裂した。すべては一瞬の出来事だった。そしてすぐそばで誰かのうめき声が聞こえた。
「マンマ・ミーア！あぁ、マンマ・ミーア！」(55)

　自身も傷を負ったフレデリックは、自分の隣で部下のパッシーニが脚を吹き飛ばされ、命の灯が尽きていくのをただ眺めていることしかできない。近代的武器を前に、フレデリックは視覚と聴覚のみで状況を把握しており、そこに言語が介在する余地はない。目と耳から自動的に入ってくる情報のみを息つく暇もなく綴る独特のシンプルな文体——そして、これは「氷山の理論（the iceberg principle）」[7]の重要な要素でもある——だからこそ、読者は兵士たちが息絶えていくことがいかに刹那的であるかを教えられるのである。

　一方、フランスでノートン・ハージェス義勇野戦衛生隊に所属していたのは、カミングズとドス・パソス、ヒリヤーである。カミングズは、従軍中に友人のウィリアム・スレイター・ブラウン（William Slater Brown, 1897-1997）とともにスパイ容疑をかけられ、[8] 誤って逮捕される。彼は、フランス軍の拘留キャンプに送られて約4ヶ月にわたって監禁された体験を小説『巨大な部屋』（*The Enormous Room*, 1922）に描いている。また、ドス・パソスは『三人の兵士』（*Three Soldiers*, 1921）において、軍隊という組織とそれに押しつぶされる個人を描く。カミングズのように逮捕、監禁されることはなかったものの、「親ドイツ的」であるとの嫌疑をかけられ、周囲からの無言の脅迫に一時帰国を余儀なくされたドス・パソスが三人の兵士の運命を辿ることで追求しているのは、なぜ組織の力に個人が踏みにじられてしまうのかという問題であり、組織の中でも各個人が人間らしくいられる道を模索している。このように、第一次大戦での従軍を経験している彼らが描き

出す小説の世界には、単なる反戦小説に留まらない問題意識が織り込まれている。彼らのような若手の作家たちは、自身の経験をそれぞれ特徴ある文体で綴り、第一次世界大戦の記録・記憶を芸術作品というかたちでよみがえらせていくのである。

　こうした若い世代の作家たちは大戦後、一度アメリカに帰還するものの、ヨーロッパを再訪し、パリに住むガートルード・スタイン（Gertrude Stein, 1874-1946）のもとに集って互いの交流を深めながら多くの作品を著した。スタインによって名づけられた「ロスト・ジェネレーション」[9]という呼称に関して、この世代の作家たちがそのように名づけられた所以を、カウリーは『亡命者の帰還』（*Exile's Return*, 1934）の中で「いかなる地域や伝統への執着からも根こぎにされ、そういうものから離れたところで鍛えられ、ほとんど引き剥がされていたからである」(Cowley 9)と語っている。実際、彼らの多くは、大戦が終わってから大恐慌が始まるまでの十数年間、故国アメリカを離れ、世界のあちこちへ出掛け、創作のモチーフを蒐集しながら執筆活動を行なっていたのである。[10]

　さらに、彼ら同様に「ロスト・ジェネレーション」の作家としてキャノンに名前を連ねるようになったが、第一次大戦で実戦を経験しなかった作家たちもこの世代に属していた。軍に所属するも渡欧せず、アメリカで終戦を迎えた作家たちは、それぞれにアメリカの都市や地方の特色をモチーフにした作品を残している。F・スコット・フィッツジェラルド（F. Scott Fitzgerald, 1896-1940）は大戦勃発と共に見習士官の訓練を受けて入隊するが戦地には行かず、アラバマ州の駐屯地に勤務した。彼は、ナイーブで傷つきやすく、反面、奔放な当時の若者たちの感性を通じて戦争を見つめている。エイモリー・ブレインを主人公にしたデビュー作『楽園のこちら側』（*This Side of Paradise*, 1920）には、「戦争は1年の終わった夏に始まった。ドイツ人がパリに突入したことはスポーツのような興味以上には全体としてはスリルも興味も与えなかった」(61)と記されている。また、ウィリアム・フォークナー

はカナダにある英国空軍訓練隊に入ってまもなく休戦を迎えることになる。戦後は、南部の故郷にこもり、架空の地ヨクナパトーファを舞台に新しい神話を次々と創造する。さらに彼は、第一次大戦で重傷を負った帰還兵を主人公にした『兵士の報酬』(Soldier's Pay, 1926) や、大戦下のフランスの前線部隊で 12 人の奇妙な兵士たちを部下に持つ伍長の運命を描いた『寓話』(A Fable, 1954) など、戦争を主題とした作品も残している。

　また、アメリカ文学の世界で作家としてだけではなく、のちに批評家や雑誌の編集者、或いは知識人として活躍するメンバーもいた。彼らは、特に政治的な発言も注目されることが多かったため、戦後の不況下、そしてスペイン市民戦争へと繋がる社会の流れの中で、さまざまな形でアメリカ文学界に影響を与えた。エドマンド・ウィルソン (Edmund Wilson, 1895-1973) は、第一次世界大戦従軍後、文学の世界に入った。雑誌『ヴァニティ・フェア』(Vanity Fair) や『ニュー・リパブリック』(The New Republic) では編集者として、『ニューヨーカー』(The New Yorker) では書評者として活躍した。ヘミングウェイやドス・パソス、フィッツジェラルド、フォークナーらは、ウィルソンの批評活動を通じて高い評価を得るようになった。ウィルソンの著述には精神分析やヨーロッパの革命思想、共産主義への深い理解を示したものも多い。

　ジョン・リード (John Reed, 1887-1920) は、第一次世界大戦に記者として従軍し、その印象を『前線にて』(The War in Eastern Europe, 1916) にまとめて発表した。その後、彼は雑誌『マッセズ』(The Masses) の編集に携わるかたわら、同誌の通信員としてロシアに渡り、1917 年 10 月にロシア革命を目撃している。その翌月に『マッセズ』が政府の弾圧で発禁となると、編集員である彼も迫害を受けたが、同誌に代わり『リベレイター』(The Liberator) を発刊した。1919 年、ロシア革命における自らの体験に基づき、『世界を揺るがした十日間』(Ten Days That Shook the World) を執筆する。リードはその後、アメリカ

共産主義労働者党の結成に尽力し、代表としてソビエトを訪問している。
　戦争と関係の深い文学作品を探していくと、どうしても従軍経験のある男性作家たちの作品が成果として取り上げられてしまうが、最近では戦争と女性作家の関わりについての研究が盛んに進められている。第一次世界大戦の勃発をフランスで迎えた女性作家イーディス・ウォートン（Edith Wharton, 1862-1937）は、自身が記者としてフランスの戦線に赴いており、『マルヌの戦場』（*The Marne*, 1918）や『戦場の息子』（*A Son at the Front*, 1923）など戦争を題材にした作品も執筆している。近年、それらの作品の位置づけについて議論が進められている。[11]

2.

　第一次世界大戦は人類が多大の損失を蒙った戦いであり、戦後社会にも未曾有の混乱をもたらした。しかし、皮肉にもアメリカ国内は軍需による好景気に沸く。（直接あるいは間接的に）戦争を体験して帰還したアメリカの若者たちは、自国を支配する政治的非寛容、知的頽廃、浅薄な経済的繁栄から逃れるように再びパリへ渡った。彼らはこの戦いを振り返ることで、新たな文学を開花させたのである。しかし、ヨーロッパの伝統に憧れていた若い世代の作家たちも、やがてその堕落と廃頽を知ることになる。その時、彼らは一斉に故郷へ舞い戻り、アメリカを再発見するのである。新たなルネッサンスが花開く20年代の幕開けであった。

　ヴィクトリア朝的な「お上品な伝統」の抑圧を跳ね返すように、政治的にも性的にも解放された若者たちが街を闊歩するようになり、その時代精神は、ジャズ・エイジの旗手フィッツジェラルドの手によって鮮やかに形作られていった。また、ニューヨークのハーレムでは、黒人の作家や画家、ジャズ奏者、ダンサーらが大きな芸術的うねりを巻き起こしていた。「ハーレム・ルネッサンス（Harlem Renaissance）」と呼ばれる文芸運動である。第一次世界大戦で白人男子が徴兵され、

労働力不足が深刻化していた北部には、雇用の機会を求めて多くの黒人が移住し始めていた。「世界の黒人の首都」となったハーレムは、種々の黒人組織の活動拠点となり、黒人の文化活動を支援するための雑誌や新聞の刊行が進んだ。クロード・マッケイ（Claude McKay, 1890-1948）やラングストン・ヒューズ（Langston Hughes, 1902-67）、ゾラ・ニール・ハーストン（Zora Neale Hurston, 1891?-1960）、ネラ・ラーセン（Nella Larsen, 1891-1964）らが黒人に向けられた暴力を批判する作品や黒人の文化や伝統を掘り起こす作品、あるいは「パッシング」をテーマとした作品などを残している。一方、この時代の南部の作家の目覚ましい活躍は、50年代まで及ぶ「サザン・ルネッサンス（Southern Renaissance）」の大きな流れの嚆矢となった。北部の産業資本主義に対して南部の農本主義に芸術や文化の立脚点を見出す立場を取った『フュージティヴ』（*The Fugitive*）誌では、ロバート・ペン・ウォーレン（Robert Penn Warren, 1905-89）が活躍した。好況の20年代が終焉を迎え、不況の30年代へと突入し資本主義に歪みが生じると、この農本主義の流れは勢いを増すことになる。アースキン・コールドウェル（Erskine Caldwell, 1903-87）やジョン・スタインベックら、この激動の時代に生きた作家たちは、それぞれアメリカの農業地帯を舞台とした作品を独特のユーモアを交えて描くことで、不況の時代の矛盾した社会の構造を世に知らしめたのである。

3.

大不況時代の到来によって、文学者たちが徐々に社会や政治に対する意識を研ぎ澄ませ始めると、社会参加の姿勢を前面に押し出したプロレタリア文学が主流となっていった。左翼作家たちのあいだでさまざまな立場の違いも生まれるようになり、プロパガンダと芸術の区別に対する議論が白熱した。マイケル・ゴールド（Michael Gold, 1894-1967）は、自叙伝的長編『金のないユダヤ人』（*Jews without Money*, 1930）で自

分が経験してきた極貧生活を描く。一方、スラム街で育った経験を持ち、『スタッズ・ロニガン』(*Studs Lonigan*) 三部作を残したジェイムズ・T・ファレル (James T. Farrel, 1904-79) は、ゴールドらの感傷的な革命思想を批判している。このような時代の流れは、のちに黒人文学にも影響を及ぼすようになる。『騾馬とひと』(*Mules and Men*, 1935) や『彼らの眼は神を見つめていた』(*Their Eyes Were Watching God*, 1937) など文化人類学的な作品を書き続けたハーストンが、黒人が民族の誇りを持てるようになることに重点を置いた一方で、「抗議文学」の旗手と言われたリチャード・ライト (Richard Wright, 1908-60) は、『アメリカの息子』(*Native Son*, 1940) の中で人種差別主義に苦しむ黒人の衝撃的な運命を描くことによって、社会の不条理を告発している。

　さまざまな立場の違いを内包しながらも大きなうねりとなっていったラディカリズムは、文学者はもとより、全世界の多くの芸術家たちの意識をスペイン市民戦争へと向けることになる。1936年、人民戦線政府の依頼によりプラド美術館の館長に就任したパブロ・ピカソ (Pablo Picasso, 1881-1973) は、翌年『ゲルニカ』(*Guernika*) を製作する。また、ハンガリー生まれのアメリカの写真家ロバート・キャパ (Robert Capa, 1913-54)[12] は、スペイン市民戦争勃発とともに従軍し、コルドバで頭部を撃ち抜かれ倒れる瞬間の人民戦線兵士を撮影した「崩れ落ちる兵士」(*Loyalist Militiaman at the Moment of Death, Cerro Muriano, September 5, 1936*) を発表する。これらの視覚芸術作品は、この戦争の意味合いを象徴的に世界に問うた。文学の分野では、人民戦線側に参加したフランスの作家アンドレ・マルロー (André Malraux, 1901-76) の小説『希望』(*L'espoir*, 1937) や、フランスの哲学者ジャン＝ポール・サルトル (Jean-Paul Sartre, 1905-80) の短編小説「壁」('Le Mur', 1939) などが残っている。

　アメリカの作家たちも、上述の芸術家・知識人らと同様、実際にスペインの地を踏み、幾つかの作品を残している。ヨリス・イヴェンス (Joris

Ivens, 1898-1989）監督によるドキュメンタリー映画『スペインの大地』（*The Spanish Earth*, 1937）の作製に協力するため、ヘミングウェイやドス・パソスがスペインに赴いている。[13] また、1937年7月にスペインのヴァレンシアでは第二回国際作家会議が開かれ、マルカム・カウリーやラングストン・ヒューズらが参加していた。さらにこの時期には作家ドロシー・パーカー（Dorothy Parker, 1893–1967）やヘミングウェイの3人目の妻であるマーサ・ゲルホーン（Martha Gellhorn, 1908-98）がスペインを訪ねている。彼らは、さまざまな形でスペイン市民戦争を語った。ヘミングウェイはのちにこの戦争における第五列の動きを暴く新聞記者を主人公とした戯曲や、包囲下のマドリードの重苦しい雰囲気、複雑な心理的葛藤、大きく掲げられた理念と対極にある現実の矛盾などを描いた短編を収めた『第五列とスペイン内戦に関する四つの短編』（*The Fifth Column and Four Stories of the Spanish Civil War*, 1938）を著した。また、アメリカの大学でスペイン語を教える若い講師ロバート・ジョーダンが義勇兵として政府軍に加わり、仲間たちとの信頼や愛情、失意や裏切りを経験しながら橋梁を爆破するまでを描いた『誰がために鐘は鳴る』（*For Whom the Bell Tolls*, 1940）を残している。この小説は、これまでのヘミングウェイ作品と比較され、人類愛、社会的道義への献身、或いは自己犠牲を主題として扱っていることから注目を集め、高く評価された。

このように多くのアメリカ作家たちが、スペイン市民戦争を本国から遠く離れた現地で自ら体験した。しかし、彼らよりもさらに若い世代が残

ヘミングウェイ（1937年 スペイン）
Ernest Hemingway Photograph Collection, John F. Kennedy Presidential Library and Museum, Boston.

した作品の端々を丁寧に見てみることで、この戦争がアメリカの文学の世界に深く根を下ろしていることを感じ取ることができる。ジェイムズ・ボールドウィン（James Baldwin, 1924-87）が12歳の時に教会のニュースペーパーに初めて書いた短編小説は、スペイン市民戦争に関するものだったという。また、ビートニクの世代の詩人アレン・ギンズバーグ（Allen Ginsberg, 1926-97）は、「ローズおばさんへ」（'To Aunt Rose', 1958）という詩の最後を次のように結ぶ。

　　おばさんをさいごに見たのは病院だった
　　灰色の皮膚の下に浮き出た青白い頭蓋骨
　　青い血管　意識のなくなった少女が
　　酸素テントのなかにいた
　　スペインの戦争はずっと昔に終わってしまったんだよ
　　ローズおばさん　(44-47)

　時代を経てもなおこの戦争を語る彼らは、「奪われた過去」をいかにして「奪回しうる過去」すなわち「未来」に置き換えるかという問いを、現代に生きる私たちに投げかけているのである。

注
1. 鉄道は、戦時の輸送機関として、人員や物資を短期間のうちにすばやく前線へと集結させるための重要な役割を果たした。
2. 1915年5月7日、アイルランド南岸沖を航行していたイギリス船籍の豪華客船ルシタニア号がドイツのUボートの攻撃によって沈没した事件。アメリカ人128人を含む1,198人が犠牲となった。
3. ドイツ帝国の外務大臣アルトゥール・ツィンメルマンによって1917年1月16日にメキシコ政府に送られた電報。その内容は、もしアメリカ合衆国が参戦するならば、ドイツはメキシコと同盟を結び、アメリカへのメキシコの先制攻撃はドイツが援助し、大戦でドイツが勝利した場合、テキサス、ニューメキシコ、アリゾナの各州をメキシコに返還するというものであった。イギリス海軍の諜報部によって傍受、解読されて、アメリカに知らさ

れた。
4. ニューヨークのジャーナリスト、ジョン・L・オサリバン (John L. O'Sullivan) が『デモクラティック・レビュー』(*Democratic Review*) 誌の中で使った語で、アメリカの大陸帝国建設を倫理的に正当化する思想として大きな役割を果たした。
5. ローマの抒情詩人ホラティウスの格言で「祖国のために死ぬことは甘美で誉れなり」("dulce et decorum est pro patria mori") というもの。
6. 不衛生な環境によって、赤痢などの伝染病や塹壕口内炎、リウマチ、塹壕足 (足に神経が通わなくなり、皮膚が変色し、酷い場合は切断するしかなくなる) などの病気にかかる兵士も多かったという。
7. 作家は熟知している主題を全部書く必要はない、海に浮く氷山のように一部を真実として描けば省略された部分もおのずと読者に伝わる、というヘミングウェイの創作上の技法。
8. 2人は戦争について公然と平和主義を表明していた。
9. ヘミングウェイの死後に発表された『移動祝祭日』(*A Movable Feast*, 1964) には、スタインがある工場に依頼した自動車の修理に納得できず抗議した折に、工場の主人が修理を担当した若い整備工 (第一次大戦に従軍した経歴を持つ) を「おまえらはみんなダメなやつら ("*génération perdue*") だ」と怒鳴ったというエピソードが語られている。この時スタインがヘミングウェイら戦争に従軍した若い世代を「自堕落な世代 ("a lost generation")」という意味合いで呼んだと書かれている。(29)
10. 批評家カレン・カプラン (Caren Kaplan) は、当時の作家たちの故国離脱の動きは、『亡命者の帰還』の言説を見る限り、経験を蒐集して歩き、グローバルな資本の演出を行なうツーリスト的な振る舞いに近いと指摘する (95-6)。さらに、彼らがツーリストを拒みながらも、その移動のスタイルがツーリスト的な様相を呈していたことに触れ、「欧米モダニズムが亡命を特権化できるのは、故国離脱や観光旅行をはじめとするさまざまな移動が合成されているおかげだ」(65) と明言する。
11. 別府恵子は『イーディス・ウォートンの世界』の中で、「戦争と女たちの関わり——現実の死の脅威から遠いところで女たちが「お役に立つ」ことを従順に行い、しばしば熱狂的に従うことによってシステムを支えているという構造的矛盾——をシニカルな視点から呈示している点において」(162) 第一次大戦を題材にしたウォートンの作品は戦争小説のキャノンに正当な位置づけをされるべきであると述べている。
12. スペイン市民戦争、日中戦争、第二次世界大戦、第一次中東戦争、第一次インドシナ戦争を取材した20世紀を代表する戦場カメラマンであったキャパは、ピカソを始めとする多くの芸術家たちとの交流があった。
13. 当時、既にこの内戦における共産党の戦略に失望していたドス・パソスは、親友であり彼の作品の翻訳者であったスペイン人ホセ・ロブレス・パーソ (José Robles Pazos) が軍事警察によって銃殺されたのを知り、まもなく映画制作の仕事を降り、アメリカに帰国してしまう。ドス・パソス自

第7章 第一次世界大戦とその文学

身のエッセイ「ホセ・ロブレスの死」"The Death of José Robles"および Koch を参照のこと。

参考文献

Barbusse, Henri. *Le Feu.* Paris : Flammarion, 1916.（『砲火』三笠版現代世界文学全集第5巻、秋山晴夫訳、三笠書房、1954）
Cowley, Malcolm. *Exile's Return: A Literary Odyssey of the 1920s.* New York: Penguin, 1994.
Cummings, E. E. *The Enormous Room.* New York: Random House, 1922.
Dos Passos, John. "The Death of José Robles." In *Travel Books and Other Writings 1916-1941.* New York: Library of America, 2003. 623-5.
———. *Three Soldiers.* New York: Modern Library, 2002.
Eliot, T. S. *Collected Poems, 1909-1935.* London: Faber, 1936.
Faulkner, William. *A Fable.* New York: Random House, 1954.
———. *Soldier's Pay.* Harmondsworth: Penguin, 1938.
Fitzgerald, F. Scott. *This Side of Paradise.* New York: Scribner's, 1920.
Gates, Jr., Henry Louis, ed. *The Norton Anthology of African American Literature.* New York: Norton, 1997.
Ginsberg, Allen. *Collected Poems, 1947-1980.* London: Penguin, 1984.
Hemingway, Earnest. *A Farewell to Arms.* New York: Scribner's, 2003.
———. *A Movable Feast.* New York: Scribner's, 1964.
———. *For Whom the Bell Tolls.* London: Arrow, 2004.
———. *In Our Time.* New York: Scribner's, 1955.
———. *The Fifth Column: And Four Stories of the Spanish Civil War.* New York: Scribner's, 1969.
Hogg, Ian V. *Historical Dictionary of World War I.* Lanham, Md.: Scarecrow, 1998.
Kaplan, Caren. *Questions of Travel: Postmodern Discourses of Displacement.* London: Duke UP, 1996.（『移動の時代――旅からディアスポラへ』村山淳彦訳、未来社、2003）
Koch, Stephen. *The Breaking Point: Hemingway, Dos Passos, and the Murder of José Robles.* New York: Counterpoint, 2005.
Malraux, André. *L'espoir.* Genève: A. Skira, 1945.（『希望』小松清訳、河出書房、1949）
Pound, Ezra. *Selected Poems, 1908-1959.* London: Faber, 1975.
Reed, John. *The Collected Works of John Reed.* New York: Modern Library, 1995.
Remarque, Erich Maria. *Im Westen nichts Neues.* Berlin: Propyläen-Verlag, 1929.（『西部戦線異状なし』秦豊吉訳、中央公論社、1930）
Sartre, Jean Paul. *Le Mur.* Paris: Gallimard, 1958.（『壁：短編集 サルトル全集第5巻』伊吹武彦訳、人文書院、1965）

Wharton, Edith. *A Son at the Front*. 1923. Kyoto: Rinsen Books, 1989. Vol. 16 of *The Complete Works of Edith Wharton*. Eds. Sasaki & Itahashi. 26 vols. 1988-89.

———. *The Marne*. 1918. Kyoto: Rinsen Books, 1988. Vol. 13 of *The Complete Works of Edith Wharton*. Eds. Sasaki & Itahashi. 26 vols. 1988-89.

桜井哲夫『戦争の世紀――第一次世界大戦と精神の危機』平凡社、東京、1999
トマス、ヒュー『スペイン市民戦争Ⅰ』都築忠七訳、みすず書房、東京、1962
別府恵子編『イーディス・ウォートンの世界』鷹書房弓プレス、東京、1997

"Ilya Ehrenburg and Gustav Regler with Hemingway, 1937." *Ernest Hemingway Photograph Collection, John F. Kennedy Presidential Library and Museum, Boston*. Web. 4 Feb 2010.
<http://www.jfklibrary.org/Asset+Tree/Asset+Viewers/Image+Asset+Viewer.htm?guid={DCE7557B-E4E8-4D75-9DD8-FC3AA30D5B24}&type=lgImage>

第8章
ドス・パソスと『三人の兵士』

花田 愛

1.

　人類が近代戦を繰り広げるようになってから既に1世紀が経とうとしているが、今日でも世界中で戦争や内乱がその姿を複雑な情報戦へと変化させながら、絶えることなく続いている。現在、アメリカでは、イラクやアフガニスタンからの帰還兵の多くが、戦場での恐怖とストレス、無実の市民を殺害したことや同胞の兵士を助けられなかったことによる良心の呵責など、深刻な精神疾患を抱えている。重篤な症状を抱える彼らのなかには、時に怒りの爆発や自傷行為の衝動を抑えられずに、最悪の結果、家族や見ず知らずの人を殺害してしまったり、自分自身の命を絶ってしまったりする者もいる。このような悲劇的な事件につながる前に心のケアをする必要性があるということが、最近では広く一般にも認められるようになってきた。[1]

　この精神的な病は、現代では「心的外傷後ストレス障害」(post-traumatic stress disorder, PTSD)」として正式に認知されている。[2] しかし、ここに至るまでの道のりは果てしなく長いものであった。戦争のストレスから生じた「心の失調」の問題が、専門家の注目を引くようになったのは第一次大戦からであるが、戦争が終結するたびに関心の熱は冷め、新たな戦争が始まるたびに、問題が再発してしまうという歴史を何度となく繰り返してきた。本章では、PTSDが病として公式に認められるまでの長い道筋を辿ることで、当時の社会が失われそうになるヒロイズムに執着していたことを見通し、特にドス・パソスの戦争小説を、そのような背景の中で描かれた作品であるという点に注目しながら読み直し、今一度、その位置づけを見直してみたい。

2.

　第一次世界大戦で、人々は初めての消耗戦を強いられることになった。いつ砲撃されるやも知れぬ恐怖と緊張状態に長時間、絶え間なくさらされた上に、ひとたび銃撃戦が開始されると、近代兵器の前に体ごといとも容易く吹き飛ばされてしまう。近代戦とは、もはや人間と人間がぶつかり合う戦いではなく、人間と機械の戦いであった。男性たちは自分の運命を、優秀な機械が大量殺戮を繰り返す場にさらさなければならなかった。そこでは、騎馬にまたがり勇敢に戦う英雄の姿を想像することなど不可能であった。ましてや、スポーツの試合やゲームで勝者になる時のような華々しい活躍などあり得なかった。戦うことが受動的なものになり、やがて「精神的に去勢された状態 (a psychic emasculation)」(Cooperman 64) へと陥るのである。かつて女性たちが家父長制の圧力に対して、ヒステリーという形で抵抗するしかなかったのと同様に、消耗資材のように人がモノ化されてしまう戦場で、男たちはもはや、悪夢にうなされ、不眠症に陥り、泣きわめき、沈黙し、記憶を失うしかなす術がなくなったのである。それは「男らしさ」や「戦場の英雄」、「名誉の負傷」といった幻影が崩壊した瞬間であった。精神科傷病兵は収容施設が不足するほど増加の一途を辿り、終にはイギリスの傷病兵の4割が「精神崩壊 (mental breakdown)」に苦しんだという (Herman 20)。

　こういった現象は、文学作品にも影響を及ぼすようになる。戦争で心に傷を負った人物が、作品の中に登場するようになる。例えば、ヴァージニア・ウルフ (Virginia Woolf, 1882-1941) の『ダロウェイ夫人』(*Mrs. Dalloway*, 1925) には、復員兵であるセプティマス・スミスが登場する。彼は、第一次世界大戦に参戦して心を病んでしまった青年である。その症状は重い。戦死した友人の幻影に脅え、理由もなく突然興奮し、何時間も押し黙る。或いは、妻に意味不明の言葉を書き留めさせ、通りの人声が美しい音楽に聞こえて涙を流す。そんな彼は、とうとう医

第8章 ドス・パソスと『三人の兵士』

者の目の前で衝動的に窓から身を投げ、自殺するのである。また、ヘミングウェイの『日はまた昇る』(*The Sun Also Rises*, 1926) では、かつて第一次世界大戦で戦って負傷し、性的不能になった主人公ジェイク・バーンズが登場する。戦争中に知り合った人妻ブレット・アッシュレイと愛し合うが、肉体的には愛を成就できない。彼らの小説には作者自身の体験や深い共感が描き込まれ、戦争がもたらす精神崩壊の恐怖や影響が既に問題化されていたのである。

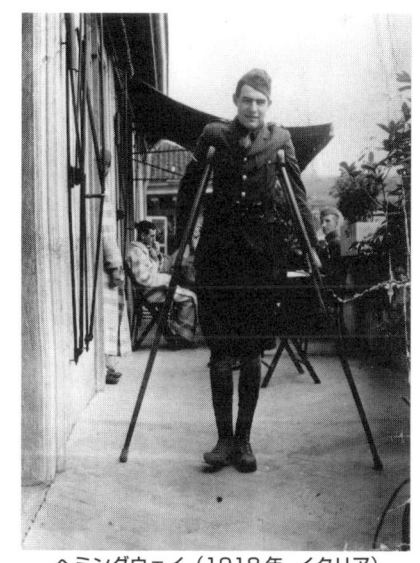

ヘミングウェイ（1918年 イタリア）
Ernest Hemingway Photograph Collection, John F. Kennedy Presidential Library and Museum, Boston.

しかし、第一次大戦当時、専門家や軍部の見方はこれとは異なるものであった。すなわち、このような兵士たちの症状は、心ではなく身体に起因するものと見なされていたのである。自身も従軍し、初期段階から数々の症例を診察してきたイギリスの心理学者チャールズ・S・マイヤーズ（Dr. Charles S. Myers, 1873-1946）は、その症状を炸裂する砲弾が脳震盪を起こすためであると分析し、「砲弾ショック（shell-shock）」と命名したのである。だが、この分析が医学的に不十分であったことが徐々に明らかにされ始める。というのも、身体的な外傷にさらされた経験がない兵士たちにも、同様の症状が見られるようになったからである。これらの症状の直接の要因は、被弾することではなく、心理的外傷であるということが次第に明確になっていく。

ところが、公衆の士気が低下することを恐れた軍の上層部は、この事実を厄介な事柄として捉え、精神科傷病兵の報道を禁止しようとした。

当時の医学文献では患者たちが「道徳的廃兵（moral invalids）」と呼ばれ、患者扱いしたり医療を施したりする必要はなく、軍法会議にかけるか不名誉除隊に処するべきであるという極端な主張もなされたという（Herman 21）。このような軍の要請に応え、なかには電気ショックや脅迫、叱責などを治療戦略として推奨した医師もいたようである。[3] 精神科傷病兵を臆病者、あるいは詐病者とみなすことで、軍部は士気を維持し、戦場の秩序を保とうとしたのである。

　一方で、戦争神経症は精神に由来する障害であることを主張しようとしていたのは、心理学者でもあり人類学者でもあったW. H. R. リヴァーズ（W. H. R. Rivers, 1864-1922）である。リヴァーズは、患者としてクレイグドックハート軍事病院（Craigdockhart War Hospital）に入院した、イギリスの戦争詩人としても知られる青年士官ジークフリード・サスーン（Siegfried Sassoon, 1886-1967）を担当した。サスーンを治療していく過程でリヴァーズは、士気の高い兵士も圧倒的な恐怖の前に心が病む可能性があることを証明し、恐怖の克服において最も効果的な因子になり得るのが兵士同士の友愛であり、ゆえに人道的な治療を施す必要があるということを強く主張した。

　しかし、やっと精神障害として認められた戦争神経症も、戦争が終結するとあっという間に関心の只中から忘れられ、捨て去られていく。その原因となったのが、戦場から遠く離れていた市民社会であった。復員兵のことを早く忘れたい迷惑な存在と見なしたのである。今となってはPTSD患者に必要なのは心のケアであると広く認識されているが、第一次世界大戦当時、国家権力の愚行を見抜くかのように、その負荷をそれぞれの精神を犠牲にして背負った兵士たちは、言い尽くせない悲劇の代弁者であった。しかし、それゆえに彼らは、国家の歩んでいる道筋を邪魔する存在となってしまったのである。人間の尊厳が失われかけた近代の戦場で必要だったのは＜英雄＞であった。軍部は、自らの歩む道筋を正当化するために、ひたすら戦争神経症の患者たちに

臆病者・詐病者のレッテルを貼ることで、消えてしまいそうになるヒロイズムを死守すべく躍起になったのである。戦争神経症を心の病として認めないことの背景に、偉大な英雄を取り戻そうとする力が働いていることは間違いない。

3.

　戦争における神経障害が公に認められなかったもう一つの要因は、近代という時代背景にあると考えられる。19世紀以降、人口が爆発的に増え、文明が発達し、大衆（群集）が出現した。オルテガは「大衆」がいたるところに「充満」するようになった原因について、技術と民主主義の二つを挙げる。テクノロジーが「大衆社会」を物質的に準備し、デモクラシーが政治的にその出現を促進した、という。彼は本来は量的な性質が特徴となる「大衆」を質的なものへと変化させている。

> 群集という概念は、量的であり、視覚的である。…（中略）…社会はつねに、少数者と大衆という、二つの要素の動的な統一体である。少数者は特別有能な、個人または個人の集団である。大衆とは、格別、資質に恵まれない人々の集合である。だから、大衆ということばを、たんに、また主として、《労働大衆》という意味に解してはならない。大衆とは《平均人》である。それゆえ、たんに量的だったもの─群集─が、質的な特性を持ったものに変わる。
>
> 「大衆の反逆」

　オルテガは、「大衆」を数量によって規定されるものから、質的な低下を含意するものへと変化させ、「大衆」を自らを推し測ろうとせず、皆と同じであることに快感を抱く人間類型であると定義するのである。この展開には、大衆の数によるエネルギーが持ち合わせる魅力と、エリート主義的な権威が脅かされはしないかという不安が共存している

ように思われる。
　オルテガが抱く大衆に対する魅力と不安という両義性は、ベンヤミンが「複製技術時代の芸術作品」(1935)において芸術の伝統の震撼やアウラの凋落に関して次のように述べている箇所からも読み取ることができる。

　　〔アウラの〕凋落には二つの事情がもとづいている。そしていずれの事情も、大衆がしだいに増加してきて、大衆運動が強まってきていることと、関連がある。すなわち、現代の大衆は、事物を自分に「近づける」ことをきわめて情熱的な関心事としているとともに、あらゆる事象の複製を手中にすることをつうじて、事象の一回性を克服しようとする傾向を持っている。対象をすぐ身近に、映像のかたちで、むしろ模像・複製のかたちで、捉えようとする欲求は、日ごとに否みがたく強くなっている。(144)

この引用からは、アウラに対するベンヤミンの曖昧な態度が読み取れる。一方では、その喪失によって大衆化する芸術に新たな可能性を見出しているかのようであり、他方では、喪失に危機感を抱き、嘆いているかのようである。こういったベンヤミンのアウラに対する両義的態度は、アドルノも『美の理論』において指摘していることであるが、この両義性は、モダニズムが抱える大衆文化と高級文化の間の矛盾と通じるものがあるのではないだろうか。
　1980年代から繰り広げられたポストモダニズム論争において、ジャン＝フランソワ・リオタールは《ポストモダン》の状況を説明するために、科学と物語の尽きることのない葛藤に焦点を当てる。リオタールの言うところでは、真なるものを探究する科学にとって物語の大部分は単なる寓話に過ぎないことになる。ところが、科学は、自らのステータスを正当化するためには、別の言説として哲学を必要とし、さらに

第8章 ドス・パソスと『三人の兵士』

その哲学は大きな物語——理性的人間や社会の進歩——に依拠することになる。つまり科学は、自分自身を正当化してくれる物語というメタ言説なしには成り立ち得ないという、アポリアの状態に陥っているのである。リオタールは、こういったメタ言説への素朴な信頼が見られた状態を《モダン》と呼び、モダンを規定していたそのような諸価値が失墜したことで生まれるモダンへの不信感が《ポストモダン》の状況を生み出したと述べる（リオタール 7-9）。

近代という時代における科学技術の発展が人口の爆発を生み、民主主義という政治システムが大衆の出現を許した。数が持ち合わせるエネルギーに圧倒されたエリートたちは、自身の地位を案じることになる。そして、それは「大きな物語」——すなわち芸術作品の中においては、偉大な主人公、重篤な危機、華々しい巡歴、崇高な目標という形で現れる——を失う恐怖を生み出したと考えても一概に否定はできまい。ヒーローを必要としたのは、国家や軍部だけではなかった。モダンという時代そのものが「大きな物語」を必要としていたのである。

4.

しかしながら、第一次世界大戦を題材としたアメリカの文学作品を検証すると、リオタールの述べる《モダン》の傾向に対していささか疑問を感じる。確かに、アメリカが参戦した時には、多くの若者たちが戦争を正当化するために掲げられた美辞麗句を素朴に信奉し、いざ戦場へと勇み足で出掛けて行った。だが、戦争の残虐行為を目の当たりにしたあと、若者たちの中に残ったのは文明社会の価値への不信感だけであった。特に、「ロスト・ジェネレーション」の作家たちが描く第一次世界大戦を題材とした作品群には、「大きな物語」への信仰を簡単には見出すことはできない。そこに漂うのは、むしろポストモダニズム的な幻滅の空気である。ここでは、特にそのポストモダニズム的な要素を孕んでいる作品として、ドス・パソスの小説群を検証し、彼

の作品が戦争という明確な題材を持っていながら、その着地点を見据えることができなかった理由を考察していきたい。

　ドス・パソスの描く小説群には、絶えず戦争の影がつきまとう。初期の作品『ある男の入門——1917年』(*One Man's Initiation: 1917*, 1920) や『三人の兵士』(*Three Soldiers*, 1921) はもとより、代表作とされる『マンハッタン乗換駅』(*Manhattan Transfer*, 1925) や三部作『USA』(*U.S.A.*, 1938) にも戦争の影を感じることができる。ドス・パソスは、回想録『最良の時代』(*The Best Times: An Informal Memoir*, 1966) の中で「戦争はその時代のテーマである。私は、自分が見たとおりに、起きたことをすぐに全部、書き留めたかったのだ」と述べている。この言葉には、彼が戦争を描く時の信念が示されている。「歴史の建築家 (the architect of history)」(DP, *Three Soldiers* xvii) として真実を書き留めていくこと、その信念こそが、彼の小説群に消えることのない戦争の影を落としている要因なのかもしれない。

　彼の第二作目の小説『三人の兵士』は、出版されるとともに人々の注目を集めることになる。この作品に対する賛否両論が数ヶ月にわたってメディアを賑わせた。『ニューヨーク・ワールド』(*New York World*) や『ネイション』(*Nation*) が支持を表明する一方で、『ニューヨーク・タイムズ・ブック・レビュー・アンド・マガジン』(*New York Times Book Review and Magazine*) や『ニューヨーク・タイムズ』(*New York Times*) は繰り返し酷評した。各誌面のこうした反応は、当時のアメリカ人にとってこの作品が提示した戦争観がいかに衝撃的なものであったかを裏付けている。アプトン・シンクレア (Upton Sinclair, 1878-1968) やセオドール・ドライサー (Theodore Dreiser, 1871-1945)、シンクレア・ルイスらが築き上げてきたリアリズムを推し進めるかたちで描かれた戦争は、国家権力と真っ向から対峙することになる。小説の主人公はアメリカ各地からやってきた若い兵士たちである。アメリカ東部のある町の中隊で訓練を受けているのはサン・フランシス

コ出身のダン・フューゼリ（Dan Fuselli）である。彼は、少しでも早く上官に認められて昇級することを第一に考えている。ある日、彼は配置換えになるが、その部隊がヨーロッパの前線に出発することになる。その時のフューゼリの反応は、当時、実際に新兵募集所に我先にと詰め掛けたアメリカの若者たちと恐らく同じであっただろう。行進中に、他の部隊の友人が手を振っているのを見かけ、彼はニヤリとし、ぐっと胸を張る。フューゼリらの部隊が乗っている列車が停まると、線路際には女性たちが見送りにきている。フューゼリは、その中の一人にキスをする。周囲にいた兵隊たちにはやし立てられると、彼は「兵隊になるってすごいな、何でも好きなことができる」（31）と言うのである。しかし、誇らしげに浮かれはしゃぐ新兵たちは、すぐに非人間的な扱いを受ける。番号が振ってある青いカードを持たされ、急かされながら「人間倉庫（warehouse）」（35）のような薄暗い船倉に積み込まれるのである。部隊では、従順に、要領よく、うまくやっていくことを何よりも重要視していたフューゼリが、この時初めて軍という組織に疑問を抱き、怒りを覚える。

　　フューゼリは作りつけの寝棚に座って、困惑し、屈辱的な気分を味わいながら、すさまじい混乱の一部始終を眺めた。この薄暗い穴倉に何日いることになるんだ？彼は急に腹が立った。やつらにはこんなふうに扱う権利はないはずだ。俺は人間であって、好きに積み上げられる乾草の山じゃない。
　　　　　　　　　　　　　　　　　　　　　『三人の兵士』第１部

読者は、フューゼリという人物に寄り添い、彼の怒りはもっともだと素朴に共感することもできるが、むしろ戦場へ向かう時のフューゼリのはしゃぎようを思い出し、空々しく思うであろう。それは、ドス・パソスが兵士の戦場への期待と現実のギャップを淡々と描いているか

らである。

　新兵から一等兵に昇級したフューゼリだが、やっていることといえば包帯の詰め替え作業ばかりで、代わり映えのしない毎日に飽き飽きし始めている。しかし、ここでも読者は、昇級することが第一の目標だったフューゼリの性格から考えて、「退屈だから前線で活躍したい」という単純な欲求が、目新しさや甘い考えからくるヒロイズムへの固執へと繋がっていることを感じざるを得ない。過酷な戦場の任務や劣悪な環境、死と隣り合わせの緊張感、隠蔽される事実などが存在するということなど、彼の頭をかすめる余地すらないのではないだろうかと読者は思ってしまうだろう。

　その後フューゼリは、外出許可が出ると、食料品店に通い詰めてフランス人女性イヴォンヌと親しくなり、肉体関係もできる。しかしこの二人の関係は、ヘミングウェイの小説『武器よさらば』のフレデリックとキャサリン、あるいは『誰がために鐘は鳴る』のロバートとマリアのように、戦火の下で結ばれる熱烈な恋愛関係には発展しない。フューゼリは、少しでも早く昇級したいと思い、上官に取り入ろうとして彼をその食料品店へ案内し、イヴォンヌを紹介する。そして、ある夜、彼は彼女を上官に横取りされたことに気づくのである。しかし、それに対して彼は何の抗議もできないのである。劇的な恋愛で読者をひきつけるという手段もドス・パソスは選ばない。

　二人目の主人公ジョー・クリスフィールド（Joe Chrisfield）は、軍という組織への嫌悪を、上官という特定の個人へ発散させてしまう人物として描かれている。彼は、酔うと女を欲しがり、故郷を懐かしがり、訓練の時の上官アンダスン軍曹をいまだに憎んでいるような男である。ある日、連隊でアンダスンと一緒になるが、口答えして上官侮辱罪で減俸処分になってしまう。徐々にアンダスンに対する殺意が彼の中で膨らんでいく。彼の中隊は前線へと進んでいるため、通り抜ける森の中には戦場の風景が広がっている。汗と血と石炭酸の匂いを漂わせた

救急車、古い大砲の砲座、退避壕、散らばる真鍮の薬きょう、砲弾の炸裂する音、黄色い焔で火事のように見える地平線、ドイツ兵の死体から金目のものを剥ぎ取っている兵隊、心を病んでいるらしい将校、蝿のたかった顔のない屍…。フューゼリが退屈を感じていた勤務地とは正反対の、狂気に満ちた戦場が、クリスフィールドの前には用意されているのである。

　ある日、彼は隊からはぐれて森の中をさまよっているのだが、足元の何か固いものに躓く。二つの手榴弾であった。その少し先には、木の幹に寄り掛かってうなだれている男がいる。顔を上げたその男は、あの憎きアンダスンであった。「水をくれないか」と弱々しくせがまれたクリスフィールドは、黙って水筒を手渡す。しかし、気がつくとクリスフィールドは手榴弾に手をかけ、よろよろと立ち上がろうとしたアンダスンめがけて投げつけるのである。

　大量殺戮の現場を直視しなければならなかったクリスフィールドは、あまりの衝撃に、それらを透かして見ることができなくなっている。荒廃した現場や浴びせられる罵倒の背後に大きな組織やシステムが存在しているなど、彼には思いもよらないことなのだろう。自分が感じる嫌悪が、本来、どこに起因しているのかが、彼には見えてはいない。自分を侮辱する目の前の上司が彼にとっては悪の根源であり、彼に見える世界はそこまでなのである。そのような彼に待っているのは、アンダスンの殺害を知られているかもしれないという恐怖に怯える日々だけである。

　3人目の兵士ジョン・アンドリューズ（John Andrews）は、二人の主人公とは異なり、大学を卒業した音楽家志望の青年で、芸術家気質の登場人物として描かれる。[4] 彼は、負傷して運ばれた野戦病院のベッドで、フローベルの『聖アントワーヌの誘惑』を読みふけるような人間である。ふと心に隙を見せた時に夢や幻に襲われる聖人アントワーヌと、軍隊の中で機械のように消耗させられていく生き方に疑問を持っ

たアンドリューズが重ね合わされる。この最初の段階での人物描写に、読者はようやく感情移入できる人物が現れたかと期待を膨らませる。その期待通りに、彼は思慮深く、音楽への夢と自分が置かれた軍隊の中の現実とのギャップに悩み続ける。戦争がもたらすものとは何か、自分は何に駆り立てられて兵士になったのか、自由のために生命を危険にさらすとはどういうことか。なだれのように押し寄せる思考に一つひとつ向き合っていくアンドリューズは、フューゼリやクリスフィールドとは違って、個人としての自律を阻む組織が存在していることを見抜いているように思われる。

　パリの大学に兵隊を留学生として送る計画があることを知ると、アンドリューズは手続きをし、各方面を必死になって廻り、上官に取り次いでくれるように懇願する。まるで、冷えた地金が次第に錆びて、きしんでいく工程のように、軍隊の組織の中で個人が徐々に押し潰されて身動きできなくなってしまうだろうことを予感しているアンドリューズは、自身が抱き続けてきた内省的な葛藤が徐々に焦りへと変わっていくことを感じ取っている。

　　彼は立ち上がって、甲高い声で叫んだ。
　　「この生活にはもう耐えられないんだよ、わかるだろ？ここには可能性のある未来などありっこない。パリへ行けるならいいが、もし行けないなら脱走してやる。あとはどうなろうと知ったもんか。」
　　　　　　　　　　　　　　　　　　　　　　『三人の兵士』第4章

　そして、念願かなってようやくパリへの留学を実現させたアンドリューズは、これまでの軍隊生活で浪費した月日を埋め合わせるかのように、束の間の自由を全身で感じる。しかし、そのような幸福な時間を過ごしていても、どこか冴えない現実に引き戻される。知り合ったフランス人女性ジャンヌやジュヌヴィエーヴとの恋も激しく燃え上がること

はない。そうこうしているうちに、外出許可書を持たずに出掛けたことがきっかけであっけなく部隊の生活に引き戻され、必死で手に入れた自由も再び失ってしまう。どうにもならなくなったアンドリューズはついに部隊から脱走し、ジュヌヴィエーヴと再会する。しかし数週間後、隠れていた下宿がMPにばれてしまい、とうとう連行されてしまう。胸の中に激しく湧き上がってくるメロディを書き留めた楽譜も、風に吹かれて散っていくしかなかった。結局、彼もフューゼリやクリスフィールドと同様に、束の間の外の世界で、愛や芸術、自由が生み出す美しさを味わい切れずに終わってしまう。自身の夢を追い求め、軍の抑圧から逃れようと手を尽くし、もがき苦しんだアンドリューズもすべてが中途半端なまま、消えていってしまうのである。

　３人の兵士は、みな軍隊という機構の中で必死になって生きているものの、どの人物も最終的にはヒーローになることはできない。読者が共感を寄せることのできない人物、世界を目の前の事象でしか判断できない人物、夢や自由を追い求めながら中途半端に消えていく人物である彼らは、大戦で肉体的、精神的に傷ついても悲劇の真ん中で強烈に存在感を放つアンチ・ヒーローにさえなり切れない。

　ドス・パソスが描き出す人物たちは、ヘミングウェイの『武器よさらば』に登場する人物たちとは異なり、明らかに読者を巻き込んでいく力を持ち合わせていない。第一次世界大戦に同じく参戦し、激戦地に赴き、等しく戦争を経験したはずなのに、ドス・パソスが描く人物たちはどこか平凡で、情熱的に燃え尽きることができず、大きな力の前に散っていくしかない。一方、ヘミングウェイの描く人物は、最終的に敗北を喫するわけだが、それが悲劇の美しさへと高められ、読者の心を揺さぶる。

　この二人の作家が描き出す表象の違いを考えると、ドス・パソスには書く力が備わっていないかのように思えるであろう。事実、批評家たちの中には、ドス・パソスの描く登場人物は類型的で、どの人物に

も共感できないと酷評している者も多い。[5]　しかしながら、実は、これこそがこの作家の＜戦略＞なのである。ヘミングウェイの描く人物は、勝利を収める英雄ではないが、いわば悲劇の中心にいるアンチ・ヒーローである。そこには偉大なる主人公を喪失することを憂える姿勢が垣間見られると言えよう。この姿勢は、「大きな物語」を失うまいとするモダニズム的な焦りと考えることが可能であろう。ところが、ドス・パソスの小説には、読者や作家が信頼を寄せることができる偉大な主人公が存在しない。その意味において、彼の作品には非常にポストモダンな要素が強いと言えるのではないだろうか。この傾向は、彼がその関心を大都会ニューヨーク、そしてアメリカ全土へと広げていくにつれてさらに強くなっていく。戦争を通じて信じるべきものを失ってしまった近代は、実はさまざまな価値が瓦解している現代社会と同調的である。現代に生きる私たちがドス・パソスの作品を読むと、そのことを痛烈に感じさせられるのである。時代を言葉で築き上げる時に、戦争を生の題材として描こうとしたからこそ、ドス・パソスの登場人物たちはヒーローにはなれなかったのであろう。それゆえに作家には、そのように描かれた作品がどこに着地するかを見据えることができなかったのである。そして、あえて着地点を見定めなかったようにさえ思えるのである。

注

1. 米軍帰還兵が抱えるこうした問題は、日本の自衛官たちが抱える問題へとつながってくる。自衛隊がイラク、インド洋、ソマリア沖などへ派遣され、「戦後」は別の意味で終わってしまった日本にとって、戦争から帰還する人々が心に闇を抱え、苦しんでいるという問題はもはや他人事ではない。昨今では日本のメディアでも大きく取り上げられるようになった。
2. 1980年に米国精神医学会が『精神障害診断統計マニュアル』（第三版）に「外傷後ストレス障害」（PTSD）という新しいカテゴリーを加えた。このマニュアルの初版は1952年、第二版は1968年である。
3. イギリスの精神科医ルイス・R・イェランド（Lewis R. Yealland）らは、恥辱と脅迫と処罰を効果的な治療として推奨したという。(Herman 21)

4. アンドリューズが、著者ドス・パソス自身が最も色濃く投影された登場人物であると指摘する批評家は少なくない。(Gelfant 141; Gilman Jr. 472; Hicks 18; Rohrkemper 44)
5. デルモワ・シュワルツ（Delmore Schwarts）は、ドス・パソスのリアリズムが根本的に皮相であることを指摘している。(359-61)

参考文献

Benjamin, Walter. "The Work of Art in an Age of Mechanical Reproduction." 1936. Trans. Harry Zohn. *Illuminations*. Ed. Hannah Arendt. London: Pimlico, 1999. 217-50. (「複製技術時代の芸術作品」、『ボードレール：他五篇』野村修編訳、岩波書店、1994)
Cooperman, Stanley. *World War I and the American Novel*. Baltimore: Johns Hopkins, 1970.
Dos Passos, John. *Manhattan Transfer*. Boston: Houghton Mifflin, 2000.
——. *One Man's Initiation: 1917*. Lanham, MD: United P. of America, 1969.
——. *The Best Times: An Informal Memoir*. New York: New American Library, 1966.
——. *The Fourteenth Chronicle: Letters and Diaries of John Dos Passos*. Ed. Townsend Ludington. Boston: Gambit, 1973.
——. *Three Soldiers*. New York: Modern Library, 2002.
——. *U.S.A.* New York: Library of America, 1996.
Gelfant, Blanche H. "The Search for Identity in the Novels of John Dos Passos." *PMLA* 76 (1961): 133-49.
Gilman Jr., Owen W. "John Dos Passos: Three Soldiers and Thoreau." *Modern Fiction Studies* 26 (Autumn 1980): 470-81.
Hicks, Granville. "The Politics of John Dos Passos." Hook 15-30.
Hemingway, Ernest. *A Farewell to Arms*. New York: Scribner's, 2003.
——. *The Sun Also Rises*. New York: Scribner's, 1954.
Herman, Judith Lewis. *Trauma and Recovery*. New York: Basic Books, 1997. (『心的外傷と回復』中井久夫訳、みすず書房、1999)
Hook, Andrew, ed. *Dos Passos: A Collection of Critical Essays*. New Jersey: Prentice-Hall, 1974.
Lowry, E. D. "*Manhattan Transfer*: Dos Passos' Wasteland." Hook. 53-60.
Ortega, y Gasset. *The Revolt of the Masses*. London: G. Allen, 1951. (「大衆の反逆」、『マンハイム オルテガ』高橋徹編、中央公論社、1995。387-546 頁。)
Rohrkemper, John. "Mr. Dos Passos' War." *Modern Fiction Studies* 30 (Spring 1984): 37-51.
Schwartz, Delmore. "John Dos Passos and the Whole Truth." *Southern Review* 4 (Autumn 1938): 351-67.
Woolfe, Virginia. *Mrs. Dalloway*. Oxford: Oxford UP, 1992.

荒木映子『第一次世界大戦とモダニズム——数の衝撃』世界思想社、東京、2008

リオタール、ジャン＝フランソワ『ポストモダンの条件——知・社会・言語ゲーム』小林康夫訳、水声社、東京、2003

"Ernest Hemingway Recuperates from Wounds in Milan." *Ernest Hemingway Photograph Collection, John F. Kennedy Presidential Library and Museum, Boston.* Web. 4 Feb 2010. <http://www.jfklibrary.org/Asset+Tree/Asset+Viewers/Image+Asset+Viewer.htm?guid=%7B08B99D89-9323-4D13-BCC9-3926FC492E33%7D&type=lgImage>

第9章
第二次世界大戦とその文学

古屋 功

（1） 第二次世界大戦

1.

　第一次世界大戦の終結を受けて、1919年パリでの講和会議の結果、イギリスとフランスが主導権を握り、敗戦国にとって厳しい条約が結ばれた。ベルサイユ条約である。特にドイツには軍備の制限・植民地の放棄・多額の賠償金などが課せられた。こうして第一次大戦後の社会はベルサイユ体制と呼ばれることになる。1920年には国際連盟が設立される。ヨーロッパは新たな国際協調を模索しながら歩み出すことになるが、ソ連とドイツは連盟から排除されてしまった。

　第一次大戦後のアメリカは、国際連盟には加わらず、孤立の道を歩み始めていた。1920年代のアメリカ経済は発展を遂げたが、29年10月のニューヨーク株式の大暴落に端を発して、世界恐慌が起こった。世界中の国々がそこから立ち直ることができない時代がしばらく続き、ファシズム（fascism）勢力の台頭を招く結果となった。ムッソリーニ(Benito Mussolini, 1883-1945)がファシスタ党を組織したイタリアに続き、ドイツでもファシズムが勢力を伸ばし、ヒトラー（Adolf Hitler, 1889-1945）率いるナチス（the Nazis）が現れた。ナチスは、ベルサイユ体制とワイマール共和国[1]に絶望した国民から絶大な支持を集め、ゲルマン民族の優越性を説きながらユダヤ人の排除を目的とする極端な人種差別主義を進めた。こうして徐々にドイツ全土に一党独裁の勢力を広げていった。

　植民地の少ないドイツ・イタリア・日本は、対外侵略に活路を見出

153

し始めていた。1933年ドイツは、日本に続いて国際連盟を脱退し、35年に再軍備を始めた。対外拡張を目指していたドイツ・イタリア・日本の3国は次第に接近し、36年に日独防共協定を結び、翌年これにイタリアが加わって日独伊三国の結束が強化される。その結果、1940年、三国同盟が成立した。このようにして、対外侵略によって恐慌を打開しようとする国々と、それに反発する国々とに分かれて、第二次世界大戦（World War Ⅱ, 1939-45）への道が徐々に不可避的に用意されていったのである。

ヒトラー率いるドイツは、再軍備が完了すると、まず東方に領土を獲得しようと考え、1938年オーストリアを併合し、続いてチェコスロバキアに対してズデーテン地方の割譲を求めた。チェコは強く抵抗したが、ドイツとの戦争やソ連の進出を恐れたイギリス・フランスは、ミュンヘン会談でヒトラーのこの要求を承認した。

しかしドイツは、1939年ミュンヘン協定に反してチェコスロバキア全土を占領し、さらにポーランドの領土なども要求した。同年9月ドイツ軍は、ポーランドに進撃を開始し、これに対してイギリス・フランスがドイツに宣戦布告をしたことで、世界大戦の様相が濃厚になってきた。

1940年、ドイツ軍はデンマーク・ノルウエーに進入し、さらにオランダ・ベルギーも占領、続いてフランスへと矛先を向けた。6月にはパリが陥落し、これによってイタリアがドイツ側について参戦し、戦いは地中海にまで拡大していった。

戦いに敗れたフランスはドイツ軍に占領されたが、ロンドンに自由フランス政府を樹立し、対独抗争を呼びかけた。ヒトラーは、イギリス上陸作戦を敢行しようとしたが、イギリス軍の強い抵抗に遭い、挫折した。

1941年ドイツは、突然ソ連に侵入し、独ソ戦が始まった。ドイツ軍の侵攻は凄まじく、10月にはモスクワまで迫ったが、ソ連軍の反撃に遭い、戦いは長期化した。

このような中、ドイツ占領下ではユダヤ人の弾圧が行われ、ゲッ

第9章 第二次世界大戦とその文学

トー（Getto）と呼ばれる居住区に押し込められていた人たちは、次第にアウシュビッツ(Auschwitz)などの殲滅収容所に送られる。数百万人とも言われるユダヤ人が虐殺されるのである。ナチスは、極端な人種差別主義をもってゲルマン民族の優越性を誇り、社会からのユダヤ人排斥運動を進めた結果、大虐殺をもたらすことになった。これはホロコースト（the Holocaust）として歴史に深く刻まれている。

ドイツ軍のパリ中心部の行進

独ソ戦の開始により、イギリスとソ連が接近し、いわゆるABCD包囲陣の重囲に危機感を抱いた日本の真珠湾攻撃によってアメリカが参戦すると、連合国側の陣容が整い、反撃が開始された。

1943年、連合国がシチリア島に上陸すると、ムッソリーニは失脚し、9月にはイタリアは新政府の下、無条件降伏した。

1944年6月、連合軍は終にノルマンディ上陸を成功させ、フランス国内のレジスタンス(Resistance)と協力し、8月にはパリを解放した。東欧諸国はソ連によって開放されていき、連合軍は東西からドイツに迫った。1945年5月、ベルリンの陥落後まもなく、ドイツは無条件降伏した。ヨーロッパの戦いは終結したのである。

2.

アジアにおいて日本の動きに警戒感を持ち始めていたアメリカは、1921年にワシントン会議を開き、アジアの安定を確立しようとした。

これによって、海軍軍縮条約や中国の領土保全を決めた条約などが結ばれた。このようなアジアにおける協調体制は、ワシントン体制と言われる。

アジア地域では、世界恐慌の影響によって深刻な不況に陥っていた日本が、中国での権益の拡大を図り、1931年の満州事変とともに半年で中国東北部をほぼ制圧した。翌年清朝最後の皇帝溥儀（1906-67）をかつぎ出し、満州国を樹立した。日本は国際連盟から非難されると、1933年連盟を脱退し、満州国に沢山の開拓民を送り込んだ。

中国では国民党と共産党が内戦を繰り広げていたが、国共合作をなして、日本に備えた。1937年、北京郊外で生じた盧溝橋事件を契機に、日本軍は全面的に軍事作戦を展開し、宣戦布告のないまま日中戦争へと突入していった。

日本軍が広大な土地を攻め切れないでいると、中国は持久戦法を取りつつ抗戦を続け、米英は南方の援蒋ルート[2]などを通じて中国国民党の蒋介石（1887-1975）を支援し、戦いは長期化した。

日本は、東南アジアにも触手を伸ばしつつ、日独伊三国同盟を結び、米英との対決を深めていった。1941年には、日ソ中立条約を結び、東南アジアに勢力を拡大していくと、アメリカとの関係は一層悪化した。同年12月、日本軍はアメリカ太平洋艦隊の集結するハワイ真珠湾とマレー半島を奇襲し、米英に対する宣戦布告とともに太平洋戦争に突入した。

日本は、香港・マニラ・シンガポールを次々に占領し、開戦後半年間は優位に戦いを進め、その版図を拡大した。欧米諸国の植民地支配に苦しんでいた国々は、当初日本に期待し歓迎したが、実体が日本軍部による支配と分かると、反日運動を広げていく。朝鮮や中国では抗日戦が開始された。アメリカに比べ経済的にはるかに劣っていた日本の軍事的優位は長続きせず、1942年のミッドウェー海戦の惨敗を境に、彼我の形勢は逆転していった。44年にはサイパンが陥落し、アメリカ軍に

よる日本本土への空襲も始まり、日本の敗色は日増しに濃厚になった。

　1945年2月、日本は硫黄島を失い、4月にはアメリカ軍は沖縄に上陸し、激しい戦闘を展開した。日本本土への空襲も激化する中、同盟国のドイツは降伏したが、日本は戦争を続けた。8月にはアメリカ軍が、開発したばかりの二種類の新型爆弾（原子爆弾）を広島と長崎に投下し、その地獄のような惨状は眼を覆わんばかりであった。ソ連も日ソ中立条約を一方的に破棄して日本に宣戦布告をし、満州や北方領土に侵攻した。関東軍は崩れ、開拓民の言葉に尽くし難い悲劇やのちに言う残留孤児の悲惨を生むことになった。さらに、何十万人もの日本兵や軍属がシベリアに連行されることになる。

　8月14日、日本は終にポツダム宣言を受諾した。この日本の降伏によって第二次世界大戦は完全に終結し、満州事変以降15年にも及んだ日中間の戦争もまた終焉を迎えたのであった。

東京湾の戦艦ミズーリ号上における降伏調印式

（2）第二次世界大戦時代の文学

1.

　人間の歴史を見ると、その一面は戦争の歴史であると言え、人間には戦争本能があるかのようである。現在に至るまで、おびただしい数の戦争が歴史書の多くの部分を占めている。さらに私たちは、毎日の

新聞に世界各地で起こっている紛争や戦争の記事を見ない日はないほどである。

　それぞれの戦争においては、そこに至るまでのさまざまな理由が存在していたのであろうが、一旦戦争が起きると大変悲惨な結果が生まれたことは事実であり、文明や都市の破壊、多数の市民の死といった悲劇的な事態が生じた。戦争のない平和な時代にこそ（日本人は現在この状況下にあるが）、戦争はあってはならないものであることが改めて強く認識される。現在人類は21世紀に入っているが、20世紀はしばしば戦争の世紀と言われてきた。では、18世紀、19世紀はどうであったのかと問えば、やはり同様である。それぞれの世紀、戦争がなかったのはわずか十数年とも、数年だけとも言われている。裏返せば、人類はいつもどこかで戦争をしていたのである。この点から見ると、歴史上戦争は特別な現象ではなく、それは「平和」の状態よりもむしろノーマルであるともみなせ、人間は戦争によって歴史を作ってきたと言っても決して過言ではないのである。

　戦争が日常性をもって歴史とともに歩んできたのであるから、人間の文化の象徴の一つとしての文学にもそれは扱われており、戦争が背景となっている小説を我々は数多く目にすることができる。戦争が作品の中で果たしている役割は多岐にわたっていて、戦闘シーンがその主たる部分を占めているものから、戦争経験が登場人物の人生や心理に影響を及ぼしているものなどに至るまでさまざまである。戦争と言えば戦闘場面が真っ先に思い浮かぶが、当事者以外の第三者には見えにくいもの、たとえば戦争が行なわれている地域の住民や戦闘に参加した兵士の苦悩や後遺症なども決して忘れられてはならない事柄であり、これらも戦争の負の産物として小説の題材となり得る諸要素である。負傷した兵士はその後長い人生を不遇な体で送らねばならないし、生死を分けるような激しい戦闘を経験した兵士が受けた精神的な傷が癒されるためには、長い時間が必要となる。

第9章 第二次世界大戦とその文学

さて、大きな戦争の後にはその時代を反映して、反戦という意味から戦争を背景とした作品が数多く生み出されている。たとえばアーネスト・ヘミングウェイやジョン・ドス・パソスらを、第一次世界大戦の経験を基に作品を生み出した著名な作家たちとして挙げることができる。

2.

第二次世界大戦に目を向けて、それに関わる作品をいくつか紹介してみよう。ノーマン・メイラー (Norman Mailer, 1923-2007) は、自らの太平洋戦線での経験をもとに、『裸者と死者』(*The Naked and the Dead*, 1948) を著している。この作品は、第二次世界大戦も後半に入った頃、南太平洋のアノポペイ島に布陣する日本軍に対してカミングズ将軍率いるアメリカ軍師団が攻撃をかけるという内容のものである。師団全体は日本軍と戦っているが、その中の偵察小隊の活動に主として焦点を当てながらストーリーは進んでいく。偵察小隊はハーン少尉が日本軍に殺された後、クロフト軍曹へと指揮官を代えて進軍していくが、最終目標のアナカ山を越えようとした瞬間、大熊蜂の襲撃に遭い、撤退を余儀なくされる。またカミングズ将軍は、アメリカ軍が日本軍を攻めあぐねていたため、頭を悩ませていたが、彼が師団を留守にしていたほんの短い間に、やや間抜けなダルスン少佐の指揮による場当たり的な攻撃で、日本軍は壊滅的な状態になってしまう。偵察小隊とカミングズ将軍の必死の努力は、実は師団の作戦全体の終結にはほとんど関係がなかったということになる。

ジェイムズ・ジョーンズ (James Jones, 1921-77) の『地上より永遠に』(*From Here to Eternity*, 1951) では、日本軍の真珠湾攻撃直前のハワイのアメリカ軍基地の様子が描かれている。元ボクサーであったプルーは親友を失明させたこともあって、中隊長のボクシングへの誘いを断り、隊内で孤立する。上官から執拗ないじめに遭ってもくじけないプ

ルーだったが、唯一の親友マジオの死を切っ掛けに破滅への道を歩み始める。日本軍による真珠湾攻撃が始まると、彼は仲間の兵士に背後から撃たれて最期を遂げる。軍隊生活の実態、その過酷さと兵士の孤独が描かれた作品である。また、『シン・レッド・ライン』(*The Thin Red Line*, 1962) は、1998年に映画化もされているが、太平洋戦争の激戦地となったガダルカナル島の戦いを舞台に、生死の狭間を生き抜く若い兵士たちの姿を描いている。

ハーマン・ウォーク (Herman Wouk, 1915-) は『ケイン号の叛乱』(*The Caine Munity*, 1951) を著している。駆逐艦ケイン号の艦長クィーグは部下に厳しく、彼の常軌を逸した行動に士官たちは不満を募らせる。ケイン号は艦隊からはぐれて嵐に巻き込まれる。艦長が沈没を恐れるあまり精神に異常をきたしたため、副長たちは艦長を解任し、艦を指揮して嵐を乗り切る。帰還した士官たちは艦長の解任の是非を問う軍法会議にかけられ、検察官が法廷で彼らの弁護に立って、艦長の精神異常の証明を試みるという軍事法廷ものである。

アーウイン・ショウ (Irwin Shaw, 1913-84) の『若き獅子たち』(*The Young Lions*, 1948) は、ヨーロッパ戦線のナチズムと反ユダヤ主義を問題とする傑作である。

以上の作品はみな第二次世界大戦の終了を受けて描かれた作品ではあるが、大きな戦闘シーンがストーリーの中心をなしているというよりも、むしろ軍隊機構の中の個人の葛藤に目を向ける戦争ものと言えよう。もっとも、戦闘シーンはストーリーを作っていく上で欠かせない要素の一つであり、世界的な大ヒットとなった戦争映画の多くを見ると、映画自体が人の視覚に訴える部分が大きいためか、派手な戦闘場面がスクリーン上で人目を引く格好の材料となっている。が、いずれにせよ、諸作品が戦争によって尊い生命や大切な社会資本が失われていく悲惨さを訴えていることに違いはない。

その後戦争小説は、ノーマン・メイラーの『ぼくらはなぜベトナムに

第9章 第二次世界大戦とその文学

いるか』(*Why Are We in Vietnam?* , 1967) やティム・オブライエン (Tim O'Brien, 1946-) の『カチアートを追跡して』(*Going after Cacciato*, 1978) といったベトナム戦争を扱ったものへと引き継がれていくのである。ノーマン・メイラーはその間にも、冷戦下のアメリカの左右対決を描いた『バーバリの岸辺』(*Barbary Shore*, 1951) や赤狩り時代のハリウッドを舞台にした『鹿の園』(*The Deer Park*, 1955) を著しており、政治や時事問題を含めて彼の関心の広さや深さが伺い知れるが、大作家としての出発点が『裸者と死者』にあることは紛れもない事実である。要するに、第二次世界大戦抜きでは彼のことを語ることができないのである。

3.
　読者は、これまで紹介した作家の多くがユダヤ系であることに気づかれたことであろう。ノーマン・メイラー、ハーマン・ウォーク、アーウィン・ショウらは、いずれもユダヤ系作家である。しかし、アメリカにおけるユダヤ系の作家の歴史はそう古いものではない。ユダヤ人のアメリカへの移民は、18世紀の半ばドイツから渡っていったのが始まりである。その後、19世紀半ばには大量の移住が見られたが、最も顕著なそれは19世紀末から20世紀初頭にかけて東欧諸国から迫害や徴兵を逃れてアメリカに渡り、ニューヨークなどの都市に移り住んだものである。第二次世界大戦中のナチス・ドイツからの移民は15万を越えるが、そのうち数千人がアインシュタイン (Albert Einstein, 1879-1955) をはじめとする知識階級であったと言われる。
　アメリカにおけるユダヤ系の大学進学率は80％にも登り、アメリカのノーベル賞受賞者の4分の1はユダヤ系であることからも分かる通り、ユダヤ人たちはもともと教育熱心な民族であったので、その後の定住とともに徐々にユダヤ系の作家が現れた。1930年代には『風と共に去りぬ』で知られるマーガレット・ミッチェルやナサニエル・ウエ

スト (Nathaniel West, 1903-40) などが登場し、その後ノーマン・メイラーら第二次大戦を描いた作家たちが現れ、1950年代になるとソール・ベロー (Saul Bellow, 1915-2005)、バーナード・マラマッド (Bernard Malamud, 1914-86)、J. D. サリンジャー (Jerome David Salinger, 1919-2010) などの著名な作家たちが台頭した。

　なお、ユダヤ系の作家では、ソール・ベローと I. B. シンガー (Isaac Bashevis Singer, 1904-91) の二人がノーベル賞受賞作家である。

　第二次世界大戦後のアメリカ文学は、ユダヤ系作家たちの活躍に加えて、黒人作家や女流作家の活躍も目覚しかった。黒人文学では、リチャード・ライト（Richard Wright, 1908-60）やジェイムズ・ボールドウィン (James Baldwin, 1924-87)、ラルフ・エリソン（Ralph Ellison, 1914-94）らをはじめとする人々が、また女流作家では、いずれも南部出身のユードラ・ウェルティ（Eudora Welty, 1909-2001）やカーソン・マッカラーズ（Carson McCullers, 1917-67）、フラナリー・オコナー（Flannery O'Connor, 1925-64）などを含む作家たちが諸作品を残している。黒人女流作家のアリス・ウォーカー（Alice Walker, 1944- ）や1993年度のノーベル文学賞受賞作家トニー・モリソン（Toni Morrison, 1931- ）の活躍も顕著である。

　フォークナー（William Faulkner, 1897-1962）に続く南部作家では、上記の女流作家たちの他に、トルーマン・カポーティ（Truman Capote, 1925-84）、ウィリアム・スタイロン（William Styron, 1925-2006）などが著名であり、北部の作家では、『ニューヨーカー』派のジョン・アップダイク（John Updike, 1932-2009）やジョン・オハラ（John O'Hara, 1905-70）などが知られる。

　詩ではビート・ジェネレーション（Beat Generation）[3]、演劇ではアーサー・ミラー（Arthur Miller, 1915-2005）やテネシー・ウィリアムズ（Tennessee Williams, 1911-83）などが彩りを添えている。

注

1. 1919年に発足して1933年に事実上崩壊したドイツの政治体制。1919年に公布されたワイマール憲法に基づいている。
2. 日中戦争時における中華民国総統の蒋介石を援助するためのルート。
3. 1955年から64年頃にかけて、アメリカの文学界で異彩を放ったグループや活動の総称。

参考文献

Cowley, Malcolm. *Exile's Return*. London: Penguin Books, 1994.
Karl, Frederick R. *American Fictions 1940-1980*. New York: Harper&Row, Publishers, 1983.
Leitch, Vincent B. *American Literary Criticism, From the Thirties to the Eighties*. New York: Columbia University Press, 1988.
Mailer, Norman. *Advertisements for Myself*. Cambridge: Harvard University Press, 1992.
――. *The Naked and the Dead*. Orlando: Flamingo Modern Classic, 1999.

相賀徹夫編『万有百科事典』小学館、東京、1972
井上謙治『アメリカ小説入門』研究社、東京、1995
入江昭『二十世紀の戦争と平和』東京大学出版会、東京、1986
旺文社編『学芸百科事典』旺文社、東京、1975
川島浩平、小塩和人、島田法子、谷中寿子編『地図でよむアメリカ』雄山閣出版、東京、1999
城戸一夫ほか 『新世界史A改訂版』清水書院、東京、2000
グラント、R．C．『戦争の世界史大図鑑』河出書房新社、東京、2008
斉藤勇『アメリカ文学史』研究社、東京、1979
齋藤昇『郷愁の世界』旺史社、東京、1993
佐渡谷重信『ノーマン・メイラーの世界』評論社、東京、1975
志村隆編集責任『学研ハイベスト教科事典－世界歴史』学習研究社、東京、2001
陣崎克博『ユダヤ系アメリカ文学研究』大学教育出版、岡山、2000
高橋正雄『アメリカ戦後小説の諸相－20世紀アメリカ小説Ⅳ』冨山房、東京、1979
中村一夫『アメリカ文学における孤独の諸相』成美堂、東京、1995
日本アメリカ文学文化研究所編『アメリカ文化ガイド』荒地出版社、東京、2000
日本マラマッド協会編『アメリカ短編小説を読み直す』北星堂書店、東京、1994
――、『ユダヤ系アメリカ短編の時空』北星堂書店、東京、1997
――、『アメリカ映像文学に見る少数民族』大阪教育図書、大阪、1999
――、『ホロコーストとユダヤ系文学』大阪教育図書、大阪、2000
浜野成生『アメリカ文学と時代変貌』研究社、東京、1989
三木信義『アメリカ文学の研究』開文社、東京、1978
武藤脩二『世紀転換期のアメリカ文学と文化』中央大学出版部、東京、2008
メイラー、ノーマン『ノーマン・メイラー全集　裸者と死者Ⅰ、Ⅱ』山西英一訳、新潮社、東京、1969

―――.『ノーマン・メイラー全集　ぼく自身のための広告』山西英一訳、新潮社、東京、1969

―――.『世界文学大系 99　メイラー　アメリカの夢』山西英一訳、河出書房新社、東京、1980

ドイツ軍のパリ中心部の行進＜ http://commons.wikimedia.org/wiki/File:Bundesarchiv_Bild_146-1978-052-03,_Paris,_deutsche_Wachtparade.jpg ＞

東京湾の戦艦ミズーリ号上における降伏調印式＜http://commons.wikimedia.org/wiki/File:Blamey_Japanese_surrender.jpg＞

第10章
メイラーと『裸者と死者』

古屋　功

1.

　ロスト・ジェネレーション作家たちの活躍が始まった頃の1923年、アメリカ、ニュージャージー州ロング・ブランチ (Long Branch) に生まれたのがノーマン・メイラー (Norman Mailer, 1923-2007) であった。父方の祖父はユダヤ人の移民の出であった。メイラーは教育熱心な家庭で育ち、学校では優秀な生徒であり、読書好きな少年であった。最初は科学に興味を持ち、高校を卒業した後マサチューセッツ工科大学 (Massachusetts Institute of Technology) に進学を希望したが、16歳という若さのため入学を拒否された。代わりにハーヴァード大学 (Harvard University) の工科に入学し、航空工学を専攻し、1943年に卒業する。しかしこのハーヴァード大学に入ったことは、メイラーも自分の生涯で決定的に重要だった出来事として挙げている通り、彼を作家として世に誕生させる大きなきっかけになったのである。仮に第一志望のマサチューセッツ工科大学が彼の入学を許可していたら、作家ノーマン・メイラーは存在しなかったかもしれない、と考えると、運命の不思議さを感じさせられる。

　ハーバード大学在学中、メイラーはアメリカ現代作家に熱中し、自ら作家になろうと決意した。多くの短編小説を書き、雑誌への投稿も始めた。1959年に出版された『ぼく自身のための広告』(*Advertisements for Myself*) の中で、彼は若い頃の作家になりたかった自分の気持ちを表わしている。彼は影響を受けた作家としてウルフ (Thomas Wolfe, 1900-38)、ヘミングウェイ、フォークナー、フィッツジェラルド、ドス・パソスなどを挙げている。1940年に「この世でいちばん素晴らしいも

の」("The Greatest Thing in the World")を書き、学生小説コンテストで一等を獲得し、彼の作家としての人生がスタートするのである。これについてメイラーは次のように述べている。

　　大学二年のとき、ぼくはアーネスト・ヘミングウェイの影響をうけたストーリーを盛んに書きまくった。ぼくはドス・パソスとファレルにいっそう引きつけられたが、しかしぼくが模倣したのはヘミングウェイだった。——たぶん、彼のほうがやさしいように思えたからだろう。

　　　　　　　　　『ぼく自身のための広告』（山西英一訳）

　このようにメイラーは、初期の段階でヘミングウェイの影響を受けたことをはっきりと認めている。1942年、メイラーは、南太平洋の小さな島にいるアメリカ軍が日本軍に攻められるという内容の「天国を目当ての計算」("A Calculus at Heaven")を書いた。1941年12月の真珠湾攻撃によって火蓋を切られた太平洋戦争の開始直後、学生たちが熱狂的に戦争について論じ合っている中、メイラーは「偉大な戦争小説はヨーロッパについて書かれるだろうか。それとも太平洋について書かれるだろうか」と密かに心配していた。そして、それはヨーロッパこそその舞台でなくてはならないとの確信を深めたその翌年に、「天国を目当ての計算」を著わしたのである。これについてメイラーのコメントは以下の通りである。

　　この作品は『裸者と死者』とは面白い対照をなしている。なぜなら、それは戦争とは実際どんなものかを、想像力を働かせて（書物、映画、戦争通信、そして自由主義精神によって助けられ、ゆがめられて）憶測しようとする試みだからである。
　　ぼくがこの短い小説で、太平洋戦争について書く事にしたのは、

第10章 メイラーと『裸者と死者』

ぼくが熱帯が好きだったのではなくて、①アメリカ軍はすでに太平洋で戦っていた、②太平洋戦争は反動的性質をもっていて、それをぼくの若い進歩的、自由主義的な鼻が、ＰＭ誌[1]の社説の助けを得て嗅ぎつけていた、③太平洋について戦争小説を書くほうが、いっそう書きやすかったからである。――ヨーロッパの文化、そしてアメリカとヨーロッパ文化との衝突にたいする特別な感情をいだく必要はないからだ。過去を意識することなしに、ヨーロッパでのこの前の戦争について大作を書こうとしたら、それこそ最悪の失敗をまねくことになるだろう。

『同上』

　このように一時は視野に入れていたものの、その後メイラーはヨーロッパを舞台にした小説を避けてしまったのである。それはヨーロッパはヘミングウェイの舞台であり、ヘミングウェイを偉大な作家と認めていたためであり、メイラーはあえてヘミングウェイとの競合を避けたとも考えられる。1943年にハーヴァード大学を卒業したメイラーは、翌44年、太平洋戦線へと送られ、レイテ島・ルソン島へと従軍した。この間、大戦争小説を書くのだという決意は片時も忘れず、当初タイプライターを打つ仕事や航空写真を解読する仕事に従ったのだが、そうした事務的な安易な仕事よりも斥候など危険な仕事に進んで出て、あらゆる困難な体験を持ったのである。
　こうして小説を書くために率先して危険な戦争体験をしたという点は、第一次世界大戦中、自ら戦争に行き、前線へ赴き、実戦経験を持ったヘミングウェイの経歴と重なるものである。メイラーがヘミングウェイを小説家としてのお手本と考えていたとみなすことができるのである。

2.

　この世の中にあってはならないものとほとんどの人が認めてきたも

のの、繰り返し戦争は起こってきた。しかし、一度起こってしまえば、指導的立場にいる者たちは、何としてでもその戦争を自分たちの勝利に導かねばならない。そのため、戦いが始まると、彼らは、戦場における兵士や一般大衆の士気を鼓舞したり敵愾心を高揚させたりして、国民を戦争の禍中へと導いていったのである。

　日本において第二次世界大戦中、アメリカは鬼畜でイギリスは悪魔だとのラジオ放送が流され、米英を憎むことを教える運動が起こったのもこのような状況下においてである。敵性文化の排除も進められて、米英の音楽の生演奏、レコード演奏も禁じられた。そのような中、1943年末から44年にかけてアメリカ軍は中部太平洋の島々を次々に陥落させ、44年7月にはサイパン島に到達した。日本の敗勢が加速するにつれて、米英の残虐性を強調し、敵愾心を煽るものがメディアでも登場した。1944年8月8日の読売新聞は「日本皆殺しを狙ふ米英を断乎滅ぼせ！」との見出しで、敗戦後の日本の惨状を描いて見せた程である。一方アメリカ側でも同様に、戦地において兵士の敵愾心を盛んに煽っており、洋の東西を問わず戦時における状況への対処法には大差のないことが分かる。戦争で相手を倒すことのみを念頭に置いた場合、敵に対しての特別な憎悪を持たせる教育は必要不可欠なことであったと言えよう。

　しかしその反面、そうした報道や教育などが誇張され過ぎたり、いつわりであると分かった時、人々の社会に対する疑いの気持ちは大変強くなっていくことになる。ノーマン・メイラーもその一人であり、のちに彼の作品の訳者である山西英一氏に宛てた手紙で次のように述べている。

　　　フィリピン作戦当時、ぼくはまだ年がひどく若くて、21か22に
　　　過ぎませんでした。そして、あのころは、日本は下劣な黄色人種
　　　だとか、残忍な人殺しだとか、冷酷な拷問者だとか、鬼畜だという、
　　　戦時の宣伝を、ある程度信じこまされました...　どんな宣伝がおこ

なわれていたか、くわしくのべる必要はありますまい。

『世界文学大系 99　メイラー　アメリカの夢』（山西英一訳）解説

そしてメイラーは、進駐軍として日本に上陸し、生活するうちに、戦地において受けた教育を一層疑問に思うようになるのである。

3．

1945年8月15日の日本の無条件降伏後、メイラーは所属する騎兵部隊とともに日本への進駐を命じられ、9月に千葉県館山に上陸した。館山に30日間、その後千葉県銚子に移り、46年2月、3月は福島県の小名浜[2]に駐屯した。この間に東京や横浜を何度か通過したようだが、メイラーは銚子や小名浜の田舎町のほうにはるかに引かれていったようである。それはメイラーが銚子や小名浜を舞台にした短編を幾つか書いていたり、『裸者と死者』(The Naked and the Dead, 1948)の中に出てくる日系少尉ワカラが、日本軍歩兵少佐S・イシマルの日記を見て、12歳の子供だった銚子での祖父母との生活を思い出し、それについて語っていることなどからも分かる。その日系少尉の語りである。

　　日本は見たこともないような不思議な、美しい国のようにおもえた。なにもかも、とてもちっちゃかった。二マイルばかりの銚子の半島は、日本全体の縮図だった。太平洋にむかって、数百フィートの高さに切りたった、大絶壁があった。まるでエメラルドみたいに完全で、きちんと作られた豆絵の林、灰色の木と石塊でつくったちっちゃな漁師町、稲田、悲しげな低い小さい丘、魚の臓腑や人糞が鼻をつく、銚子の狭苦しい、息もつまりそうな町、ものすごいひとだかりの漁港の波止場。なにひとつむだにするものはない。

　　　　　　　　　　　　　　『裸者と死者』（山西英一訳）

この話に出てくる銚子は犬吠埼で有名な現在の千葉県銚子市であ

り、『ぼく自身のための広告』の中の短編「ゲイシャ・ハウス」("The Paper House", 1951)での舞台となっているわけである。この「ゲイシャ・ハウス」は、アメリカ兵と売春婦との交際が最終的には強者（進駐軍）ではなく、弱者の女（売春婦）たちの勝利に終るというのがそのテーマであるが、随所にほのぼのとした町の様子が描き出されている。

　　戦争は終わって、ぼくたちは、兵員のたりない中隊について、日本のある小さな町に駐屯していた。おそらく五十マイル四方には、ぼくたちのほかは、アメリカ兵はひとりもいなかったろう。したがって、規律もやかましくなく、みんな自分の好きなことを大いにやることができた。
　　ぼくたちはゲイシャたちを田舎に連れ出し、裏道や山道をジープでとばし、それから海岸へおりていって、波うちぎわをぶらぶら歩いていった。美しい景色だった。何もかも、まるでマニキュアみたいに、みがきあげているように見えた。ぼくたちは、小さな松林を過ぎて、小っちゃな谷間にはいり、岩石のふところにだかれている、小さな漁師町を通りぬけて、ピクニックをしたり、話をしたりした。それから、夕がたになると、女たちをゲイシャ・ハウスへ帰した。とても楽しかった。
　　　　　　　　　　　『ぼく自身のための広告』（山西英一訳）

タイトルのゲイシャ・ハウスは売春宿、つまりアメリカ兵相手の慰安所であって、歴史的には駐留していたアメリカ軍の強い要求で市と警察が料理店を改装して設けたものであったらしい。が、メイラーの描写は、ゲイシャ・ハウスやゲイシャにいかがわしいような雰囲気を一切感じさせない。彼はむしろ明るく、客のアメリカ兵を相手にしたゲイシャたちを一種コミカルにも見えるタッチで、銚子の美しい自然を織り交ぜながら描いている。そしてそこからは、メイラーが戦争の

終った安堵感を日本の銚子で満喫していたことが伝わってくるのである。太平洋を望む田舎の漁村での生活は、静かで、時間はゆっくりと流れていたに違いない。このことは「ゲイシャ・ハウス」の次の一節から決定的なものとなろう。

　炊事部には、炊事兵が四人と糧秣軍曹がひとりおり、そのほかに、それと同数の日本人の炊事夫がてつだっていた。仕事は、いそがしいことはめったになく、勤務時間はずんずん過ぎていった。ぼくは、あのころみたいに軍隊が好きだったことは一度もなかった。
　　　　　　　　　　　　　　　　　　　　　　　　　　　　『同上』

　この作品の主人公が語った回想は、メイラーの真の気持であったにちがいない。そして、メイラーが日本を愛した様子は、「ゲイシャ・ハウス」に続く作品「兵士たちの言葉」（"The Language of Men", 1951）の中に出てくるメイラー自身と思われる主人公、カーターと日本人の炊事手伝いの描写にも見出すことができるのである。

　何年このかたはじめてひっそり生活することができた。港町は、うつくしかった。将校は一人いるだけで、兵士たちにはかまわなかった。これは、カーターの軍隊生活のうちでいちばん幸福な時期だった。彼は、日本人のＫＰ[3]が好きになった。彼は彼らの言葉を学び、彼らの家をおとずれ、ときどき彼らに食物の贈り物をした。彼らは彼が大好きだった。
　　　　　　　　　　　　　　　　　　　　　　　　　　　　『同上』

4．
　以上の通り、メイラーは戦場での疲れを癒すかのように、終戦後の進駐軍の一員としての日本での生活をゆったりと過ごしていたように見

える。しかし、自分が戦場で聞いたこと、命令されたことは何だったのか。誰のため、何のための戦争だったのか。自分たちはなぜ戦場に行ったのか。メイラーの頭の中ではこれらの疑問が渦巻いていたことであろう。戦場から開放され、体と心が休まるにつれて、メイラーは平和を取り戻した日本で、こうした諸疑問を整理していった。そして、以前から持ち続けてきた偉大な戦争小説を書くのだという気持ちとともに、自らが書こうとしている小説の方向を徐々にではあるがはっきりと固めていったに違いない。次の一節を見てみよう。

　終戦後日本にいき、個々の日本人から直接すこしずつ知ったことから、われわれのすべてのものと同様に、すべての人間、すべての社会と同様に、日本人もまた自分で罪を犯すよりも、むしろ罪悪の犠牲にされているのだということが、徐々にわかってくるにつれて、ぼくはあの宣伝が恐るべき欺瞞であり、完全なペテンであったことを、はじめて、痛烈に理解したのでした。『裸者と死者』の構想は、ぼくの日本滞在中に生まれたものです。ぼくの激しいラディカルな気質は、この日本滞在の九ヶ月によってはじめてうみだされたものではなかったとしても、すくなくともこれによって決定的にすすめられたことは事実です。

　あの日の午後は、『裸者と死者』の微妙な、だが、全体にしみわたっているものを創造したとおもいます。もしぼくがあの士官候補生に会わなかったら、あの本はもっと価値のすくないものとなったろうとおもいます。なぜなら、かれとの会話は、ぼくたちが戦争中、日本人を鬼畜と見なすように、組織的におしえこまれた宣伝の、鈍い最後の層を、みじんに打ち砕いてしまったからです。
　　　『世界文学大系99　メイラー　アメリカの夢』（山西英一訳）解説

　メイラーは山西英一氏に宛てた手紙でこのように述べている。一年

第10章 メイラーと『裸者と死者』

足らずの日本滞在を終えて1946年5月、除隊となったメイラーは、太平洋を舞台とした「偉大なる戦争小説」を作り上げるとの意気込みと構想をしっかりと胸に抱いて、妻の待つニューヨークへと帰還

1955（昭和30）年代の新川ドック。福岡写真館提供。
（『銚子ネット』「ノーマン・メイラーと銚子」より）
http://www.inaboye.jp/deai/j-mailer.htm

し、仕事に取り掛かった。1948年5月、『裸者と死者』は、出版されると同時に大ベストセラーとなったのである。

　メイラーは、生涯で決定的に重要だったことの一つに太平洋戦争に行ったことを挙げているが、それは彼が悲惨な戦場とその後の日本滞在を合わせて経験して、自ら感じ取っていたことなのである。『裸者と死者』が発表された3年後に彼が書いた短編小説「ゲイシャ・ハウス」と「兵士たちの言葉」のページを開いてみると、そこに『裸者と死者』が作られていく過程の断片を発見することができるのである。

5.

　アメリカ小説には、そのテーマが広大な自然を扱っているものが少なくない。アメリカという土地が、当初ニュー・ワールドと呼ばれていたように、開拓されていった場所であったこともその理由の一つであろう。たとえば海洋小説としては、ハーマン・メルヴィルの『白鯨』は、人間と大自然の一部である鯨との戦いを通して、さまざまな解釈の可

173

能性を与えてくれるし、ヘミングウェイの『老人と海』(*The Old Man and the Sea*, 1952) なども思い合わされる。『白鯨』や『老人と海』においては、その背景がとてつもなく広い海であり、大自然の中では人間の活動などいかにちっぽけなものであるかという点に焦点が当てられている。『白鯨』において巨鯨モビィ・ディックに勝ち目のない戦いを挑んでいく鯨捕りたちの姿や『老人と海』のサンチャゴ老人がサメと格闘する際にオールや棍棒を失っていく様子は、自然に対する文明社会の限界を物語っている。

　ノーマン・メイラーの『裸者と死者』にも人間と自然との大きな関わりを発見することができる。これは南太平洋の島を舞台に、第二次大戦中のアメリカ軍対日本軍の戦いが描かれている作品である。その主題が戦争であることは明らかであが、ストーリーを通して人跡未踏の広大なジャングルという自然が背景となっている。南方の島のジャングルからは兵士たちの過酷な活動が想像され、『白鯨』に見られるような人間と自然との闘いが主としてイメージされるが、そうした活動の中には、人間と自然との本来あるべき関係性も発見される。文明社会がさらなる成熟を迎え始めた20世紀半ば、メイラーはジャングルの中の戦場で戦う兵士たちの活動を通して、熱帯地方の自然の厳しさを我々に強く伝えているのである。

　大長編である『裸者と死者』は全体が4部で構成されているが、偵察小隊の動きが主として描かれる第3部がストーリーの中核をなしている。偵察小隊はハーン (Hearn) 少尉を隊長に14名で行動している。これらのメンバーは多民族からなり、それはまるで一つの小社会を形成しているかのようである。さらにアフリカ系、アジア系が含まれていないことは、まさにアメリカ社会の一面を表わしていると考えられる。偵察小隊には、それまで隊員たちを束ねてきたクロフト (Croft) 軍曹もおり、彼の前進することのみに執着する強い征服欲のために、小隊は危険な自然に立ち向かっていかねばならないことになる。

第3部は、まずこの偵察小隊が上陸用舟艇に乗り込み、島の反対側に向けて出発するところから動き出す。本部大隊が日本軍と対戦する場面が合間に時折織り込まれるが、小隊が困難な偵察活動を続けるシーンがストーリーの大部分を占めている。偵察活動が進むとともに小隊は、日本兵に撃たれて負傷したウィルソン (Wilson) を助けるために引き返す者たちと、偵察を続ける者たちの2班に別れてしまう。さらにウィルソンを運んでいく4人の中から2名の脱落組が出ることになる。つまり1個の集団であった偵察小隊が3個の小さい班に分かれ、それぞれの班の活動に個々に焦点が当てられていく展開となる。

この3個の班は、南方のジャングルの自然とどのように向かい合い、格闘し、最終的にどのような形で小隊の偵察活動は終焉(しゅうえん)を迎えることになるのであろうか。

6.

前日の午後上陸用舟艇に乗せられた偵察隊は、朝早くアノポペイ (Anopopei) 島の裏側の海岸に到着する。そして彼らは窮屈な舟艇からようやく開放される。島の反対側で進行中の激しい戦闘とは対照的な穏やかな海岸の様子は、次のように描写されている。彼らがこれから入っていくジャングルの凄まじさは、この時点ではまだ想像できない。

> 翌朝早く、小隊はアノポペイの裏海岸に上陸した。雨は夜のうちにやんで夜明けの空気は新鮮で涼しく、浜辺の日光は快かった。兵士たちは数分のあいだ砂上に寝ころんで、上陸用舟艇がうしろむきに岸をはなれて、帰航の途につくのをじっと見まもっていた。
>
> 『裸者と死者』（山西英一訳）

熱帯のジャングルの中へと出発する兵士たちは、このあとどのような思いで進軍していき、どのような経験を経てこの出発点に戻ってく

ることになるのであろうか。偵察としての任務が終了した時再びこの地にいることは、自分が生きたまま戻ってくることができた証であり、それゆえ自分の存在が確認できるこの海岸は、彼らにとって大きな意味を持つものである。

　彼らは川に沿ってジャングルを山の方へと進み始める。その川を逆のぼっていく途中の最大の見せ場は、川の早瀬を渡るシーンである。そこは岩だらけで、流れが急過ぎて、歩いて横切ることはとてもできそうもない場所である。誰かが向こう岸に渡るための蔓を運んで、何かにくくりつけてこなければならない。ハーン小隊長が、自らその役を引き受け、見事にそれを果たす。しかし体躯隆々たるハーンさえ、もがきながら時間をかけてようやく渡り切れたということは、これから彼らを待ち受けている自然が容易には突破できないものであることを想像させるだけでなく、帰路においてこの場所で兵士たちに最大の屈辱を与える事件が起こる伏線としての役割も果たしている。

　　彼は岩から岩へよろめきうつり、何度も膝まですべりこんだりして、早瀬をわたっていった。一度は、すっかり水の中にもぐってしまい、肩を石にいやというほど打ちつけ、あまりの痛さに気が遠くなりかけながら、あっぷあっぷして浮きあがってきた。五十ヤードわたるのに、ほとんど三分間もかかった。対岸にたどりついたときには、精も根もつきはてていた。

　　　　　　　　　　　　　　　　　　　　　　　『同上』

　小隊はハーンが繋いだその蔓を頼りに川を渡り切った後、ジャングルの中に道を切り開いて進んでいくことになる。隊員たちは仕事を交代で行なったが、徐々に疲労していく。小隊は川を逆のぼり、急な川を渡り、ジャングルを切り開く。彼らは出口の見えないトンネルの中を歩いているかのように、熱帯の自然に苦しめられながら進んでいく。

しかしこのジャングルの中の行進は突然に終りを告げ、彼らは広大なクナイ草の平原へと出る。草原に出たため兵士たちはジャングルを切り開くという作業からは解放されたが、今度は一転して頭上から降り注ぐ太陽の熱波が大きな敵となり始める。過酷な自然が容赦なく彼らに襲い掛かるのである。

　次の日の午後、彼らはこれから超えていこうとするアナカ山 (Mt. Anaka) の麓の原っぱに辿り着く。この原っぱには何も遮るものがなく、反対側からもこちらがよく見えるため、そこは敵に見つかれば一瞬にして天国が地獄へと変わる危険性をはらんだ場所であった。予想通り、横切っていく途中日本軍の襲撃に遭い、ウィルソンが腹を撃たれて負傷する。このウィルソンの負傷は、小隊に一層の負担を課し始める。なぜならば負傷した兵士は必ず助けるのが掟であり、誰かがウィルソンとともに引き返さなければならないからである。4名がウィルソンを海岸まで連れていく担架隊となり、残りは任務を遂行するためにさらに前進を続けるが、5名もの兵士が抜けてしまったことは、偵察小隊が作品のタイトルである「裸者」の状態に一歩近づいたことを表している。

7.

　進軍を続ける小隊と同様、担架隊の苦労も想像を絶するものであった。ウィルソンは大変な重荷であり、わずか4人の兵士だけで担架隊を維持していくことは相当困難な仕事だった。このように体力と精神力が極限状態に陥った時、人間はどのようなことを考えるのであろうか。ある者は与えられた使命を最後まで果たさねばならないと考え、またある者は何とかこの苦境から脱出する手立てはないものかと考え始める。この担架隊の責任者であるブラウン (Brown) とスタンレー (Stanley) は後者の方の人間だった。二人は嘘をついて、意図的に担架隊から脱落していってしまう。己のずるさを思い、自己嫌悪感を抱きながらも

安易な方向へと流されていく彼らの姿は、人間の心の弱さを浮き彫りにしている。

　　彼らが見えなくなると、ブラウンは靴をぬいで、両足にできた水ぶくれや腫れ物をもんだ。これから先十マイル近くも歩かなくちゃならん。ブラウンは溜息をついて、足の親指をもんだ。そして、おりゃ、軍曹の袖章をかえすべきだな、と思った。
　　が、そんなことはしないということはわかっていた。自分が失敗するまで、このままつづいていくだろう。彼はスタンレーを見た。スタンレーはまだ地面に倒れたままだった。おおーお、おれたちふたりはどんぐりの背くらべだ。こいつはじきおれとおなじような心配をするようになるだろう。
　　　　　　　　　　　　　　　『裸者と死者』（山西英一訳）

他方、真正直なゴールドスタイン (Goldstein) とリッジズ (Ridges) は、二人だけになったものの担架隊を維持し、少しずつではあるが海岸を目指してウィルソンを運んでいく。それはリッジズが水を与えたことが原因で、ウィルソンが死んでしまったあとも続けられていくのである。
　しかしこの勤勉な二人にも、決定的に打ちのめされる場面がやってくる。彼らが一番の難所である数日前ハーンが必死の思いで川に蔓をくくりつけた早瀬の所に辿り着き、そこを渡っている最中に、ウィルソンの死体が流れにさらわれてしまうのである。

　　彼らは担架をもう一度たたきつけてしまった。すると担架はまっ二つに砕け、負い皮はぴりぴりとちぎれて、ふたりの肩から解けた。ふたりは喘ぎながら、ほとんど正気をうしなったようになって、急流のいちばん難所をぬけだし、つまずきながら岸の方へ歩いていった。
　　　　　　　　　　　　　　　　　　　　　　　　『同上』

第10章 メイラーと『裸者と死者』

彼らは、これまで担架隊を続けるために銃や背嚢や携行食糧などあらゆる身の回りの物を投げ捨てて、「裸者」の状態に近づきつつもウィルソンを運んできたのである。死んだ後もそのウィルソンを運び続けることは、勤勉な性格の彼らにとって放棄することのできない仕事であり、運び届けること自体が最大の目標だったのである。だが、死体までも失なってしまったあとは、精神的な支えもなくなり、心身ともにふらふらの状態となって、自分たちのみがようやく海岸に辿り着くということになる。

> 彼らは弱りすぎて、身動きすることもできず、憩っていることにかすかな喜びを覚え、太陽の熱を体に感じながら、こうして夕方まで寝ころがっていた。口もきかなかった。彼らの憤懣はたがいに向けられ、屈辱的な失敗をともにした人間にたいする、鈍い意地悪い憎悪を感じた。何時間かが過ぎ去った。ふたりはうつらうつらまどろみ、気がついてはまた眠りこみ、そうして、日向で寝るときによくおこる吐き気を感じて、目をさました。
>
> 『同上』

　一方、クロフトの策略によって日本軍に銃撃され、ハーンが死んでしまった後の小隊の動きは、次のようになる。
　体力が弱り、下痢を起こしていたロス (Roth) は、他の兵士たちに遅れまいと努力して来たが、山を登る途中で岩棚の割れ目に落ち、死んでしまう。これを見た他の兵士たちは、それ以上の進軍は不可能であると思い始める。しかしクロフトは、ハーンを陥れてまで進軍を主張してきた手前、中止の決定はできなかった。
　隊員たちを奮い立たせながら山登りを続けていくと、終にクロフトにも決定的に打ちのめされる瞬間がやってくる。それは彼が長らく待ち望んでいた山越えをしようとした瞬間の出来事であった。疲れ切っていたために、あろうことかクロフトは蜂の巣にぶち当たってしまうのである。

彼がよろめきながら岩を超えると、フットボールの球のような格好をした、明るい黄褐色の巣が眼にはいった。へとへとになっていた彼は、それにぶちあたった。その刹那、それが何の巣かわかった。が、おそすぎた。巣の中があーんと騒ぎだし、半ドル銀貨ほどもある巨大な大熊蜂がとびだし、そのあとから、一匹また一匹ととびだした。彼は何十匹もの大熊蜂が頭のまわりをとびまわるのを、声も立てずに見ていた。それは大きな黄色の胴体と玉虫色の羽をした、大きな美しい蜂だった。

『同上』

　次々と飛び出してきた大熊蜂に兵士たちは襲われてしまったのである。彼らは敵に遭っても死を覚悟で勇敢に戦ったのであろうが、この蜂たちの襲撃には耐えることが出来ない。装備を投げ捨て、一目散に山を駆け下りてしまったのである。

　　大熊蜂たちは兵士たちを追跡して、ジャングルの断崖や岩石の斜面路を舞いおり、彼らを責めたて、狂気のように最後の力をふりしぼって駆けさせた。彼らは岩から岩へととびおり、邪魔になる群葉を突き裂きながら、驚くほど敏捷に逃げた。

『同上』

　クロフトは兵士たちを止めようとして怒鳴ったが、それは彼らの耳には入らなかった。いや、彼らは耳に入らないふりをしていたのであろう。ここに至るまでにクロフトは、銃を向けてまで隊員たちに必死に山登りを強要してきたのであったが、最終段階で蜂というちっぽけな自然に一気に打ちのめされてしまったのである。はるか下まで山を逃げ降りた隊員たちに対して、山登りをもう一度試みさせることは不可能であり、小隊は後戻りを余儀なくされる。これは偵察小隊としての目的からすれば、「死者」の状態となったことに他ならず、自然は人

第10章 メイラーと『裸者と死者』

間のほんの小さな失敗も見逃しはしなかったのである。海岸に辿り着くと、クロフトは、他の隊員たちが驚くほど静かな人物に変っていた。山登りが不成功に終って一番ほっとしているのは隊員たちではなく、実はクロフトであったのかもしれない。

> クロフトは、何かほかのことに心を悩まされていた。自分の内の奥深くで、彼は山を登ることができなかったことに、ほっと安堵していた。すくなくとも、この日の午後、小隊が翌日着くはずの舟艇を海岸で待っていたあいだ、クロフトは自分の激しい渇望の限界を発見したという、それとみとめはしない自覚によって気が休まった。
> 『同上』

　この山登りの最後の場面における蜂の襲撃は『裸者と死者』の最大の山場であるが、クロフトに山登りを断念させたことは、読者側によって好感を持たれるシーンであろう。ハーン少尉を欺いて死に至らしめることに始まり、ほとんどの隊員の反対を押し切ってまでもアナカ山を越えようとする姿勢から、クロフト軍曹は多くの読者にとってもアンタゴニストとなっているであろうし、『白鯨』のエイハブ船長の執念深さを思い出させる登場人物ともなっている。しかし、エイハブが目的達成のためには神を敵に回してもかまわないと考え、最後までモビィ・ディックに戦いを挑んでいき、全滅という結果を招いてしまうのに対して、クロフトは、蜂の襲撃以降は海岸へと引き返し、それ以上の犠牲を出さなかったという点で人間らしさも感じさせてくれる。
　ウィルソンを失い担架隊としての目標をなし遂げられなかった二人と担架隊から脱落した二人の隊員たちも既に海岸に辿り着いていて、すべての活動が終焉を迎えている。彼らはいずれも、本来の敵である日本軍と対戦するのではなく、ジャングルをはじめとする大自然に叩きのめされてしまったのである。

8．
　偵察小隊は上陸用舟艇に乗せられてアノポペイ島の裏側の海岸に到着してから、その使命を果たすためにアナカ山に向けて島のジャングルの中へと入っていく。熱帯地方のジャングルの中を進んでいくのは、それだけでも困難なことだが、時間の制約もある偵察という仕事の性質上、活動は一層厳しいものとして描かれている。島の「自然」に対決を挑むかのようにひたすら進軍し、アナカ山を越えることのみに執着する征服欲の権化とも言えるクロフトという人物の存在によって、島の「自然」の厳しさが読者の目にさらに際立って映じるのである。偵察小隊がウィルソン、ハーン、ロスの命を次々と失っていくことで、徐々に「裸者」の状態となっていき、偵察という目的もただ時間を浪費しただけで最終的に何の成果も得られないままに終りを告げてしまうことは「死者」の状態になってしまうことに等しいと言える。作品のタイトルである『裸者と死者』の真の意味が理解されてくるのである。小隊は戦闘が行なわれているところから遠く離れた海岸を出発して、島の中心部のジャングルの中で「自然」と格闘し、ぼろぼろの状態になって再び海岸へと戻ってくる。この時の海岸は兵士たちにとって偵察の終了を意味する場所であり、自分たちが生きて帰ってきたことに安堵する場でもある。と同時に、そこはそれまでの活動が如何に無意味なものであったかを悟らせる場所ともなっている。
　このように偵察小隊は島の広大な自然に立ち向かわねばならず、幾つかの小さな班に分かれた後も活動を続けるものの、厳しい自然が立ちはだかって大きな障害となってしまい、いずれも目的を達成することができない。こうした姿からは戦時下における無謀とも言える戦闘活動の実態とともに、大自然に比べると人間の能力がいかに小さなものであるかということを冷厳な形で知らしめられるのである。
　多くの犠牲を出しながらも蜂の襲撃に遭うまで活動を中止できなかった偵察小隊は、現代の人間の社会活動そのものであるかのように

第10章 メイラーと『裸者と死者』

も映る。進軍途中において、ハーン少尉は活動を中止し引き返そうと提案するし、レッド (Red) は山登りを止めるようにと強く訴えるが、いずれも進軍を推進しようとするクロフトに打ち砕かれ、隊の活動は続行される。クロフトの固執する山登りは、冷静に考えてみれば、その益が全くないことは明らかである。彼の独りよがりとは言え、これは一旦ある方向へと動き出した集団がなかなかその活動を止めることができないでいる典型的な例と捉えることもできる。熊ん蜂に刺され、まさに痛い思いをするまで偵察を中止できなかった小隊は、最終的に自分たちの社会に大きな障害があると気づくまでさまざまな活動にストップをかけられない今日の人間社会を象徴しているかのようでもある。

しかしながら、3名の犠牲者を出しながらも偵察小隊としては海岸に引き返し、それまでの活動を反省している姿からは、人間社会にまだやり直す機会があるものとの深い示唆を読み取れるのではなかろうか。

注

1. 第二次世界大戦前に自由主義者によってニューヨークで創刊された、自由主義的な新聞。広告なしを標榜したが、戦後廃刊になった。
2. 福島県南東部、現在のいわき市の一部。古くは女浜と呼ばれ、のちに小名浜と改められた。
3. 炊事夫のこと。

参考文献

Bailey, Jennifer. *NORMAN MAILER Quick-Change Artist*. New York: The Macmillan Press, 1979.
Braudy, Leo. *NORMAN MAILER A Collection of Critical Essays*. New York: Englewood Cliffs, 1972.
Bufithis, Philip H. *Norman Mailer*. New York: Frederick Ungar Publishing Co., 1979.
Dearborn, Mary V. *MAILER A Biography*. New York: Houghton Mifflin Company, 1999.
Karl, Frederick R. *American Fictions 1940-1980*. New York: Harper&Row Publishers, 1983.
Kaufmann, Donald L. *Norman Mailer The Countdown(The First Twenty Years)*. Carbondale: Southern Illinois University Press, 1969.

Leitch, Vincent B. *American Literary Criticism From the Thirties to the Eighties.* New York: Columbia University Press, 1988.
Mailer, Norman. *Advertisements for Myself.* Cambridge: Harvard University Press, 1992.
——. *The Naked and the Dead.* Orlando: Flamingo Modern Classic, 1999.
Rollyson, Carl E. *The Lives of Norman Mailer.* New York: Paragon House, 1991.
Schlueter, Paul & Schlueter, June. *Modern American Literature.* New York: The Continuum Publishing Company, 1992.

井上謙治『アメリカ小説入門』研究社、東京、1995
入江昭『二十世紀の戦争と平和』東京大学出版会、東京、1986
岩波講座『世界歴史』岩波書店、東京、1971
加藤周一編『世界大百科事典』平凡社、東京、2007
グラント、R. C.『戦争の世界史大図鑑』河出書房新社、東京、2008
講談社編『昭和二万日の全記録6 太平洋戦争』講談社、東京、1990
佐渡谷重信『ノーマン・メイラーの世界』評論社、東京、1975
高橋正雄『アメリカ戦後小説の諸相－20世紀アメリカ小説Ⅳ』冨山房、東京、1979
巽孝之『アメリカ文学史－駆動する物語の時空間－』慶應義塾大学出版会、東京、2003
筑摩書房編集部編『世界の歴史』筑摩書房、東京、1962
銚子市編集『続・銚子の市史Ⅰ 昭和前期』銚子市、銚子、1983
日本アメリカ文学文化研究所編『アメリカ文化ガイド』荒地出版社、東京、2000
日本マラマッド協会編『ユダヤ系アメリカ短編の時空』北星堂書店、東京、1997
浜野成生『アメリカ文学と時代変貌』研究社、東京、1989
ブフィジス、フィリップ H.『ノーマン・メイラー研究』田中啓史訳、荒地出版、東京、1980
三木信義『アメリカ文学の研究』開文社、東京、1978
メイラー、ノーマン『ノーマン・メイラー全集 裸者と死者Ⅰ、Ⅱ』山西英一 訳、新潮社、東京、1969
——.『ノーマン・メイラー全集 ぼく自身のための広告』山西英一訳、新潮社、東京、1969
——.『世界文学大系99 メイラー アメリカの夢』山西英一訳、河出書房新社、東京、1980
依田道夫『黄金の遺産－アメリカ1920年代の「失われた世代」の文学－』成美堂、東京、2001

新川ドック（銚子ネット）< http://www.inaboye.jp/deai/j-mailer.htm >

第 11 章
朝鮮戦争、ベトナム戦争とその文学

依藤朝子

(1) 朝鮮戦争、ベトナム戦争

1.

　第二次世界大戦が終息し、日本の朝鮮半島統治も終った。だが、終戦直後から北緯38度線を挟んで、アメリカとソ連が朝鮮半島に駐屯し、半島は二分された。朝鮮半島では1948年8月15日にアメリカの支援を受けて大韓民国（韓国）が誕生する。これを受けてソ連の支持を得た金日成が9月9日に朝鮮民主主義人民共和国（北朝鮮）を樹立した。だが、建国後間もない1950年6月25日、半島は再び戦火に見舞われることになる。甚大な被害を出した戦いは1953年に休戦を迎えたが、その後の南と北の歩みは大きく異なった。

　韓国は朴正熙大統領の時代に漢江の奇跡を経験し、経済が急速に発展した。一方北朝鮮には金日成の政権が生まれ、以前は韓国をしのいでいた経済力が著しく弱まった。金日成は自らを神格化する手段として主体(チュチェ)思想[1]を創り、1974年には金日成の息子金正日が、北朝鮮全土に「党の唯一思想体系確立の10大原則」[2]を公布した（『北朝鮮の人権』）。

　「10大原則」は見て分かる通り、革命遂行と「偉大な首領金日成同志」への忠誠を強調したものである。

　北朝鮮政府はさらに、国民を階級に分類する成分制度を導入した。成分は国家への「忠誠度」や家系、出生地などに基づき、大きく3種類（核心階級、動揺階級、敵対階級）51成分に分けられ、更に60以上に分類されているという（『同上』）。現在も成分政策によって居住地や食糧配

185

給の量、進学、就職が厳しく制限されているだけでなく、時にこの制度は政治犯収容所[3]に市民を送る際の公的根拠として利用されている。階級闘争を標榜する北朝鮮に金日成、金正日一家を頂点とする階級が生まれ、人権弾圧が公然と正当化されることになったのである。

建国後間もなく建設されたという政治犯収容所は現在も北朝鮮に複数存在し、およそ20万人もの人たちが収容されていると言われている。政治犯収容所の実態は、そこから脱出した北朝鮮難民たちの証言から徐々に明らかになってきているが、無実の罪によって高齢者や子供も多く収監され、奴隷的労働に従事させられている。

これまで北朝鮮では、収容所をはじめとして全国各地で「党の唯一思想体系確立の10大原則」と「成分」を根拠にした人権蹂躙があからさまに行なわれ、朝鮮戦争時の韓国人国軍捕虜や韓国人拉致被害者、戦後拉致被害者や北送された在日韓国・朝鮮人とその日本人配偶者らが人権を踏み躙られてきた。さらに、韓国の金大中大統領と盧武鉉大統領が「太陽政策」を続ける中、北朝鮮は2006年に1回目の核実験を強行して、その後もかたくなな姿勢を崩していない。

このように、監視網が至る所に張り巡らされて密告が奨励され、武力の強化が図られる社会の根が、大戦後間もなく北朝鮮の地に下ろされた。

1945年に伝説的英雄として平壌市民の前に現われた金日成は、新たな希望に胸をふくらませる人々の期待を一身に受けたという。もちろん当時、あまりにも若い英雄を見ていぶかしがる人々もいた。萩原遼氏は、金日成が人民の前に初めて登場した時の群衆の驚きを目の当たりにしたシナリオライター、呉泳鎮（オ・ヨンジン）氏の証言を紹介している。抗日の老闘士を想像していた人民の前に現われたのは、似ても似つかぬ若者だった。呉氏が書いた当時の印象を、萩原氏は次のように紹介している。

第11章 朝鮮戦争、ベトナム戦争とその文学

　身のたけは一メートル六十六、七ぐらい。中肉の体に紺色の洋服がややきゅうくつで、顔は陽やけして浅黒く、髪は中華料理店のウェイターのようにばっさりと刈りあげ、前髪は一寸ほど、あたかもライト級の拳闘選手をほうふつさせた。
　にせものだ！
　広い場内に集まった群衆のあいだにまたたくまに不信と失望と不満と怒りの感情が電流のように伝わった。短い時間ではあるがざわめきが場内をおおった。

（『ソ連軍政下の北韓―ひとつの証言』
一四一～一四二ページ　一九五二年、
ソウル：中央文化社）
『朝鮮戦争―金日成とマッカーサーの陰謀』

　その後、北朝鮮の地には粛清の影が忍び寄り、不穏な空気が広まるようになる。そして1950年6月25日に朝鮮戦争は勃発した。1953年7月27日に休戦協定に署名されるまで270万人以上の人々が死に、戦死傷や行方不明を含む双方の人的損害は民間人を含めて420万人以上に上るとも言われている。[4]

2．

　1945年8月に日本が敗北した後、ソ連極東軍が朝鮮半島で日本軍の武装解除を進めた。その消息を聞いたアメリカが、9月8日釜山に部隊を上陸させたため、ソ連軍は38度線で停止することになる。そしてアメリカとソ連が妥協する形で朝鮮を信託統治する案が浮上し、朝鮮では民族運動が高まった。アメリカ、ソビエト、イギリス、中国の4カ国による朝鮮半島の信託統治構想が練られたが、それも、わずか2年で崩壊した。大韓民国と朝鮮民主主義人民共和国が誕生し、アメリカは李承晩（イ・スンマン）を、ソ連は金日成（キム・イルソン）を支

援して、朝鮮半島は再び二つの大国の勢力下に置かれ、分裂することになる。北の政権は民族主義者や反共主義者ら反対勢力への弾圧を強化し、南の政権もまた共産主義者や反米主義者など反対勢力への弾圧を行なった。1948年の済州島蜂起事件は広く知られている。

　ソ連は市民に対する共産主義教育を推進し、宣伝活動を活発に行なった。こうして同じ町内の市民同士、果ては家族同士に思想の対立が生じ、北側の団体から食料をもらった市民が共産主義者として弾圧されるという悲劇も起こった。

　三野正洋氏によると、アメリカは韓国を積極的に助けようとしなかったようである。その理由として、長期にわたる戦争を終えたばかりで、新しい対立を望んでいなかったことや、韓国がアメリカの考える極東の防衛線の外に位置していたこと、韓国への関心が薄かったこと、李承晩政権がかならずしも国民に支持されていないという事実をつかんでいたからかも知れないということなどが挙げられている（『わかりやすい朝鮮戦争』）。一方、ソ連は北朝鮮に熱心に肩入れしていたと思われる。

　さらに、三野氏は、金日成の政府が韓国を「解放」しようと考えた理論的裏づけについて、次のような複数の要因を挙げている。まず第二次世界大戦後、勝利を重ねてきた社会主義陣営の熱気が一つの大きな要因だったと考えられる。ソ連や中国との友好が続く限り、北朝鮮は「不滅」だと考えたということである。また、韓国では「民衆は李承晩政権の圧制に苦しんで」いて、民衆蜂起も続いている。食料の生産高も上がらず、アメリカには韓国を本気で援助する意思が見られなかった。朝鮮戦争以前、国民総生産では韓国が北朝鮮を上回っていたが、工業や貿易総額は北朝鮮が韓国を上回っていた。[5] 1948年5月、大韓民国建国の直前に、北朝鮮は韓国への送電を停止している。さらに、朝鮮戦争勃発の直前である1950年5月には、李承晩政権が総選挙で大敗した。

第11章 朝鮮戦争、ベトナム戦争とその文学

朝鮮戦争を始めたのが南なのか北なのか、どの程度計画的なものだったのかということについてこれまで論争が続いてきたが、北朝鮮が最初に砲撃を加えたと現在では広く考えられている。萩原遼氏が著書『朝鮮戦争——金日成とマッカーサーの陰謀』の中で詳しく紹介している朝鮮人民軍の南進計画書には、南進命令の接受や進攻、占領地での活動などが詳細に述べられている。米軍が押収した南進計画書「戦時政治文化事業」は、北側の第6師団文化部（政治部）が1950年6月13日に出した計画書である。この計画書には、朝鮮人民軍の38度線近くの臨時駐屯地への移動から進攻、占領地での活動に至るまで、政治部が取るべき行動が5つの段階に分けて詳細に記述されているという。萩原氏は、朝鮮人民軍が5つの段階を踏んで計画的に南進したことがこの文書によって初めて詳しく分かったと述べている。

1950年6月25日、朝鮮戦争が勃発した。その後わずか9ヶ月ほどの間に、ソウルでは4回にわたり争奪戦が行なわれている（『戦略の本質』）。開戦直後、トルーマン大統領はまず一個連隊、続いて二個師団を投入することを決定した。それを受けて、1950年7月1日、アメリカ陸軍第8軍第24師団第21連隊第1大隊が、九州の板付から釜山飛行場に向かった。この部隊は大田を目指し、5日に烏山北方で初めて北朝鮮軍と戦火を交えた。その後、国連安全保障理事会で朝鮮に国連軍総司令部を創設することが決議され、8日、マッカーサー元帥が総司令官に任命された。だが、烏山での戦いはアメリカ軍にとって惨憺たるものであり、北朝

仁川自由公園に建っているダグラス・マッカーサー元帥の銅像（2009）。

189

鮮軍は8月15日の祖国解放記念日までに釜山を占領するという目標のもと、連日猛攻撃を仕掛けた。マッカーサー元帥はこの難局を打開すべく、クロマイト計画を立案する。これは、北朝鮮の南下を懸命に阻止している第8軍と呼応して、太平洋上を航海中の第1海兵旅団と第2歩兵師団を韓国に上陸させるというものであった。仁川、群山、注文津の3つの上陸候補地点のうち、仁川上陸作戦は「100‐B計画」と呼ばれて、仁川に上陸した後ソウルを占領し、第8軍も攻撃に加わるというものであった。だが国連軍の増援の報を聞いた北朝鮮軍は、釜山を占領すべく激しい攻撃を加えてきた。そのためマッカーサー元帥は、7月29日、第1海兵旅団と第2歩兵師団を第8軍の増援に振り向けることにし、釜山に向かわせた。上陸予定日をこれ以上延期することができないと判断したマッカーサーは8月12日、クロマイト100‐B計画（仁川上陸作戦計画）の発動を命じた。もともと補給能力の限界を越えていたと言われる北朝鮮軍は、仁川上陸作戦の成功で戦線が崩壊し、9月25日には第1海兵連隊がソウルに入り、28日、国連軍がソウルを奪還した。マッカーサーは国連軍に38度線の突破を命令し、戦争の終結も近いと思われた。

　戦局を逆転させたのは、中国の参戦だった。1950年10月まで、マッカーサーは中国軍の参戦はありえないと考えていたという。建国から間もなくで、国内問題が山積していた中国では、指導者の多くが参戦に慎重であった。だが10月8日、毛沢東は、「中国人民義勇軍の設立に関する命令」を下し、19日夜、中国人民義勇軍の主力部隊が鴨緑江を渡った（『戦略の本質』）。

　中国の参戦に力を得た北朝鮮軍は形勢を立て直し、翌年1月4日、中朝軍はソウルを再び占領した。しかし、韓国軍が3月にソウルを再奪還し、7月に開城で休戦会談の本会議が始まる。だがその後も戦闘は続き、多くの人命が奪われた。

第11章 朝鮮戦争、ベトナム戦争とその文学

3.

　ベトナムでは、朝鮮戦争勃発のおよそ3ヶ月前の1950年3月16日、アメリカの第7艦隊がサイゴンに入港し、反米デモが発生していた。そして6月29日には米軍事援助顧問団（MAAG）がサイゴンに置かれた（『ドキュメント－ヴェトナム戦争全史』）。この顧問団の流れを汲む機関として1962年2月に設置されたのが南ベトナム援助軍司令部（MACV）である。アメリカが公然とインドシナへの介入を始めたのは、54年10月23日にアイゼンハワー大統領がサイゴンのゴ・ディン・ジェム大統領に軍事援助を約束した時点だと言われている。反共反仏の民族主義者であったゴ・ディン・ジェムは、アメリカの支援を受けて55年、ベトナム共和国（南ベトナム）大統領に就任した（『ベトナム戦争－誤算と誤解の戦場』）。

　世界に衝撃を与えた54年5月のディエンビエンフーの陥落を受け、同年7月にジュネーブ協定（インドシナ休戦協定）が調印される。この協定はベトナムを、北緯17度線を暫定軍事境界線として南北に分断することや、南北統一政府を樹立するための総選挙を56年までに実施することなどを骨子としていた。だが、アメリカと南ベトナムは調印に参加せず、休戦協定締結は新たな対立を生んだ。

　1959年、北ベトナムは武力による祖国統一を決断し、60年12月にジェム政権の打倒を目的とする民族解放戦線（NLF、アメリカ側の蔑称ベトコン）が南ベトナム領内に結成された。そして翌月には、ソ連のフルシチョフ首相が「民族解放戦争」への支援を表明する。同じ月、アメリカでケネディ新大統領が就任し、東南アジアで民族独立の気運が高まる中、62年10月にはキューバ危機が起こった。終りの見えない冷戦と民族解放闘争が「ドミノ理論」[6]に力を加え、南ベトナムではケネディ大統領の対ゲリラ戦争戦略が推進されることになる。

　アメリカが本格的にベトナム戦争に介入するようになったきっかけが、64年の8月に起きたトンキン湾事件であった。これは8月2日、

アメリカの駆逐艦が北ベトナムの魚雷艇2隻から攻撃を受け、それに対して米駆逐艦と米空母の米機が攻撃を加えて発生した事件であった。

その後アメリカは兵士を50万人以上増派し、北爆を強化する。小倉貞男氏は、アメリカ国家安全保障会議は64年3月、北ベトナムへの報復行動の準備を指示した「米国家安全保障行動・288号覚書」を決定していたが、トンキン湾事件は米軍にとって「288号覚書」を実行するチャンスとなったと指摘している(『ドキュメント－ヴェトナム戦争全史』)。

さらに、68年1月30日の未明に始まったテト攻勢は戦争の大きな転機となり、アメリカ市民に強い衝撃を与えた。北ベトナム人民軍や南ベトナム民族解放戦線が攻勢をかけ、サイゴンでは大統領官邸や米国大使館をはじめとし、国際空港、ベトナム政府の国軍統合参謀本部、国軍司令部、海軍司令部などが相次いで攻撃された。北緯17度線近くの古都フエは激戦地となり、町全体が破壊された。サイゴンからは、南ベトナムの国家警察本部長官が解放戦線の幹部の頭に向けてピストルの引き金を引く瞬間の写真が全世界に配信されて、人々に衝撃を与えた。テト攻勢の映像は、アメリカ市民にベトナム戦争の実態を突きつけることになったのであった。[7]

その後、69年9月にホー・チ・ミン主席が死去し、翌年4月、南政府軍と米軍がカンボジアに侵攻した。71年1月には南政府軍がラオスにも侵攻し、72年、米軍は本格的な北爆を再開した。だが、73年1月に最後のパリ会談が開かれ、米軍の撤退が始まる。そして75年に北ベトナム軍が総攻撃を仕掛け、フエ、ダナン、プノンペンに続きサイゴンが陥落した。

(2) 朝鮮戦争時代、ベトナム戦争時代の文学

1.

ここでは朝鮮戦争とベトナム戦争を題材にした文学作品等について

第11章 朝鮮戦争、ベトナム戦争とその文学

考察したい。どちらも冷戦時代の戦いであり、アメリカの兵士たちが本国から遠く離れた戦場に赴いた点で共通している。また、ベトナム戦争には韓国からも多くの軍人が参戦した。

　反戦運動などを通じて大きな関心を集め、その後も頻繁に語られてきたベトナム戦争と比べて、朝鮮戦争はアメリカで忘れられつつあるのではないかと危惧する人もいる。[8]　そうした背景もあるのであろうか、アメリカで書かれた朝鮮戦争の小説を探し出すのは簡単ではない。一方で、朝鮮戦争を主題にした映画はアメリカで複数作られており、中には大ヒットしたものもある。そのため、ここでは映画に描かれた世界を中心に朝鮮戦争を見ていきたい。朝鮮戦争の時代を書いた小説は、もちろん朝鮮半島では数多く出版されている。最近では、北朝鮮の金正日政権の圧制を逃れて中国や韓国にやってきた難民たちが文学作品を物し始め、「脱北者文学」として一つのジャンルを形成しつつある。

2.

　ベトナムの戦場には日本人を含む多くの記者が乗り込み、世界中にベトナムの実情を伝えていた。一方で、朝鮮戦争を記録した記事や写真で残っているものも少なくない。朝鮮戦争勃発当時の市民や兵士の様子を、北朝鮮の咸鏡南道出身のＡＰ通信記者、ビル・シン氏も実体験を踏まえて生々しく記録している。シン氏は東京の中央大学法学部を修了し、米ヘイスティングス大学を卒業、次いでネブラスカ州立大学大学院で国際法を専攻し、記者になった人である。シン氏はＡＰ通信の記者として、朝鮮戦争を最初から最後まで取材、報道した（『38度線はいつ開く』）。1950年9月15日には、「国連軍が今朝、仁川の月尾島（ウォルミド）に上陸した」というスクープ・ニュースを、マッカーサー司令部が公式発表する数時間前に、釜山から報道している。

　シン氏はまた、1945年、家族を北に残して38度線を越え、南側に来たため、身をもって家族の離散を体験していた。

当時シン氏は、「無産階級の保護」を標榜した共産主義の虚構に幻滅し、38度線の南側に行く決意を固めたという。ソウルに到着したあとは紆余曲折を経て朝鮮ホテルで通訳として働くようになり、間もなくホテルの副支配人に指名され、第二次世界大戦直後の混乱期にホテルの運営に努めた。そして1947年、妻と子供を韓国に残して、アメリカ留学のため仁川から船に乗り込んだ。留学を終えてソウルに戻ったシン氏は、ＡＰ通信ソウル特派員の推薦を受け、1950年2月、同社に記者として就職した。シン氏はのちに、時事通信東京支局長も務めている。
　ネブラスカ州立大学の大学院課程を修了した後、1929年式モデルＡ型フォードで「アメリカ一周」の旅に出たというシン氏は、朝鮮戦争では市民の虐殺の現場や避難民の惨状を目撃している。50年11月5日、同氏は、ある処刑現場を目撃し、その様子を次のように報道した。

　　韓国軍は今日、ソウルの西方四マイル（約六・五キロ）の丘で男一六人と女四人の"戦犯"を処刑した。憲兵があらかじめ用意しておいた大きな穴の中にしゃがませて、機関小銃で射殺し、そのまま埋蔵した。この人たちは、利敵行為と韓国国防法違反の罪で軍法会議で死刑宣告を受けた"戦争犯罪人"であった。…トラックから降ろされ、枯れはてた野道を歩きだしたとき、何人かは声を上げて泣きだした。無実の罪だと抗議する者もいた。一人の三〇歳くらいの白衣の女性は、涙をぽろぽろ流しながら、私に話しかけた。「先生、もうこれでおしまいなのは分かっています。私には何の望みもありませんが、どうぞ後生ですから、三人の小さな私の子供たちによろしく言ってください。八つになる娘と六つになる息子と生まれて半年の坊やです。いま姉のところに預けています」…憲兵大尉に聞くと、この女性は北朝鮮軍がソウルを占領していたころ、女子再教育委員長として、女たちを督励して共産軍に献納する下着などを縫わせたという。…この日、空は青く晴れ渡り、丘はのどかに静ま

第11章 朝鮮戦争、ベトナム戦争とその文学

りかえっていた。そのとき突然、銃声が轟き、幾人かは頭や背を撃たれ、折り重なって倒れ、鮮血が流れ出た。…"戦犯"は職業別にみると次の通りである。

　電話交換手一人、女中一人、学生二人、農夫一人、日雇労務者二人、商人四人、会計士一人、公吏一人、大工一人、銀行員一人、鍛冶屋一人、俳優一人、印刷工一人、無職二人。（B．シン）

『38度線はいつ開く』

　一方、1950年9月に大田で北朝鮮軍が大勢の一般市民を虐殺したという記録がある。シン氏はその虐殺行為について報道したAP通信のプライス（Ben Price）記者の記事を引用している。記事によると、韓国の警察官や一般市民約400名の死体が、大田刑務所構内の二つの無蓋防空壕の中で発見された。一般市民400名は後ろ手に縛られ、一人一人撃たれて塹壕に投げ込まれたと記者は推測している。その他、井戸に射ち落とされた死体も複数発見されたという。

　朝鮮戦争に関するビル・シン氏の手記には、市民の目に映った、戦場と化した市街地の悲惨な光景と、絶望的な状況の中でそれでも生きようとする人々の様子が書かれている。朝鮮半島の戦場では兵士も闘い、市民も闘っていた。次に欧米で作られた、朝鮮戦争を描いた映画を紹介したい。作家、歴史家のジョン・トーランドも、朝鮮戦争の手記をまとめた大作を書いたが、彼の著書については、次章で検討したい。こうした映画や本の多くで問われているのが、「朝鮮で戦う意義」や「殺し合いと良心」の問題である。

3.
　朝鮮戦争の記憶がまだ鮮明な1954年に製作された、ウィリアム・ホールデン（William Holden）主演の『トコリの橋』（*THE BRIDGES AT TOKO‐RI*）は朝鮮最大の軍事拠点と言われるトコリの橋を爆撃する

任務を受けたアメリカ兵たちの話である。米海軍第77機動部隊の巨大な旗艦に乗り込んだ個性溢れる兵士たちが登場する。主人公であるハリー・ブルベイカー海軍中尉の本業は弁護士だが、朝鮮では空母から戦闘機に乗って飛

韓国と北朝鮮の間を流れる臨津江にかかっていた橋の橋脚 (2009)。

び立つ兵士であった。提督はブルベイカーに、「戦争は汚い仕事だし避けるに避けられん…歴史は愚行を繰り返すが譲れぬ一線がある」と言いながら、トコリの橋の爆撃計画を伝えた。

　ブルベイカーの妻、ナンシーに扮するグレース・ケリー (Grace Kelly) は、気丈に振舞おうとする兵士の妻を演じている。橋を爆撃する前に、ブルベイカーが日本に来た家族とともに、束の間の休暇を楽しむシーンがある。日本は朝鮮戦争の映画で、戦場を離れてほっと一息つける場所としてよく描かれるようである。

　提督はナンシーに、「息子が戦死した時家内も来るべきだったが…軍人の妻として我慢した。もう一人の息子が戦死すると参ってしまった」と告げる。

　休暇が終り、妻や娘と別れたブルベイカーはトコリの橋に向けて空母を飛び立った。映画の中では朝鮮戦争とは何なのか、戦争とは何なのかという問いが投げかけられている。いつの時代も戦場に立つ兵士たちの頭をよぎるものは、任務の意義や、命をかけるべきものとは何なのだろうかという問いだろう。敵の攻撃を受ける中、ブルベイカーもつぶやいた。「誤った場所の誤った戦争か…朝鮮にいるから戦うんだ」。『トコリの橋』は戦争に関わった人たちが、戦争が終った後に心の重荷

第11章 朝鮮戦争、ベトナム戦争とその文学

を抱えて歩むことになる人生も予感させる映画である。

　1959年に製作された『勝利なき戦い』（*PORK CHOP HILL*）は、朝鮮のポークチョップヒルでの激しい戦闘を、S. L. A. マーシャル（S. L. A. Marshall）の実録の小説に基づいて映画化したものである。登場人物もほとんど実名だという。グレゴリー・ペック（Gregory Peck）演じるクレモンズ中尉は、朝鮮戦争最前線にある丘の奪回という命令を受ける。「朝鮮ヒルトンホテル」という手作りの看板が掲げられた司令所に、共産軍の宣伝放送が響いた。

　「君たちは平和を望んでいる。我々も望んでいる。武器を置くのだ。そうすれば我々も喜んで武器を置こう」

　いつ除隊できるのか、しきりに聞いてくる部下たちの声に交じって電話のベルが鳴った。敵の電撃作戦で、ポークチョップヒルが落ちたという知らせだった。そして米兵たちは闇にまぎれて、激しい戦闘が予想される作戦を開始するのである。

　この映画には現場の状況を知らずに、丘の模型を眺めて指示するだけの司令部の高官たちが登場する。丘の中腹に張り巡らされている鉄条網を破壊したと司令部は言っていたが、なぜかそれはそのまま残っていた。先に進めぬまま敵の砲弾に倒れる米兵と、恐怖に立ちすくむ兵士たち。さらには、米兵たちに味方の砲撃とおぼしき砲弾が飛んでくる。激しい戦闘が続く中、突然中隊を撤退させろという命令が届き、クレモンズは憤る。要請した支援物資は届かず、「米兵の躍進」を撮りに来たと、師団からカメラマンが送られてきた。現場を全く理解できていない上層部に呆れる兵士たち。味方の兵士が次々と死に、米軍は窮地に陥った。

　この丘を死守する価値があるのかと問う兵士に、クレモンズは、「くだらん質問だ。軍事的価値などあるものか。1ドルの価値もない。中国人でも見放す。だが突如価値を持つ。死者が出た時だ」と答えるのであった。

　朝鮮戦争に参戦したオランダ兵の記録を基に作られた映画『38度線』

197

(FIELD of HONOR）は、焼け野原で戦争に翻弄される住民と兵士の惨劇を描いた映画である。主人公のオランダ兵、サイアがキムという少年に出合うところから物語は展開していく。そして、サイアが戦場で何もかも失った朝鮮人母子のためにと言い、兵士たちのパーティーを開く場面で、私たちは戦場の現実を突きつけられるのである。サイアは少年の母と姉を紹介しながら、兵士たちに、「パーティの事を広めろ。だれのためにやる？彼女らだ。戦争の犠牲者」と言い放った。少年が兵士からお金を受け取り、母と姉は少年の目の前で兵士たちの相手をした。突然、パーティーの会場に中国軍の砲弾が撃ち込まれ、サイアは荒れ果てた村々を一人彷徨うことになる。キム少年と再会したサイアは、その後仲間の兵士たちにも出合うが、軍隊には戻らず、少年の手を引いて去っていくところで物語は終っている。サイアはどこに行ったのか、なぜ軍隊に戻らなかったのか。少年に対する情のためだったのか、軍と戦いに対する嫌悪感のためだったのか。その後のサイアの行方を、監督は見る者一人一人の想像に委ねたようである。『38度線』のように外国人兵士と朝鮮人の子供の間に交わされた情を描いた映画の中に、『リトル・ソルジャー── 戦場の天使たち』（SOLDIERS OF INNOCENCE）がある。ストーリーは朝鮮戦争に参戦した米兵が、戦争から40年近く経って韓国の教会を訪れ、かつてここで出合った朝鮮人の子供たちのことを回想するところから始まっている。『リトル・ソルジャー』に登場する米兵ケビン・コリンズも、朝鮮の子供たちを戦場に放っておくことができずにその場に留まり、生き延びるために彼らに銃の撃ち方を教えた。別れの時、コリンズが子供たちに普通の子供に戻れと言う場面が印象的である。

　さて、1969年に作られた映画M★A★S★Hは、戦争や軍隊の不条理、ばかばかしさ（absurdity）を批判したブラック・ユーモア満載の映画として、当時大ヒットした。リチャード・フッカー（Richard Hooker）の小説がロバート・アルトマン（Robert Altman）監督によって映画化

第11章 朝鮮戦争、ベトナム戦争とその文学

されたものである。この映画には、従来のモラルや当時多くの犠牲者が出ていたベトナム戦争に対する批判も含まれていた。舞台は韓国のとある野戦病院。「自殺は苦痛ではない、気分が変わるもの～」というフレーズが繰り返される歌が流れ、映画は「ＭＡＳＨ」と書かれたヘリコプターがキャンプに下り立つところから始まる。「ＭＡＳＨ」には（陸軍）移動外科病院（mobile army surgical hospital）や、マッシュ・ポテトのようにどろどろにすりつぶしたもの、ぐしゃぐしゃにしたものという意味がある。製作者の意図に近いのは後者であろう。

　徴兵されたという主人公の外科医（ドナルド・サザーランド［Donald Sutherland］が演ずる）は、到着したキャンプで相方と一緒に白昼堂々ジープを盗み、「ＭＡＳＨ4077」に向かう。最前線から５キロというそのキャンプでは、ラジオ東京の「歌の休憩室」という番組が流れて、笑いを誘うアナウンスが拡声器からひっきりなしに聞こえていた。キャンプに着いた二人を待っていたのは、毎日絶えることなく運ばれてくる負傷兵の外科手術という任務だった。映画にはブラック・コメディーの場面と血まみれの外科手術のシーンが交互に出てくる。あまりにもリアルな外科手術の様子を見せ続けることで、兵士の苦痛と絶望感を伝えようとしているかのようである。この場面は欠かすことができなかったのであろう。実際、20世紀フォックス側は手術シーンに難色を示したというが、監督はそこをカットしなかった。

　この映画自体、当時としてはかなり反体制的なものだったため、撮影所の外で撮るシーンが多かったという。また、「極秘裏」に低予算で撮影を続けるため、キャストも無名の人たちが多かった。公開に漕ぎ着けるまでにも、会社側とひと悶着あったそうである。

　それもそうだろう、ベッドシーンのベッドの下に盗聴器ならぬ「放送局のマイク」を置いて、拡声器から音を出すいたずらに兵士たちは歓喜し、興行当時としては衝撃的なヌードに歓声を送る。台詞も非常に過激である。脚本を書いたリング・ラードナー Jr.（Ring Lardner,

Jr.）はアカデミー賞を受賞したが、脚本は監督と俳優によってほとんど変えられていたそうである。ラードナーは激怒したというが、アドリブが臨場感を増すことになった。

　映画にはキリストの最後の晩餐までもパロディー化した、歯科医の「自殺」のシーンも出てくる。「自殺は苦痛ではない、気分が変わるもの〜」という主題歌に合わせて棺に横たわる歯科医。お別れの贈り物としてポルノ雑誌が棺に入れられる。周りの世界を変えることができないのであれば、自殺を演じることによって自らの精神を殺し、このような世界でも生きることができる存在に変わってしまおうとしているかのようである。戦場の狂気から身を守るために、死さえも笑い飛ばそうというのであろうか。

　ブラック・ユーモアはどんどんエスカレートしていく。キャンプ内のヘリコプター発着場にストライプのパラソルを刺してゴルフに興じ、日光浴をする主人公たち。軍医として呼ばれて行った小倉でもゴルフを楽しみ、大きなゴルフバッグとパラソルを抱えて米軍病院に登場する。戦場を脱して飛行機に乗れば、1時間ほどで到着する小倉で束の間のバカンスを楽しんだ主人公たちは、負傷兵の待つ朝鮮半島に意気揚々と戻ってくる。

　画面には、朝鮮の風景も戦場の風景もほとんど出てこない。朝鮮戦争と同時にベトナム戦争の悲劇を風刺するため、朝鮮戦争を想像させる場面はあえて出さなかったという。ほとんど「MASH4077」のキャンプの中だけを描いているが、70年1月に始まった興行は大成功を収めた。朝鮮とベトナムの戦争に対する痛烈な批判に観客が共感したからであった。さらに2年後にはテレビ・シリーズにもなり、人気を博した。

　担ぎ込まれた負傷者は麻酔を打たれ、兵士たちは酒をあおる。ここには何もかも笑い飛ばすことで恐怖を乗り越え、正気を保とうとした兵士や軍医たちが生き生きと描かれている。これは戦争で理不尽さや恐怖、絶望感などを実際に体験した人ほど笑える映画かも知れない。

第11章 朝鮮戦争、ベトナム戦争とその文学

　M★A★S★Hは朝鮮戦争の従軍医師たちを描いた映画だが、ロバート・ミッチャム（Robert Mitchum）主演の『追撃機』（The HUNTERS）は、朝鮮戦争で戦う米兵を描いた。ディック・パウエル（Dick Powell）がプロデューサー兼監督のこの映画には、戦いを恐れない戦闘機乗りたちが登場する。第二次世界大戦も経験しているはずの彼らは、出張にでも行くかのように平然と新たな戦場に向かう。物語は伊丹空港に着陸した飛行機から米兵たちが降りてくるところから始まっている。「おでん」と書かれた赤提灯がぶらさがる町のバーで、バーボンを飲む兵士たち。ロバート・ミッチャムが演じるクリーブ・サビル少佐は、翌日の便で朝鮮半島に行くことになっていた。大戦後にフランスやトルコで教官を務めていたサビルは、志願して伊丹にやって来た。空中戦ができるのは戦争だけであるが、これが最後の戦争になるはずだというのが志願の理由であった。サビル少佐と再会した元戦友のイミルは、「このバカバカしい戦争で大勢が死んでる…何のために戦ってるのか分からなくなる。士気が上がらんよ」と吐き捨てる。サビルが伊丹で出合ったカール・アボット中尉は、酒を手放すことができないでいた。夫を追って伊丹に来ていたアボットの妻クリスはサビルに、「カールは臆病な自分に苦しんでる。英雄になる事を私が望んでると思い込んでて」と告白した。本国からはるか遠く離れた朝鮮半島で戦うことに対して、アメリカ兵たちはそれぞれの思いを抱いていたはずである。M★A★S★Hの医師のように徴兵で来た者もいれば、サビルたちのように志願して来た者もいた。クリスは夫に自信をつけさせるために、夫をあなたの隊に入れてほしいとサビルに頼む。そのことを知ったアボットは、ケーシー・ジョーンズを撃たせてくれたら女房をやるとサビルの前で口走った。ケーシー・ジョーンズはアメリカ兵の間でうわさされていた中国人の凄腕パイロットであった。アボットは、クリスが自分に対して落胆し、サビルに気を寄せていることを察していた。

　間もなく本格的な戦闘が始まり、サビルやアボットが所属するコブ

ラ隊は朝鮮半島の北方、シナンジュ川に向かった。だが、アボットの飛行機がケーシー・ジョーンズに打ち落とされ、アボットはパラシュートで脱出するはめになる。彼を助けるために敵陣に降りるサビル。彼らは臨津江付近の荒れ果てたバプティスト教会に逃げ込み、朝鮮人の信徒たちに助けられるが、その信徒たちは米兵を助けたために中国兵によって殺されてしまった。結局、サビルたちはギリシャ人兵士のキャンプに辿り着いて、生きながらえた。サビルはケーシー・ジョーンズを撃墜した功績を認められて勲章を贈られる。

　戦争に巻き込まれる朝鮮の市民たちが、この映画ではバプティスト教会の善良な信徒として描かれている。監督は、敵機を次々と撃ち落として星の数を増やすアメリカ兵の大活躍と同時に、戦争の残虐さや朝鮮戦争の意義を問うアメリカ人の声もスクリーンを通して伝えようとした。

　戦闘が終り、クリスはアボットとともに、サビルのもとから去っていく。京都の湖でクリスとボート遊びを楽しんだ時が、サビルにとっては心を休めることのできるわずかな時間であった。この映画の中でも日本は、悪夢が続く朝鮮半島の戦場とは対称的な、至って平穏で安全な空間として描かれている。この時代、朝鮮半島から日本に向かう船や飛行機に乗ることは、地獄のような世界から瞬く間に別天地に逃れることができる、夢のような出来事だったのであろう。

　だが、サビルもまた、朝鮮半島の戦場に戻って行くのである。

　米空軍、海軍パイロットたちの朝鮮での戦いの証言を「戦史物語」としてまとめ上げた航空戦史の優れた著作の一つに『クリムゾン・スカイ』がある。著者のジョン・ブルーニング（John R. Bruning）は、朝鮮戦争に参戦した将兵やパイロットたちは「不当にも歴史の暗い片隅に送り込まれて終わってしまおうとしている」と指摘し、この戦争が忘れ去られることを危惧している（『クリムゾン・スカイ―朝鮮戦争航空戦』）。

第11章 朝鮮戦争、ベトナム戦争とその文学

4.

　朝鮮戦争停戦後、間もなく始まったベトナム戦争にも、多くのアメリカ兵が投入されて犠牲者が出た。次に、ベトナム戦争を描いた小説に目を向けてみたい。

　ベトナム戦争の生々しい現実を描いた傑作に、マイケル・ハー（Michael Herr）の『ディスパッチズ』（*DISPATCHES*, 1968）がある。戦争の本質と兵士の心理を深く捉えたと評価されているこの小説を通して、私たちはベトナム戦争の惨状の断片を知ることができる。戦場の実態について、ハーは次のように描写している。

　　時折、戦闘の時間は１秒だったのか１時間だったのか、それとも夢だったのかなんだったのか分からなくなることがあった。戦争では人生の他の局面以上に、ほとんどの間何をしているのかよく分からなくなるものだ。単に振舞っているだけで、それについては後でどんなたわごとでも思うがままに作り上げることができる。気分がよかったとか悪かったとか、大好きだったとか大嫌いだったとか、それをしたとかあれをしたとか、正しかったとか間違っていたとか。それでも、起きたことが起きたのだった。

　　　　　　　　　　　　　　　　　　　　　　　　『ディスパッチズ』

マイケル・ハーは自身もベトナムの戦場に赴き、海兵隊や陸軍の兵士を追って戦争を記録した。時に冷ややかに、時に諦め交じりの視点で事実をあるがまま見つめようとしたハーは、恐怖を感じられることさえ特権だと主張し、「勇敢な兵士」という固定概念を批判している。これは、彼が戦場での経験を通して知ることになった現実の一つであろう。

　　そうだとしても、どこにいたのかということと、それだけ沢山の人に何が起きていたのかということを考えると、恐怖を感じられるだけでも特権だった…勇気と呼ばれるものの多くは未分化のエネルギーであり、瞬間の激しい勢いによって切り放たれたものに過ぎなかった。それは演じる者を信じられないほど勢いよく走らせた精神の喪失に過ぎなかった。

『同上』

　戦場の兵士たちに求められたことは自我を抑制し、苦痛に耐え、敵とみなされた者たちを攻撃することであった。そこでは「戦う意義」も「良心」も考えることはできず、時には精神活動を停止させたまま行動し、その結果生じた悲惨な事態に兵士たちは直面しなければならなかった。だが、「起きたことが起きた」のであり、それは当事者として引き受けることを放棄し、忘れ去ることはできないものだった。
　当時、ベトナム戦争を知ったアメリカの青年たちは反戦運動に飛び込み、新しい大きなエネルギーを生み出した。一方で、戦争は若者たちに大きな傷も負わせた。帰還兵だけでなく、戦場に行くことはなかったが戦争は正義に反する行為と考え、「苦痛」を感じたアメリカの若者も多かった。ベトナム戦争も朝鮮戦争と同様、共産主義陣営と資本主義陣営の戦いであった。そしてどちらも激しい戦いが続き、多くの人命が奪われた。けれども、戦地からの報道が比較的多かったためでもあろうが、アメリカ本土の人たちが集団になって戦場の悲劇を声高に訴え

第11章 朝鮮戦争、ベトナム戦争とその文学

たのは、ベトナム戦争の時だった。この時代、公民権運動が盛り上がりを見せ、人権に対する意識が高まりつつあったことや、戦争が長期化していたことも反戦運動の発展の要因だったであろう。しかし、反戦運動が広まる一方で、既存の価値観に縛られることを嫌うヒッピーが生まれ、LSDなどの薬物に溺れる人が目に付くようになった。そうした60年代のアメリカについてハーは自身の思いを次のように書いている。

　通りではベトナム復員軍人とロックンロール復員軍人の見分けがつかなかった。60年代は本当に多くの損害をもたらした…戦争は気の抜けた年月を準備し、ロックンロールは闘牛よりも不気味で危険なものへと変わっていった。ロックスターは少尉たちのように墜落し始めた。恍惚と死と（もちろん確実に）生があったが、あの時はそのようには見えなかった。

『ディスパッチズ』

個人と社会に大きな後遺症を残したベトナム戦争は、ハーにとっても大きな犠牲を払った悲劇であった。彼にとって60年代は暗い時代だったのであろう。だがその一方で、彼の胸には、ベトナムに対するある種の奇妙な懐かしさもこみ上げてくるのである。小説の最後でハーは次のように述べている。

　戦争は終った、そして本当に終ったのだった。町は「陥落」した…私は北ベトナムのある兵士が座っている姿が写っている写真を見た。そこはちょうど、ダナン川のほとりのプレスセンターがあった場所、そして我々が座ってタバコを吸ったり冗談を言ったり大さわぎしていた所だった…彼は信じがたいほど穏やかそうだった。あの夜、そして毎夜、あそこのどこかで一緒に腰を下ろしてジュビリーの昔のひどい日々について語り合う人たちがいて、誰かが思い出したようにこう言うのを知っていた。そうだ、気にするな。いい奴ら

205

もいたさ。

『同上』

　失ったものも大きかったが、心に残った戦場でのよき思い出を一つの支えにしながら生きていこうとする帰還兵の姿に希望を感じさせつつ、物語は幕を閉じている。

　　ベトナム、ベトナム、ベトナム。我々はみな、そこにいたのだ。
『同上』
　　Vietnam Vietnam Vietnam, we've all been there.
Ibid.

5.
　ベトナム戦争帰還兵を書いた小説にボビー・アン・メイソン（Bobbie Ann Mason）の『イン・カントリー』（*IN COUNTRY,* 1985）がある。この話はアメリカの小さな町に住む主人公サムと、彼女と一緒に暮らす叔父エメットの日常を描いた物語である。エメットはベトナム戦争から戻ってきた後トラウマに悩まされ、社会復帰ができないでいた。暴風雨の警戒警報が出ると神経をとがらせて、嵐が来ると猫を抱えたまま階段にうずくまってしまったり、家の下を掘りつつ必死になって塹壕を作っている姿を、サムや家族は当惑しながらも見守っているのである。サムはある日、ベトナム戦争に参戦して死んだ実の父親の写真と戦地からの手紙を初めて見つけた。そして同じようにベトナム戦争を体験したエメットの友人と会ううちに、戦争について関心を持つようになっていく。小説には、アメリカの地方の小さな町から参戦して、再び故郷に戻ってきたベトナム帰還兵たちの生活が、淡々と描かれている。テレビでは人気ドラマM★A★S★Hが放映されていた。この小説に人生を台無しにされたベトナム戦争に対する当惑と批判が垣間

第11章 朝鮮戦争、ベトナム戦争とその文学

見られるのであるが、そこに登場するエメットの台詞は、とてもシニカルである。平凡な田舎の町から惨劇が繰り広げられるベトナムの戦地に赴いた帰還兵たちは、何事もなかったかのように穏やかな空気が漂い、ファーストフード店の看板が揺れているこの町に再び戻って来たのであった。ベトナムに何か大きなものを置き去りにしたまま。

サムが住む町では、時折ベトナム戦争帰還兵が参加するパーティーが開かれた。テーブルに並んだM-16sや戦車、戦闘機の模型、ヘルメットの前で戦場の思い出を語り合う帰還兵の姿は、今日のイラク戦争帰還兵のパーティーに出席する人々を想起させる。

サムの父親は妻にあててベトナムから送った手紙に、「世界に戻れば、これは夢になるだろう。でも今は、世界が夢なんだ」と書いていた。戦場で死んだサムの父親にとっては、アメリカの故郷での出来事が夢物語になってしまったのである。エメットは無事に帰還したが、戦場の悪夢に取り付かれたままだった。サムは次のような印象をエメットに対して持っていた。

　　この数年間でエメットの力が感じられなくなってきている、とサムは思った。エメットは車輪が回転するのをただ見ているだけだった。後期の歌の1つの中のジョン・レノンのように。ジョン・レノンは車輪が回っているのを見ていたあいだは無事だった。だが、公衆の面前に戻って来た時に撃ち殺された。エメットは政府に返済するために仕事に就いたら、あのようになってしまうかも知れなかった。ひどいショック、戦争に戻るほどのショックを受けるかも知れなかった。

　　　　　　　　　　　　　　　　　　　『イン・カントリー』

エメットの心のうちがなかなか理解できないサムであったが、ある晩寝袋を持って沼地に向かう。探しに来たエメットに、サムはベトナ

ムのジャングルを経験してみたかったと言った。
　この場面はエメットがサムに胸のうちを告白する、重要な部分である。

　　俺はおかしくなっちまったんだ。傷を負ったんだ。心の中心にあったものがどっかに行っちまって、取り戻せないんだよ。木を切ってみたら、真ん中が病んでいることがあるだろう。
　　　　　　　　　　　　　　　　　　　　　　　　　　『同上』

　小説は、サムとエメットと祖母（サムの父方の祖母）が車に乗ってワシントンＤ.Ｃ.を目指すところから始まり、終章で終に3人はワシントンＤ.Ｃ.にあるベトナム戦争戦没者慰霊碑に辿り着く。黒い壁に無数に刻まれた名前の前で、サムたちは何を考えたのだろうか。サムは偶然、自分と同じスペルの名前を慰霊碑に見つけて驚く。これは著者がワシントンＤ.Ｃ.で実際に体験した驚きでもあった。そしてサムの目には、兵士たちの名前の前に黙って座っていたエメットが、炎が燃え立つような笑み（a smile like flames）を浮かべている姿が飛び込んできたのであった。
　エメットは沼地でサムに語っていた。

　　歴史から学ぶ大切なことは、歴史からは学べないってことさ。歴史とはそんなものだ。
　　　　　　　　　　　　　　　　　　　　　　　　　　『同上』

　この一言は、現実はそうではないことを願いつつ、著者があえてエメットに言わせた言葉であろう。
　慰霊碑の訪問が3人にとってどれだけの慰めになったのか、著者は詳しく述べていない。ただ、心を覆う闇がいつ晴れるのかは誰にも分からないということだけを予感させて、小説は終っている。だが、私

第11章 朝鮮戦争、ベトナム戦争とその文学

たちは、この旅が彼らにとって一つの区切りになったのではないかという希望も感じ取ることができるであろう。

後遺症に苦しむベトナム帰還兵の証言を聞いた精神科医のハイム・シェイタンは、元兵士たちに共通した精神的戦争後遺症の症状をまとめて、「ポスト・ベトナム症候群」として発表した。以下は白井洋子氏が著書『ベトナム戦争のアメリカ―もう一つのアメリカ史』にまとめたその主な症状である。

1. 生き残りとしての罪悪感とそれに対する自己懲罰。今生きているのはそのことへのツケを払っているようなものという罪の意識から、他人を巻き添えにしない交通事故などを何度も起こしたりする。
2. スケープゴート（他人の罪の身代わり）にされ、騙され、利用され、裏切られたという感情が社会全体にまで向けられる。
3. 騙され、うまく操られてしまったことへの怒り。帰還後、自分に向けられる他人の不可解な態度に対して、軍隊で訓練された無差別な対象への暴力的衝動を自己抑制できなくなる。
4. 戦闘での残虐性。軍隊で東洋人への憎悪を骨の髄までたたき込まれ、殺人マシンとして自分が非人間化され、かつ消耗品扱いされたことに除隊するまで気づかなかったこと。
5. 人間としての感情を奪われたことからくる自己疎外感、他者からの疎外感。
6. 人を愛せない、信頼できない、愛を受け入れられない苦しみ。憎むことしか学ばなかったことの悲しみ。

マイケル・ハーも、戦場の悪夢に苛まれる人の様子を、次のように描写している。

あの日の夜、沢山の人がベトナムで死んだ…夜、キャンプに戻っ

て来た私は、身にまとっていた疲れを投げ出した。そしてそれから6年間、私は彼ら全員に会った。実際に会った人もいれば思い浮かべた人もいた。あっちの人たちとこっちの人たち。大好きだった友人や見知らぬ人。ダンス、昔のダンスの中に静止した姿が垣間見えた。幻想を追いながら起こったことをあれこれと何年も考えていると、いつしかそれは経験になる。だが、その経験は手に負えなくなってくる。私自身も踊り手に過ぎないと感じるようになるまで。

『ディスパッチズ』

　殺し合い、傷つけ合うことが日常だった戦場から戻った帰還兵たちは、罪悪感に苦しみ、信頼も希望も愛も喪失したかのような闇の中で、運命に身をまかせることに一条の希望を見出したのであろうか。
　一方で白井氏は、帰還兵たちがベトナムについて語ることができるラップグループ[9]があったと書いている。そしてこうした活動を通じて、PTSDの研究者ジュディス・L・ハーマンが、そうしたグループが個々の帰還兵を癒しただけではなく、戦争によるトラウマへの自覚が人間の尊厳の回復の戦いへと結びついていくことを明らかにしたという事例を紹介している。
　帰国後、社会から疎外されていた帰還兵のあいだからも、アメリカ政府のベトナム政策に対する批判の声が出てくるようになった。1965年11月24日付『ニューヨーク・タイムズ』紙には、「ベトナムに平和を願う復員兵特別委員会」の全面意見広告が掲載された。また、翌年の1月にはペンシルヴァニア州のゲティスバーグ南北戦争戦跡地に、両世界大戦と朝鮮戦争の復員軍人50人が集まり、「ベトナムでの戦争を終わらせるための復員兵の行進」を決行した（『ベトナム戦争のアメリカ』）。メディアにはあまり取り上げられないものが多かったようだが、そうした復員兵の活動は、自責の念にかられて心を病んでいた彼らが、自身に起こったことを客観的に見詰め、人間としての尊厳を取

第11章 朝鮮戦争、ベトナム戦争とその文学

り戻そうとする重要な過程だったと言えよう。

　ベトナム戦争を主題にした重要な作品に、ティム・オブライエンの代表作『カチアートを追跡して』(Going After Cacciato, 1978) がある。オブライエンの小説については次の章で論じたい。

注

1. 主体（チュチェ）思想は、人間は自己の運命の主人であり、自己の運命を開く力をもっているという内容を原理にしている。主体思想は、朝鮮労働党による社会主義革命の唯一の指導指針とされている。
2. 「党の唯一思想体系確立の10大原則」
   1. 偉大な首領金日成同志の革命思想で全社会を一色化するために一身を捧げて闘争しなければならない。
   2. 偉大な首領金日成同志を忠誠をもって高く仰ぎ奉らなければならない。
   3. 偉大な首領金日成同志の権威を絶対化しなければならない。
   4. 偉大な首領金日成同志の革命思想を信念とし、首領さまの教示を信条化しなければならない。
   5. 偉大な首領金日成同志の教示執行において無条件性の原則を徹底的に守らなければならない。
   6. 偉大な首領金日成同志を中心とする全党の思想の意志的統一と革命的団結を強化しなければならない。
   7. 偉大な首領金日成同志について学び共産主義的風貌と革命的事業方法、人民的事業作風を持たなければならない。
   8. 偉大な首領金日成同志が抱かせて下さった政治的生命を大切に保管し、首領さまの大きな政治的信念と配慮に、高い政治的自覚と技術で忠誠をもって報いなければならない。
   9. 偉大な首領金日成同志の唯一指導の下に全党、全国、全軍がどこまでも一体化して動く強い組織規律を打ち立てなければならない。
   10. 偉大な首領金日成同志が開拓された革命事業を代をついで最後まで継承し完成させなければならない。
3. 政治犯収容所には、一生出られない「完全統制区域」と、再教育の後出られる可能性がある「革命化区域」に分かれているところもある。『北朝鮮 隠された強制収容所』には、収容所の衛星写真３１点が収録されている。
4. 朝鮮戦争人命被害の現況（死亡者、負傷者、失踪者、捕虜の合計）
   韓国軍：621,479 名（戦死 137,899 名）
   国連軍：154,881 名（戦死 40,670 名）
   北朝鮮軍：640,000 名（戦死 520,000 名）
   中共軍：369,600 名（戦死 135,600 名）
   南側の民間人：990,968 名（死亡者 373,599 名）

　　　　北側の民間人：1,500,000名（死亡者 1,500,000名）
　　　　　　　　（北朝鮮軍・中共軍・北朝鮮の民間人は推定値）
　　　　　　　　　　　　　　　　　　　　　『仁川上陸作戦記念館冊子』より
　５．朝鮮戦争当時の南側と北側の経済指標の比較
　　　　国民総生産：南　7.1億ドル
　　　　　　　　　　北　3.9億ドル
　　　　食糧生産量：南　345.5万トン
　　　　　　　　　　北　124.4万トン
　　　　石炭生産量：南　112.9万トン
　　　　　　　　　　北　400.5万トン
　　　　発電施設容量：南　23.1万kw
　　　　　　　　　　　北　104.7万kw
　　　　貿易総額：南　1.4億ドル
　　　　　　　　　北　5.1億ドル
　　　　　　　　　　　　　　　　　　　　　『仁川上陸作戦記念館冊子』より
　６．「ドミノ理論」は、一国が共産化すると、隣接する国もドミノ倒しのように共産化すると考える理論。アメリカの共産圏封じ込め政策で用いられた外交理論。
　７．『カラー版 ベトナム 戦争と平和』（石川文洋著、岩波新書、2005）には、ベトナム戦争当時のカラー写真が多く掲載されている。町を照らす照明弾や遺体を撮った写真が戦争の実態を生々しく伝えている。
　８．デイヴィッド・ハルバースタムは『ザ・コールデスト・ウィンター　朝鮮戦争』の中で、次の様に述べている。
　　　「朝鮮で戦った兵士たちと祖国の人びととの間には大きな心理的隔たりがあった。兵士らがどんなに勇猛果敢に大義のもとに戦おうと、第二次世界大戦の兵士にくらべれば、しょせん『二流』だったのである。兵士たちは、戦後も、そのことでやりきれない思いをした。しかし、彼らは静かに耐え忍ぶしかなかった」
　９．自身の体験を語ったり討論することを通じて、自己発見をしたり、精神を癒すことを目的に開かれた集まり。

参考文献

Herr, Michael. *Dispatches*. New York: Vintage International Edition, 1991.
Mason, Bobbie Ann. *In Country*. New York: Harper Perennial Edition, 2005.

石川文洋『カラー版 ベトナム 戦争と平和』岩波書店、東京、2005
今井昭夫監訳、ファン・ゴク・リエン監修『ベトナムの歴史－ベトナム中学校歴史教科書』明石書店、東京、2008
小倉貞男『ドキュメント　ヴェトナム戦争全史』岩波書店、東京、1992
白井洋子『ベトナム戦争のアメリカ－もう一つのアメリカ史』刀水書房、東京、

第11章 朝鮮戦争、ベトナム戦争とその文学

2006
シン、ビル『38度線はいつ開く―ビル・シンの朝鮮戦争』サイマル出版会、東京、1993
ストゥーク、ウィリアム、豊島哲訳『朝鮮戦争―民族の受難と国際政治』明石書店、東京、1999
中野亜里編『ベトナム戦争の「戦後」』株式会社めこん、東京、2005
野中郁次郎他『戦略の本質－戦史に学ぶ逆転のリーダーシップ』日本経済新聞出版社、東京、2008
萩原遼『朝鮮戦争－金日成とマッカーサーの陰謀』文芸春秋、東京、1997年
ハルバースタム、デイヴィッド、山田耕介・山田侑平訳『ザ・コールデスト・ウィンター　朝鮮戦争　上・下』文芸春秋、東京、2009
ブルーニング、ジョン・R.、手島尚訳『クリムゾン・スカイ―朝鮮戦争航空戦』光人社、東京、2001
ホーク、デビッド・北朝鮮人権アメリカ委員会、小川晴久・依藤朝子訳『北朝鮮、隠された強制収容所』草思社、東京、2004
松岡完『ベトナム戦争－誤算と誤解の戦場』中央公論新社、東京、2001
三野正洋『わかりやすい朝鮮戦争－民族を分断させた悲劇の構図』光人社、東京、1999
ミネソタ弁護士会国際人権委員会・アジアウォッチ編、小川晴久・川人博訳『北朝鮮の人権―世界人権宣言に照らして』連合出版、東京、2004
韓国・仁川上陸作戦記念館冊子

ベトナム戦争<http://en.wikipedia.org/wiki/File:Bruce_Crandall%27s_UH-1D.jpg＞

[映画]

THE BRIDGES AT TOKO-RI（『トコリの橋』）, Paramount Pictures Corp.,1954. 発売元 CIC・ビクタービデオ株式会社
FIELD of HONOR（『38度線』）, Cannon Films, Inc. and Cannon International B.V., 1986. 発売元 ワーナー・ホーム・ビデオ
The HUNTERS（『追撃機』）, 20th Century Fox, 1958. 発売元 20世紀フォックス・ホーム・エンターテイメント・ジャパン
M★A★S★H（『マッシュ』）, Aspen Productions, Inc. and 20th Century Fox, 1969. 発売元 20世紀フォックス・ホーム・エンターテイメント・ジャパン
PORK CHOP HILL（『勝利なき戦い』）, Melville Productions, Inc., 1959. 発売元 ワーナー・ホーム・ビデオ
SOLDIERS OF INNOCENCE（『リトル・ソルジャー－戦場の天使たち』）, CINEVEST ENTERTAINMENT GROUP, INC., 1991. 発売元 株式会社徳間コミュニケーションズ

（映画のセリフは基本的に日本語字幕を引用）

第12章
トーランドと『勝利なき戦い、朝鮮戦争』及びオブライエンと『カチアートを追跡して』

依藤朝子

1.

　地上戦が展開された朝鮮戦争では、数え切れないほど多くの市民の犠牲が出て、至る所で悲劇が生まれた。同じ民族が互いに銃口を突きつけ合い、家族や町内が分裂した。詳しい事情もよく分からないまま、たまたま共産軍の集会に参加した市民が韓国軍によって逮捕される一方、南下してきた共産軍が市民を脅迫し、攻撃した。戦火で荒れ果てた瓦礫の町で、必死に生き延びようとする女性や子供が登場する映画『38度線』には、当時の市民の様子が生々しく描かれている。また、アメリカの作家であり歴史家であるジョン・トーランド(John Toland)も、自身の手記を通じて、さまざまな登場人物の目に映った当時の様子をありありと描き出している。

　トーランドは終戦当時を想起し、「朝鮮戦争は、世界的な重要性の点でもドラマとしての興味の点でも、色あせたものに見え…私自身も、世間一般の例に洩れず、この戦争には嫌悪感を抱いていた」とのちに告白している(『勝利なき戦い、朝鮮戦争』)。そのような当時の「先見のなさ」への償いも込めて、トーランドはこの作品『勝利なき戦い、朝鮮戦争』(*IN MORTAL COMBAT*, 1991)を完成させたのである。本書には、朝鮮戦争の開戦から休戦協定が結ばれた時までの状況が、年代順に詳細に記述されている。イェール大学の演劇学部に学んだピューリッツァー賞受賞作家のトーランドは、朝鮮戦争に関わった人々、巻き込まれた人々が遭遇した出来事を時には感情的な台詞を交えて描写しつつ、戦争がどのように展開していったのかについて生き生きと記録している。トーランドにとって朝鮮戦争は、「両陣営ともに勇士に満

第12章 トーランドと『勝利なき戦い、朝鮮戦争』及びオブライエンと『カチアートを追跡して』

ちた、人間の悲劇と勇気ある記憶すべき英雄譚であり、また世界の帰趨を物語る忘れ難い叙事詩」であった。本書はまた、「論争の的になる数多くの事項に光を当てようとする、一つの試み」でもあった。中でも、「この戦争は戦う値打ちがあったのか」という問いが、始終トーランドの胸の内にあったと思われる。そのような問いを模索しつつ書かれた本書は、精密な研究に基づいた史料であると同時に、人間の鼓動が感じられる長編ドラマとも言える力作である。

　トーランドは戦争勃発前夜、いつもと同じ平凡な夜を迎えようとする人々の様子を次のように描いている。

　　　昔の高麗の首都、開城（ケソン）[1]にあるアメリカン・メソジスト教会のラリー・ゼラーズ師が、三十八度線から数キロ離れた自宅へ車で戻ってきた頃には、すでに宵闇がたれ込めていた。彼は隣に住む軍事顧問団将校のジョゼフ・ダリゴ大尉から、ヘッドライトを点けたまま北向きに邸内へ入ってこないようにと、警告を受けていた。だがゼラーズ師はこれを無視した。気にするほどのことでもなかったし、まして市内に軍の動きをしめすような気配は何一つなかったから、彼は今日もまた平穏な夜になるものと思っていた。
　　　ゼラーズ師と同じように、この夜、南朝鮮の人のほとんどは、厳しい内戦で夜明けまでに自分たちの生活がめちゃくちゃになりはしないか、などと脅えることもなく床についた。
　　　東京では、極東アメリカ軍最高司令官のダグラス・マッカーサー将軍が、アメリカ大使館のベッドでぐっすり眠っていた。
　　　　　　　　　　　　　　　　　　　　『勝利なき戦い、朝鮮戦争』

　だが、翌日の早朝、北朝鮮の攻撃が始まる。トーランドは初日の攻撃の模様を、アメリカ人、ジョゼフ・ダリゴ大尉の目を通して記述している。

南朝鮮防衛陣は完全に不意を打たれた。前出のゼラーズ師の隣人で、前線でただ一人のアメリカ人軍事顧問、ジョゼフ・ダリゴ大尉は、明け方に目をさました。ベッドからとび降りた瞬間、砲弾の破片が、開城東北端のその家に飛び込んできた。彼はズボンをはくと、靴とシャツを手に持ったまま階下へ駆け降りた。彼の家へ向けて、タン、タン、タンと小銃弾が撃ち込まれてきた。ダリゴとハウスボーイはジープにとび乗った。敵軍の姿は見えなかったが、射撃の量からして大規模な攻撃が行なわれているのが、ダリゴ大尉にはわかった。

『同上』

　これは25日早朝の攻撃の様子に関するアメリカ人による貴重な証言である。このあとダリゴ大尉は、町の中心部にある円形広場で、北朝鮮の兵士たちが、駅に着いた大編成の列車から積み荷を下ろしている姿を見て驚くことになる。
　トーランドはさらに、第17章「死の行進」(1950年10月下旬〜11月8日)で、国連軍の捕虜の一団に続いて、160キロ以上行進するよう北朝鮮の軍人に強要された、オーストラリア人のフィリップ・クロスビー神父の手記を紹介している。一団には赤児を腕に抱いた母親や、目の見えない修道女もいた。この民間人と軍人の捕虜の行進において、クロスビー神父が経験した極限状態については、次のように記述されている。

　クロスビー神父が、テレーズ尼の手を引いていた。
　登りが困難で危険になってきたころ、クロスビーは前方に数発の銃声を聞いた。例によって衛兵たちが面白半分に実弾を撃っているのだろう、と彼は推測した。谷の入口で、北朝鮮の将校一名と衛兵数名が戻ってくるのに出会った。みんな声をあげて笑っていたから、ゼラーズもクロスビーも何か事が起こったとは思いもしなかった。それから数分行くと、消耗した捕虜が二人、道端に座っており、そ

第12章 トーランドと『勝利なき戦い、朝鮮戦争』及びオブライエンと『カチアートを追跡して』

れぞれに衛兵が立っていた。
　一行がまた一つ曲がり角を曲がったとき、銃声が二発聞こえた。恐ろしい現実に痛撃されて、クロスビーは頭がくらくらっとし、膝がへなへなとなった。あの二人が殺されたのだ！…一行はまたまた動けなくなった若年兵たちに近づいた。その目を覗き込んで、彼らが来たるべきものを知っていることがゼラーズにはわかった。
　疲れきった捕虜たちが横になったり座ったりしているそばに衛兵が薄気味悪く立ち、民間人たちの通り過ぎるのを待っている、といった光景をつぎつぎと見るうちに、クロスビー神父は無力感で打ちひしがれる思いがしてきた。前の日は人情の仄めきのようなものがあったとしても、恐怖のこの日、十一月四日には、もうなくなっていた。
　虐殺はまだまだ続いた。

『同上』

　著者は、死の行進の様子を小説のタッチで描写した。三人称の記述が臨場感を増して、時に気持ちを揺さぶってくる。また本書には随所に、感情があらわになった言葉が見られる。著者は戦争の事実を客観的に整理しつつも、登場人物の心の動きに焦点を合わせて、人間の心理を深く掘り下げようとした。こうした手法を取ることで、自らの問いに対する答えを探り出そうとしたのではないかと思われる。
　さて、この作品の冒頭には朝鮮戦争当時の写真が沢山掲載されているが、中でも強い印象を与えているのが、オボン里尾根の戦いの最中に海兵大尉の顔に表われた、極度の戦闘疲労を捉えた写真である。撮影者のデヴィッド・ダグラス・ダンカンは、「アイク・フェントン大尉の目は、自らの苦悩と信念にさいなまれる使徒の目つきだった」と述懐している。たった一枚の写真だが、この兵士の表情に、私たちは戦場の現実を垣間見ることができるだろう。

2.

　ベトナム戦争を経験したアメリカの作家、ティム・オブライエン（Tim O'Brien）は代表作『カチアートを追跡して』（*Going After Cacciato*, 1978）で、ベトナムで脱走したカチアートという一人のアメリカ兵を追って、仲間の兵士たちがパリを目指して旅をするというファンタジーのような物語を書いた。カチアートはなぜ突然脱走してパリに向かったのか、彼らはどのようにしてベトナム戦線を離れることができたのか、果たしてパリに行くことはできたのか…。旅の途中で兵士たちの前に現れては消えるカチアート。小説の中では、どこまでが事実でどこまでが可能性なのか分からなくなってくるような、どこかとらえどころのない世界が展開されている。

　ある日突然カチアートがいなくなり、彼が所属していた第３分隊に、追跡命令が下った。無許可離隊したカチアートを追う同僚のポール・バーリンの目を通して、追跡劇が繰り広げられている。離隊したカチアートを丘に追い詰めた兵士たちの頭上で照明弾が炸裂し、バーリンは叫んだ。「行け！」

　小説の冒頭で事件が起き、物語はその後思いがけない方向に展開することになる。これは事実なのであろうか、それともバーリンの空想の産物なのであろうか。読む者に胸騒ぎを感じさせながら、兵士たちの旅が始まるのである。兵士たちはひたすら西を目指した。道中、中国人の血を引く難民の少女サーキン・オウン・ワンと彼女のおばたちと出会い、水牛が引く牛車に乗って、ともに西に向かって進んだ。ミャンマーを横切り、インド、イラン、地中海、ドイツと移動する兵士たち。一行は、行く先々でカチアートの残した地図や持ち物を発見し、人ごみの中に彼らしき人影を見つけながら、まるでカチアートに導かれるようにパリを目指すのであった。

第12章 トーランドと『勝利なき戦い、朝鮮戦争』及びオブライエンと『カチアートを追跡して』

　　カチアートは彼らを西にいざなった。平和な国を横切って…なだめすかして一歩一歩、肥沃で富んだ国を経てパリに向かった。
　　　　　　　　　　　　　　　　　　『カチアートを追跡して』

　カチアートを追跡するバーリンたちの旅は一見無謀な行動のように思われるが、そこには希望も感じられる。だが、バーリンは自問するのであった。

　　草深いカチアートの丘で終っていたのだろうか。炎が燃え上がり明け方の空を染めた時に。悲劇に終ったのだろうか…本当に起こったことは何で、起こったかもしれないということに過ぎなかったのは何だったのだろう。一体、どのような最後を迎えたのだろうか。
　　　　　　　　　　　　　　　　　　　　　　　　　　『同上』

　カチアートは、そして彼を追跡した兵士たちはどうなったのか。
　いつ終るともしれない戦争という現実が重くのしかかるベトナムの野戦生活の中で死に直面した兵士たちは、また別の現実が日々繰り返されている異国の地に降り立つ可能性について思いを馳せたであろう。カチアートやバーリンにとって、それはデリーやパリだったのかも知れない。
　オブライエンは、ベトナムの惨状とベトナムの市民の惨憺たる様子を次のように描写している。

　　それ以上に、クアンガイでは一体どのように感情が動くのか彼らは分からなかった。20年に及ぶ戦争で、死や傷に対する尋常な反応が朽ち果ててしまったからだ。
　　　　　　　　　　　　　　　　　　　　　　　　　　『同上』

そしてオブライエンはバーリンの同僚の兵士ドクの口を通して、ベトナム戦争に参戦した米兵－おそらくオブライエン本人－の憤りを吐露している。

　　戦争にはそれ独自の現実があるんです。戦争はその地を殺し、傷つけ引き裂いてしまう。そして孤児や未亡人を生む。これが戦争です。どんな戦争でもね。ベトナムについて新しく語ることはないと私が言うのは、他のどんな戦争とも同じように、戦争に過ぎないからだ。政治なんか知ったことか、社会学なんかくそくらえだ。ベトナムがいかに特別なものかという話を聞くとうんざりしますね。アメリカの戦争の歴史においてそれがどれだけ常軌を逸したものかという話を聞くと―兵士にとっては、朝鮮戦争や第二次世界大戦とは何かが違うという話を聞くと。分かりますか、戦争の'感覚'はベトナムでも沖縄でも同じってことです―感情は一緒ですよ。根本的なものは同じものが目に映り、記憶される。私が言いたいのはそういうことです。
　　　　　　　　　　　　　　　　　　『カチアートを追跡して』

　オブライエンは、ノーベル文学賞受賞作家ガルシア・マルケス (Gabriel Garcia Marquez, 1928-)[2]の『百年の孤独』(1967) に代表されるマジカル・リアリズムを想起させるような幻想の中で、逃れようのない戦争の現実に対する兵士の抵抗を描こうとしたようにも思われる。希望と冷酷な現実が頭の中で渦巻くバーリンたちの前に、西へと続く道が開ける。そしてカチアートは、戦場で目的を失った兵士たちにあたかも目的を与えようとするかのように神出鬼没な行動を取り、バーリンたちを不思議な旅へといざなうのである。

第12章 トーランドと『勝利なき戦い、朝鮮戦争』及びオブライエンと『カチアートを追跡して』

3.

　ベトナムに撒かれた枯葉剤の人体への影響が指摘される中、同国では障害を持つ人たちが今も生まれている。戦争の後遺症に苦しむ人たちがアメリカにもいる。そうした意味では、ベトナム戦争はまだ終っていないのかも知れない。朝鮮戦争もその勃発から60年たとうとしているが、未だに終戦の兆しが見えない。分断は続き、国軍捕虜や戦時・戦後拉致被害者の多くの人々の行方が今も分からない。北朝鮮では死が日常の一部に溶け込み、辛うじて生きながらえている人も、苦痛から解放されるためには精神を殺さなければならない状態に追い込まれている。やけ酒をあおりたくてもそれがなければ、自分自身を殺す以外に何ができるというのかという心境であろう。ナチスのアウシュヴィッツ収容所が解放された時、「我々は犠牲者を見殺しにした」と人々は叫んだ。収容所の存在を見て見ぬふりをした人たちもいた。北朝鮮の政治犯収容所が解放される時、私たちはまた過去の人たちと同じように悔やむことになるのであろうか。

　朝鮮戦争から半世紀、サイゴン陥落から四半世紀たち、21世紀に入ったとたんに起きた9.11テロは、私たちに新しい形態の戦争を予感させた。ニューヨークのワールド・トレードセンター跡地には化学物質が交じったような異様な臭いが漂い、消防士たちが必死の救助活動を続けているのを筆者自身も目の当たりにしたことが今も思い出される。当時、ニューヨークの通勤圏に入っていたコネチカット州の筆者の居住していた大学町ニューヘイヴンも、沈痛

韓国の臨津閣公園の、自由の橋の前に掲げられた旗や横断幕 (2009)。

221

な空気に包まれ、追悼式が開かれていた。中東からの留学生の多くがアメリカを去った。そして、アメリカはアフガニスタンを攻撃し、イラク戦争に突入することになる。

　最近、テレビでは米兵によるイラク人捕虜虐待に関する特集と同時に、戦場で負傷した米兵を追ったルポルタージュや、イラクから帰還した米兵が社会復帰のために過ごす施設を取材した番組などが放送されている。イラクで負傷して体の一部を失った元兵士が帰還兵のパーティーに参加し、演壇で誇らしげに語っている姿がテレビに映っていた。心に深い傷を負って、社会復帰できない人たちも登場した。ベトナム戦争帰還兵のエメットがつぶやいたように、歴史から学ぶことがいかに難しいか、改めて考えさせられる。

　そして今、北朝鮮の相次ぐ核実験やロケット発射実験を受けて、世界は困惑しながらも、戦争を避けつつ朝鮮半島に平和をもたらす方法を模索しようと努めている。一方で、アメリカのオバマ大統領は、アフガニスタンへの増兵を決定した。世界はこの先どうなるのか。リーマン・ショックのあと、100年に一度の世界大恐慌が再来したとも言われたが、不況のあおりを受けた20世紀初期のように侵略と戦争に突き進むことはできないと多くの人々が考えている。戦争を避けつつ平和と豊かさを手に入れることはできるのか。現実に局地紛争や経済危機に直面しつつも、それでも私たちは将来に向かっての模索を決して放棄すべきではなかろう。

注 ─────────────────────────────
1. 開城は北朝鮮側DMZ（非武装地帯）に近い町。郊外には現在、開城工業団地がある。
2. ガルシア・マルケスはコロンビアの小説家。幻想的な架空の村に住む一族を描いた物語『百年の孤独』が知られている。

第12章 トーランドと『勝利なき戦い、朝鮮戦争』及びオブライエンと『カチアートを追跡して』

参考文献

O'Brien, Tim. *Going After Cacciato*. New York: Broadway Books Edition, 1999.

坂田雅子『花はどこへいった　枯葉剤を浴びたグレッグの生と死』トランスビュー、東京、2008

スウェイン、ジョン、浜田徹訳『インドシナ戦火の記憶（*RIVER OF TIME*）』三一書房、東京、1997

坪井善明『ヴェトナム新時代―「豊かさ」への模索』岩波書店、東京、2008

トーランド、ジョン、千早正隆訳『勝利なき戦い、朝鮮戦争 1950-1953』（上・下）光人社、東京、1997

吉澤南『ベトナム戦争－民衆にとっての戦場－』吉川弘文館、東京、1999

終章

1.

　国家の政治的推移については、他のいずれの国においても多分にそうであるようにアメリカ合衆国においても絶えずタカ派的強硬路線とハト派的融和路線の二本の流れ、またその絡み合いや相互の相克が見られた。

　たとえば前者においては、17世紀植民地時代におけるニューイングランドのピーコット戦争や奴隷貿易の推進、ウーンデッドニーに象徴される西部開拓時代のインディアン征服などがまず挙げられる。さらにメキシコ戦争や対ハワイ、フィリピンなどの帝国主義的併呑行動、20世紀における日本軍のハワイ、真珠湾攻撃に対する報復としての広島、長崎への原爆投下や東京など諸大都市への無差別大空襲などが見られる。また、一般市民の大量殺戮たるベトナムのソンミ村虐殺事件や枯葉剤投下、核なきイラクへの攻撃などもある。

　他方において、合衆国は、独立戦争時における対英強硬派と融和派が拮抗していたこと、つまり対決を望まぬ現状維持派が存在していたこと、モンロー宣言による孤立的対外姿勢（新大陸における合衆国の優位性を主張しているが）、アブラハム・リンカーンによる人道主義的奴隷解放宣言などが見られる。さらには、第二次世界大戦後における荒廃、疲弊したヨーロッパを救済するマーシャル・プランや同大戦終了後の日本における大規模な食糧支援、諸大財閥の解体、農地解放、婦人参政権の付与などの民主的な諸施策の実行など、また、自ら提唱しながら不参加だった国際連盟に代わる国際連合創設の主導的推進などに努めている。現在も、世界各地の独裁政権による民衆抑圧への牽制や非難なども続けている。

　以上のことはアメリカ合衆国の強権的或いは融和主義的、平和主義的姿勢をそれぞれに表わす事例のほんの一部に過ぎないが、時として

終章

一国主義的理想主義と対外協調主義の反復またはあざなえる縄の如き絡み合いの過程で、しばしば軍事力を行使してきたことも事実である。その中には、行過ぎたそれもあった。

　こうした明暗、純濁、正邪の反復や混交などをはらむ、しばしば戦争を基軸にした対外関与のプロセスを合衆国は経てきている。そしてそのプロセスの中で、アメリカ文学も独特の展開を見せてきたのである。

2．

　ここでは本書のテーマに沿う流れから論述が戦争関連になるが、まず、当時まだイギリス領植民地時代だった17世紀から18世紀にかけては、対インディアン戦争が急務の案件であり、文学史も、と言ってもその頃はまだ記録的、政治、宗教的なものが中心であった。ピーコット戦争はニューイングランドにおける白人入植者たちの優位性を決定付けた戦いであったが、アンダーヒルやヴィンセント、メイソンらによる戦いの記述が、今日では当時の実態を知る極めて重要な第一次資料となっているのである。白人入植者たちによる戦略的、戦術的に周到に準備されたインディアン攻略の様子と父祖伝来の土地を守ろうと悲痛な戦いに挑む部族、さらにはインディアン世界内部の分裂と部族同士の激しい相克などが生々しく詳細に語られている。こうした諸資料は、専門家だけではなく、一般の人々にもっと広く知られ、読まれるべきものであろう。大航海時代のヨーロッパ勢の対外進出の勢い、新たなよりよき人生を求めての貧しい白人たちの、或いは激しい宗教闘争の結果の人々の新大陸への植民や逃避など、そして原住民インディアンたちとの摩擦や葛藤、さらに戦争など、ニューイングランド前史のようなものがもっと知られてもよいであろう。

　我が国の京都、東山の清水寺境内にある蝦夷（アイヌ）のリーダーたるアテルイとモレの石碑が表わす、当時の大和朝廷軍の東北（陸奥）征討の歴史も思い合わせられる次第である。

225

戦いの構図は、最初は、アメリカ植民地人（イギリス人）対インディアン、次いでアメリカ人(イギリス人)対フランス人（或いはフランス人＋インディアン）、そして18世紀も独立戦争期になると、アメリカ植民地人（＋フランス人）対イギリス人という風に推移している（ただし、既述のように、アメリカ植民地人も独立派とイギリス派［王党派］に分かれたわけである）。
　白人同士の戦いになると、戦争の姿もヨーロッパ方式になり、平地での集団的部隊による野戦、それも双方ともに銃砲中心の近代的戦争へと進化していっている。アメリカ独立戦争などの主要戦闘は、ヨークタウンの戦いに見るように、まさにそうした近代的大集団戦なのである。もちろん歩兵同士の最終的衝突戦が戦いの最終段階、総仕上げであることに変わりはなかったのであるが―。
　独立戦争、米英戦争（"第二次独立戦争"）と二度の対英戦を勝利のうちに終えたアメリカ合衆国は、主に温帯に位置する広大かつ肥沃な領土と豊富な資源、旧大陸からの継続的移民の流入などで次第にその力量を自覚し、自信が後押しもして、また列強帝国主義時代の世界情勢にも影響されて、西部同様に海外にも眼を向けるようになり、対外進出への道程を辿るようになる。旧大陸の専制主義に反発した筈の新大陸人たるアメリカ人たちは、いつしか帝国主義的膨張政策を取るようになるのである。
　本書で既に述べてきたように、対メキシコ戦争、対スペイン戦争、そして太平洋の島々の制圧へと乗り出していったのである。16世紀のスペイン、ポルトガル、17世紀のオランダ（ジャワや台湾への進出）、18世紀の英仏などのひそみに倣った帝国主義的列強の一つとしての領土拡張政策である。むろん本国西部におけるインディアン制圧戦争は、南北戦争期の一時期を除いて絶えず続けられていた。そして終に、1890年にはフロンティア線が太平洋の海中に没してしまう。対仏、対英のあと、対メキシコ戦争、対スペイン戦争に勝ったアメリカは、い

終章

よいよ完結に向って動き出す。それがアジアではマシュー・ペリー提督による日本開国、太平洋のフィリピン、グァムなどの占領、中国への門戸開放政策、そして第一次世界大戦、第二次世界大戦に至るプロセスである。

3.

　独立戦争期の文学には、P. フレノーの詩や B. フランクリンの書き物、T. ジェファソンの手になる『独立宣言』文（1776）などが現れ、時代の状況や雰囲気を如実に伝えている。その後、J. F. クーパーの小説『スパイ』や『パイロット』などが同戦争を描いている。同じクーパーの『モヒカン族の最後』（1826）は、独立戦争の前段階とも言えそうな時代の北米の勢力図や戦いの様相の文学的表現である。W. C. フォークナー大佐がメキシコ戦争を題材とした『モンテレーの包囲』（*The Siege of Monterey*, 1851）などをロマンティックに描いたりしたが、複雑な国際情勢の中で南北の対立が一層激化し、時代は大内乱期へと移行する。H. B. ストウ夫人の『アンクル・トムの小屋』（1852）が人心を、世論を大きく動かす。

　膨大な人的、物的損害を出した南北戦争をその後の作家たちが描き続けた。代表的なものに、アンブローズ・ビアスの短編集『命半ばに』（1892）やスティーヴン・クレインの『赤色武勲章』（1895）、マーガレット・ミッチェルの『風とともに去りぬ』（1936）、さらにウィリアム・フォークナーの『征服されざる者』（1938）、『アブサロム、アブサロム！』（1936）、『尼僧への鎮魂歌』（1951）などが挙げられる。

　大内乱に自ら参戦したビアスは、登場人物たちを、アイロニカルに、シニカルにのちの意識の流れを思わすような手法も交えつつ心理的に描き、しかもポー張りの短編技巧も駆使して、芥川も注目した独自の文学的境地を切り開いた。クレインもまた、『赤色武勲章』の中で綿密な下準備の上に、心理的な手法も用いて、一兵士ヘンリー・フレミ

グの生々しい戦場体験と振幅の激しい心の動きを戦場の壮絶な有様とともに鮮烈に描き出した。

　M.ミッチェルの『風とともに去りぬ』は、今日むしろハリウッドの名画で記憶されているが、原作自体、アメリカ文学におけるベスト・セラー史上に巨大な足跡を残した（松村聡）。結果、南北戦争を追憶するに最大の傑作ロマンスとなっている。古典的名作として同作は、ヘミングウェイの戦争小説の女流版とみなすこともできるのである。

　フォークナーがエッセイ類も加えた自らの諸作品に込めた"南北戦争論"、"南部論"は、法律家ギャヴィン・スティーヴンズ（Gavin Stevens）の言葉を通したものも含めて、深南部に生まれ育ち、自らの家系も合わせて南部世界の長所も短所も、喜びも悲しみも知悉した作者の魂の叫びなのだとも言える。彼の深い苦悩は、生得の極めて南部的なるものとさらに極めて普遍的なるものとの間の埋め難いギャップ、葛藤にも由来している。

　南北戦争がナポレオン戦争よりもはるかに進化した近代兵器を用いたように、極東の日露戦争も南北戦争より一層進歩した新兵器を用いた。新式の大砲や機関銃、小銃、弾薬、無線通信など多くの面においてである。人的、物的被害もやはり甚大であった。ジャック・ロンドン (Jack London, 1876-1916) は、報道特派員として日露戦争を実地に見ている。アメリカ政府もポーツマス条約の締結などで、この戦争に深く関わっている。

4.

　第一次世界大戦は、オーストリア皇太子フランツ・フェルディナンド大公夫妻の暗殺された事件（サラエボ事件）に端を発した戦争であるが、ヨーロッパに未曾有の惨禍をもたらした。合衆国も途中からこれに参戦し、連合国側に加勢したが、アメリカ本国には一発の砲弾も落ちず、ヨーロッパの戦場での戦死傷者は多く出したものの、戦後は

終章

一人勝ちの様相を呈し、荒廃したヨーロッパ社会とは逆に、空前の好景気に沸くこととなった。

　文学的には、戦争の惨禍を直接間接に体験した若い作家たち、いわゆる「ロスト・ジェネレーション（失われた世代）」の文人たちが活躍する。戦争の直接の体験者たちは、ドス・パソス、ヘミングウェイ、マルカム・カウリー、E. E. カミングズらであり、内地の訓練のみで終り、渡欧しなかった人たちがF. S. フィッツジェラルドやW. フォークナーである。詩人のカミングズは、南仏の仏軍刑務所にスパイ容疑で拘束された経験を持つ。

　いずれにせよ、彼らの多くは、反戦文学的創作業を行なっているが、これは必ずしも彼らが愛国者でなかったことを意味するわけではない。カウリーも指摘するように、彼らはむしろ当初は戦争そのものを美化して捉え、同時にヨーロッパへの憧れから志願し、英雄気分で飛び込んでいったとも考えてよい。アメリカ政府の宣伝も派手であった。ただ、戦争の現実は予想外に悲惨であり、彼らのロマンティシズムが打ち砕かれただけである。

　ドス・パソスは『三人の兵士』（1921）で、ヘミングウェイは『日はまた昇る』（1926）や『武器よさらば』（1929）で、カウリーは評論『亡命者の帰還』（1934）で、さらにカミングズは南仏刑務所での異様な体験を怒りとユーモア感覚を交えて書いた『巨大な部屋』（1922）で各人なりにヨーロッパ体験を描き、フォークナーはヨーロッパでの実戦場面は想像しながら、『兵士の報酬』（*Soldier's Pay*, 1926）を物した。カミングズの特異な作品は、「アラビアのローレンス」（Lawrence of Arabia）と呼ばれたT. E. ローレンス（Thomas Edward Lawrence, 1888-1935）の賞賛も受けた。

　いずれの作家にも共通するのは、"lostness"（喪失感、虚無感）が通底している点である。戦争やその時代のすべてが抜け落ちたような空しさである。そうした深い悲劇性である。打ちのめされ、明日への展

望を失った若者たち、その個人像であり、或いは群像なのである。むろん個々の作家たちや作品により、色合いの違いはあるが、全体としてのありようを形容したのが、「失われた世代」（ロスト・ジェネレーション、the Lost Generation）なる表現である。この言葉に込められたものは、同語を最初に用いたガートルード・スタイン女史によって意図されたものよりもはるかに広やかで意味深いものであった。それゆえに同語は、時代や世代を象徴する言葉ともなりおおせたのである。

　第二次世界大戦の前哨戦とも言えそうなスペイン戦争からは、同戦争に参加したヘミングウェイによる『誰がために鐘は鳴る』（1940）が生まれている。共和派側から描いた戦争の推移と内戦中の悲劇的な人間群像が見られる。

　第二次世界大戦は第一次大戦を上まわる、地球規模の大戦争であった。殺戮や破壊の度も史上最大のものであった。第一次大戦がヨーロッパや中東の領域を中心としたのに対して、第二次大戦は、ヨーロッパ、アフリカ、中東のみならずアジア、太平洋の諸地域も鮮血に染めた。結果、大戦関連の多くの小説や映画を生み出すことにもなった。J. D. サリンジャー（Jerome David Salinger, 1919- ）は、独特の言語表現を駆使しながら『ライ麦畑の捕手』（*The Catcher in the Rye*, 1951）などの斬新で『ニューヨーカー』派的な作品を生み出し、若い読者たちのアイドルとなったが、戦争中にノルマンディ上陸作戦に参加していた。サリンジャーを含むユダヤ系作家たちの目覚しい活躍が見られるのも第2次大戦後の顕著な特徴の一つであるが、そのうちの一人ノーマン・メイラーは、太平洋戦線に従軍し、日本軍と戦った。その生々しい実体験を元に執筆したのが、第二次大戦の生み出した最高傑作『裸者と死者』（1948）である。一兵士はもはや近代的な大機械戦争、個人を圧殺する巨大な軍隊機構の中で意味を失った一歯車に過ぎない。抹殺されかかった魂の人間復活を求めての最後の叫びが、メイラーが描こうとしたものの大切な部分である。日本軍のハワイ真珠湾空襲を描いたジェイム

ズ・ジョーンズ（James Jones, 1921-77）の『ここより永久に』（*From Here to Eternity*, 1951）やジョン・ハーシー（John Hersey, 1914-93）の『ヒロシマ』（*Hirosima*, 1946）も、大きな反響を呼んだ。

ヨーロッパ戦線を描いた物語は、アメリカだけでも、映画も含めてもう枚挙に暇がない。

総じて第二次世界大戦が生み出した戦争関連の文学作品は、第一次大戦までのそれらに比して、物語性やロマンス性に欠けがちである。それほどに人心を荒廃させた殺伐とした戦争風景が展開されたのである。

5.

朝鮮戦争やベトナム戦争は、冷戦（Cold War, 米ソ二大陣営の対決）に由来する。代理戦争的な様相を帯びているが、多数のアメリカ兵や中国兵も参戦したことに違いはない。しかし朝鮮半島やインドシナ半島の荒廃ぶりには凄まじいものがあった。当時、日本はむしろ戦争特需に沸いたが、戦場となった国々の状況は悲惨であった。数多くの映画や小説、記録文学などが生まれた。特に朝鮮戦争では『トコリの橋』を始めとする多彩な名画が現れた。

また、ベトナム戦争では、『ディスパッチズ』（1968）、『カチアートを追跡して』（1978）などを含む傑作小説がいろいろ書かれた。両戦争とも、記録的な書き物も生み出している。朝鮮戦争の特質としては、戦場の各国兵士が、国連軍として共産主義の脅威から民主主義社会を防衛するという大義に立ちながらも、祖国から遠く離れた彼らが戦いの目的を見失いがちだったこと、自分たちはなぜここにいて戦っているのかと自問することも多かったことなどが挙げられる。

ベトナム戦争の特徴は、やはり共産主義と戦うという大義を掲げながらも、アメリカ軍主体の印象がさらに強く、またテレビなどメディアの発達もあって、戦場の実態が世界に生々しく伝わったこともあり、諸国で反戦のうねりも起きたことである。こうして、この戦争ではと

りわけ、兵士たちが戦争の後遺症に悩む姿が顕著となり、文学作品や映画などでもそうしたテーマが大いに取り上げられる結果となったのである。

ベトナム戦争における大きな反戦の波には、もちろん大勢のアメリカ兵の命が奪われたことがあるが、当時高まった公民権運動の影響もあったであろう。

9.11同時多発テロ後のイラクを相手の湾岸戦争（作家の池澤夏樹氏は、以来、オバマ登場までアメリカと距離を置いて来たという）や現在も作戦が続行中で、ベトナム同様の泥沼化も懸念されているアフガニスタンの対タリバン作戦も、米英軍を中心とする多国籍軍やイラク人たち、アフガニスタン人たちに多くの犠牲者を出し、冷戦に代わる局地戦争も極めて厳しいものであることが証明された。これらはイスラム教対キリスト教の文明間の衝突だと説明する人々もいる。ハーヴァード大学のハンティントン教授はそうした一人である。筆者は文明の衝突論には組しないが、さまざまな利害の対立からそうした方向にあえて移行しよう、させようとする傾向が出てくることは恐れるものである。アフガニスタン駐留米軍のスタンリー・マクリスタル司令官（General Stanley MacChrystal）が更なる米軍増派をせねば8年に及ぶアフガン作戦が失敗に終ると言明している（『朝日新聞』2009年9月22日［火曜日］）。それは現地情勢の先行きの不透明感を示すものである。撤収を真剣に考えねばならない時がいずれ到来するように思われるのである。何しろかつてのソ連軍にも、1979年以来10年に及ぶアフガン作戦から撤退した歴史もあるのである。地理的近さ、歴史的関連の深さからしても、恐らくロシア人のほうがアフガニスタンの民族性や国柄をより多く知っていたように思われる。そのロシア人にして、撤収のやむなきに至ったのである。

イラク戦争やアフガニスタン作戦がアメリカ文学を含めて、今後どのような文学作品を生み出してくるかは、まだ予測しがたい。

終章

6.

　戦争と絡み合うアメリカ文学の流れは、J. アンダーヒルや P. ヴィンセント、J. メイソンのように記録的、歴史的なもの、フレノー（愛国詩）やアーヴィング（『ジョージ・ワシントン伝』）、ヘミングウェイ（『誰がために鐘は鳴る』）のような愛国主義的なもの、J. F. クーパー（『モヒカン族の最後』）、W. C. フォークナー大佐（メキシコ戦争もの）や M. ミッチェル (『風と共に去りぬ』) のようなロマンスもの、S. クレイン（『赤色武勲章』）やノーベル賞作家フォークナーのような内省的、心理的なもの、ストウ夫人（『アンクル・トムの小屋』）のような人道主義に立ちながらも、戦争をも呼び起こすプロパガンダ的な要素の強いもの、ヘミングウェイ（「武器よさらば」）やドス・パソス（『三人の兵士』）のような反戦的、厭戦的な色合いの濃いもの、そしてメイラーのような反組織的、反集団機構的なものなどに分かれる。

　こうしたさまざまな分流は、それぞれが、アメリカ人の種々の戦争観、価値観、歴史観、人間観などを表わしている。そしてそこに通底するのは、若い新生の国家なるがゆえの勢い、力み、ピューリタン的理想主義や大国主義的強引さと寛容さの混交などである。同時にヨーロッパのように過去の豊富な歴史的、経験的蓄積に学べないがゆえの戸惑いや不安、挫折などである。このようなアメリカの諸戦争に彩られた歴史の流れの中で、アメリカの文人たちは、むしろおおらかかつしなやかな良心をもって創作に取り組んできたと言えるのではなかろうか。

　時代により場所により戦争の質も人間の質も、そして人間の考え方も異なる。戦争に関するアメリカの文学作品も、いろいろである。が、我々にとりもっとも大切なことは、戦争という罪深き業（わざ）の歴史から未来に向けて何を学ぶかということである。そもそも戦争自体に高邁（こうまい）な不変の真理などあり得ようもないが、少なくともそれを描く文学作品の中に光を見出したいものであり、文学はそれに答える力を秘めている、と言える。そして短いながらも戦争の歴史に富むアメリ

カの文学は、そうした力を十二分に有している筈である。

　日本の正岡子規も、1895年（明治28年）4月、日清戦争における従軍記者として中国の遼東半島金州に赴くことになるが、それ以前既に、アメリカのベースボール（野球）に託して、次のように書いている。

　　実際の戦争は危険多くして損失夥し　ベース、ボール程愉快にみちたる戦争は他になかるべし
　　　『筆まかせ』(1888年[明治21年])第1編「Base-ball」(岩波書店)

　アメリカ文学の語ってきたところも、結局、「ベース、ボール程愉快にみちたる戦争は他になかるべし」の精神に深いところで通ずるものなのではなかろうか。

　　　　　　　　　　　　　　　　　　　　　　　　　　　　編者

年表

年号	出来事	作品
1492	コロンブスの新大陸発見(サンサルバドル到達)	
1497	「アメリカ」の名称の元となったアメリゴ・ヴェスプッチの中央アメリカ探検	
1561	第四次川中島の合戦	
1565	スペイン人メネンデス、フロリダでユグノー教徒を滅ぼす	
1575	長篠の戦い	
1585	ウォルター・ローリー卿、ヴァージニアのロアンオーク島植民開始	
1600	関ヶ原の戦い	
1603	サミュエル・ド・シャンプランのケベック上陸	
1607	ジェイムズタウン植民地建設(ヴァージニア)	
1619	最初の黒人奴隷を輸入	
1620	メイフラワー号のピルグリム・ファーザーズ（巡礼始祖）がプリマス植民地を設置	
1621	オランダ人、ニューアムステルダムを建設	
1624	ヴァージニアをイギリス直轄地とする	
1630	イギリス人のボストン入植	W. ブラッドフォード『プリマス植民地』（1630-51 執筆）
1633	ジョン・ストーン殺人事件	
1636	メリーランド植民地建設。ピーコット戦争（〜38）。ジョン・オルダム殺人事件。ハーヴァード大学創立	
1637	ミスティック砦への攻撃。島原の乱（〜38)	

年号	出来事	作品
1638	ハートフォード条約	J. アンダーヒル『アメリカからのニュース』。P. ヴィンセント『最近ニューイングランドで戦われた戦争の本当の物語』
1639	プリマスに植民地最初の議会	
1643	ニューイングランド連合（対オランダ、インディアン）	
1664	イギリス、第二次英蘭戦争に勝利し、ニューアムステルダムをニューヨークと改名	
1675	フィリップ王戦争（～76）	
1681	ウィリアム・ペン（クェーカー教徒）、ペンシルヴァニア植民地を築く	
1682		メアリー・ローランドソン夫人の『メアリー・ローランドソンの捕囚と帰還の物語』
1683	ジャーマンタウン（最初のドイツ移民）	
1688	イギリス名誉革命	
1689	ウィリアム王戦争（ハドソン地方をめぐる英仏植民地戦争［～97]）	
1692	セイレムの魔女裁判	
1693		C. マザー『不可視の世界の驚異』。『アメリカにおけるキリストの大いなる御業』(-1702)
1696	イギリス、航海条例を集大成し、植民地の造船、海運を制限	
1699	毛織物条例（植民地の毛織物の輸出禁止さる）	
1701	イェール大学創立	
1702	アン女王戦争（～13）赤穂浪士の吉良邸討入り	

年号	出来事	作品
1711	タスカローラ・インディアン戦争	
1715	ヤマシー族との戦い（〜16）	
1734	大覚醒運動	
1739	ケイトーの暴動（黒人暴動）	
1741		J. エドワーズ『怒れる神の手の中の罪人たち』
1756	フレンチ・インディアン戦争（[七年戦争]〜63）	
1757	ウィリアム・ヘンリー砦虐殺事件	
1759	イギリス軍のケベック占領	L. スターン『トリストラム・シャンディ』(-67)
1760	モントリオールの陥落（フランス、カナダを喪失）	
1763	パリ条約締結	
1764	砂糖法の制定	
1765	印紙法の制定	J. エドワーズ『信仰告白録』
1773	茶税法の制定。ボストン茶会事件	
1774	第一回大陸会議	
1775	レキシントン、コンコードで戦闘。アメリカ独立戦争の勃発（〜83）。第二回大陸会議	
1776	「アメリカ独立宣言」の発布	T. ペイン『コモン・センス』
1777	サラトガの戦い	
1781	ヨークタウンの戦い	
1782		クレヴェクール『アメリカ人農夫からの手紙』
1783	パリ講和条約の締結	
1784	ジョージ・ワシントン、初代アメリカ合衆国大統領となる。フランス革命勃発	
1794		T. ペイン『理性の時代』

年号	出来事	作品
1798		C. B. ブラウン『ウィーランド』
1809		W. アーヴィング『ニューヨークの歴史』
1812	米英戦争（～14）。アメリカ軍のカナダ遠征不成功	
1813	フレンチタウンの戦い。エリー湖の戦い	
1814	アメリカ軍のカナダ再遠征。ガン条約の締結（米英間の条約）	
1817		W. ブライアント『死観』
1818	セミノール戦争（A. ジャクソンのフロリダ侵入）	J. オースティン『説得』
1819		W. アーヴィング『スケッチ・ブック』（-20）
1821		J. F. クーパー『スパイ』
1823	モンロー・ドクトリンの宣言	J. F. クーパー『水先案内人』
1826		J. F. クーパー『モヒカン族の最後の者』
1827		J. F. クーパー『大草原』
1832		J. P. ケネディ『ツバメの納屋』
1835		W. G. シムズ『ヤマシー族』
1836		R. W. エマーソン『自然』
1838		J. F. クーパー『アメリカの民主主義』
1840	アヘン戦争（～42）	J. F. クーパー『道を拓く者』
1846	メキシコ戦争（～48）	H. メルヴィル『タイピー』
1847	合衆国がニューメキシコ、アリゾナ、カリフォルニアを獲得	H. W. ロングフェロウ『エヴァンジェリン』
1848	カリフォルニアで金鉱発見さる	J. R. ローウェル『ビグロー書簡集』
1850		N. ホーソン『緋文字』。ポー「詩の原理」

年号	出来事	作品
1851		H. メルヴィル『白鯨』
1852		H. B. ストウ『アンクル・トムの小屋』
1853	ペリー提督、「黒船」を率いて浦賀に来航	
1854	カンザス・ネブラスカ法の成立。日米和親条約（神奈川条約）の締結	H. D. ソロー『ウォールデン、森の生活』
1855		W. ホイットマン『草の葉』
1857	ドレッド・スコット判決	
1859	ジョン・ブラウン、ハーパーズ・フェリーの南軍武器庫を襲撃	
1860	A. リンカーン、合衆国大統領に当選	
1861	南北戦争勃発（〜65）。南軍、サムター要塞を攻撃。第一次ブル・ランの戦い	
1862	シャイローの激戦。モニター号とメリマック号の鋼鉄艦同士の海戦。北軍、ニューオーリンズを占領。第二次ブル・ランの戦い（南軍、ヴァージニアを制圧）。アンティータムの戦い（リー将軍の北部進入阻止さる）。ホームステッド法成立（自営農地法）	
1863	奴隷解放宣言。ヴィックスバーグの包囲。ゲティスバーグの戦いとリンカーンの演説	
1864	アトランタの陥落。リンカーン大統領再選	
1865	リー将軍、ヴァージニア州のアポマトックスでグラント将軍に降伏（南軍敗北）。リンカーン大統領の暗殺	
1866		J. G. ホイッティアー『雪ごもり』

年号	出来事	作品
1868	明治維新成る	L. M. オールコット『若草物語』(『四姉妹』、[〜69])
1873		M. トウェイン、C. D. ウォーナー合作『鍍金時代』
1876	リトル・ビッグホーンの戦い（カスター将軍以下264名全滅）	M. トウェイン『トム・ソーヤーの冒険』
1879		H. ジェイムズ『デイジー・ミラー』
1881		W. C. フォークナー『メンフィスの白バラ』
1884		M. トウェイン『ハックルベリー・フィンの冒険』
1885		W. D. ハウエルズ『サイラス・ラファムの出世』
1890	ウーンデッド・ニーの虐殺。フロンティアの消滅宣言	
1891		H. ガーランド『幹線道路』
1892		A. ビアス『命半ばに』
1893		S. クレイン『街の女、マギー』
1894	日清戦争（〜95）	
1895		S. クレイン『赤色武勲章』
1898	米西戦争	
1899	ジョン・ヘイ国務長官の中国における門戸開放政策	F. ノリス『マクティーグ』
1900		T. ドライサー『シスター・キャリー』
1902	日英同盟成立	
1903		J. ロンドン『野生の呼び声』
1904	日露戦争（〜05）	
1905	旅順開城。日本海海戦。ポーツマス条約の締結	

年号	出来事	作品
1906		O. ヘンリー『四百万』。U. シンクレア『ジャングル』
1911		E. ウォートン『イーサン・フロム』
1914	サラエボ事件。第一次世界大戦勃発(〜18)。タンネンベルグの戦。マルヌ会戦。西部戦線の膠着	
1915	イギリスの豪華客船ルシタニア号、ドイツのUボートに撃沈さる	
1916	ドイツ軍のヴェルダン攻撃。ソンム海戦。ユトランド沖海戦	A. バルビュス『砲火』。J. リード『前線にて』
1917	ドイツ、無制限潜水艦作戦宣言。ロシア革命。合衆国、ドイツに宣戦布告	
1918	連合国、ドイツと休戦条約(第一次世界大戦終結)。日本のシベリア出兵	H. アダムズ『ヘンリー・アダムズの教育』。E. ウォートン『マルヌの戦場』
1919	パリ講和会議。ヴェルサイユ条約調印	S. アンダーソン『ワインズバーグ・オハイオ』
1920	国際連盟成立。サッコウ・ヴァンゼッティ事件起こる	S. ルイス『本町通り』。F. S. フィッツジェラルド『楽園のこちら側』。E. パウンド『ヒュー・セルウィン・モーバリー』。J. ドス・パソス『ある男の入門—1917年』
1921	ワシントン軍縮会議	J. ドス・パソス『三人の兵士』
1922		E. E. カミングズ『巨大な部屋』。T. S. エリオット『荒地』
1923		E. ウォートン『戦場の息子』
1924		M. トウェイン『自伝』
1925		T. ドライサー『アメリカの悲劇』。F. S. フィッツジェラルド『偉大なギャッツビー』。ヘミングウェイ『われらの時代に』。V. ウルフ『ダロウェイ夫人』

年号	出来事	作品
1926		E. ヘミングウェイ『日はまた昇る』。W. フォークナー『兵士の報酬』
1929	ウォール街で株式大暴落。世界大恐慌の勃発	レマルク『西部戦線異状なし』。W. フォークナー『サートリス』。ヘミングウェイ『武器よさらば』
1930	ロンドン軍縮会議	M. ゴールド『金のないユダヤ人』
1931	満州事変勃発	
1932	満州国樹立	
1933	日本の国際連盟脱退	
1934		H. ジェイムズ『小説の技巧』。M. カウリー『亡命者の帰還』
1936	スペイン内乱（〜39）。日独防共協定成立	E. オニール、ノーベル文学賞受賞。W. フォークナー『アブサロム、アブサロム！』。M. ミッチェル『風とともに去りぬ』。R. キャパ『崩れ落ちる兵士』
1937	日独伊三国同盟の結成	P. ピカソ『ゲルニカ』。A. マルロー『希望』。J. イヴェンス監督『スペインの大地』（映画）
1938	ミュンヘン会談	ヘミングウェイ『第五列とスペイン内戦に関する四つの短編』。J. ドス・パソス『アメリカ合衆国 (U.S.A.)』
1939	ドイツ軍のポーランド侵攻。第二次世界大戦勃発（〜45）	J. スタインベック『怒りのぶどう』
1940		R. ライト『アメリカの息子』。C. マッカラーズ『心は孤独な狩人』。ヘミングウェイ『誰がために鐘は鳴る』
1941	日ソ中立条約締結。独ソ戦開始。ハルノート。日本軍の真珠湾攻撃	E. ウェルティ『緑のカーテン』
1942	シンガポール攻略。ミッドウェイ海戦。米軍のガダルカナル島上陸	

年表

年号	出来事	作品
1943	連合軍のシチリア島上陸。イタリアの無条件降伏。カイロ会談。テヘラン会談	
1944	ノルマンディ上陸作戦。サイパン島陥落。パリ解放。レイテ海戦。米軍の日本本土空襲開始。	S. ベロー『宙ぶらりんの男』
1945	ヤルタ会談。米軍の硫黄島攻略、沖縄上陸作戦。ドイツの無条件降伏。国際連合の成立。広島、長崎に原子爆弾投下。日本の無条件降伏（ポツダム宣言の受諾）。第二次世界大戦の終結。ソ連、満州及び日本領の南樺太、北方領土に侵攻。	
1946		J. ハーシー『ヒロシマ』
1947		T. ウィリアムズ『欲望という名の電車』
1948	ソ連のベルリン封鎖。大韓民国誕生。済州島蜂起事件	N. メイラー『裸者と死者』。I. ショー『若き獅子たち』。T. カポーティ『遠い声、遠い部屋』
1949	中華人民共和国の成立	A. ミラー『セールスマンの死』
1950	マッカーシー旋風、吹き荒れる。朝鮮戦争勃発（～53）。マッカーサーの仁川上陸作戦。ソウル奪還。中国の参戦	W. フォークナー、ノーベル文学賞受賞
1951	サンフランシスコ対日講和条約。締結。日米安全保障条約締結	J. D. サリンジャー『ライ麦畑で捕まえて』。W. フォークナー『尼僧への鎮魂歌』。J. ジョーンズ『地上より永遠に』。N. メイラー『バーバリの岸辺』
1952	李承晩ラインの宣言（海洋主権）	フラナリー・オコナー『賢者の血』
1953	朝鮮戦争の休戦協定成立	J. ボールドウィン『山に登りて告げよ』

243

年号	出来事	作品
1954	ベトナムのデンビエンフーの陥落。ジュネーヴ協定	『トコリの橋』(映画)
1955		N. メイラー『鹿の園』。W. フォークナー「日本の印象」
1959	キューバ革命	『勝利なき戦い』(映画)
1960	民族解放戦線(ベトコン)の結成	J. アップダイク『走れ、ウサギ』
1962	キューバ危機	
1963	ワシントン大行進。ケネディ大統領の暗殺	
1964	トンキン湾事件。ベトナム戦争勃発(〜75)	
1965	米軍、北爆開始	
1966		T. カポーティ『冷血』。B. マラマッド『フィクサー』
1968	テト攻勢。ベトナム和平のパリ会談開始	M. ハー『ディスパッチズ』
1969	ホーチミン死去	『マッシュ』(映画)
1970		
1971		
1972	米軍、北爆を再開	
1974	金正日、「10大原則」公布	
1975	サイゴン陥落(ベトナム戦争の終結)	
1977	新潟の女子中学生横田めぐみさん、北朝鮮工作員により拉致さる	
1978		T. オブライエン『カチアートを追跡して』
1982		A. ウォーカー『カラー・パープル』
1985		B. A. メイソン『イン・カントリー』
1987		T. モリソン『ビラヴド』

年号	出来事	作品
1990	湾岸戦争（〜91）	
1991		J. トーランド『勝利なき戦い、朝鮮戦争』
2001	航空テロ攻撃によりニューヨークのワールド・トレイド・センタービル崩壊（9.11テロ）。米英、アフガニスタンの対タリバーン作戦開始	
2003	多国籍軍のイラク侵攻	
2006	北朝鮮のミサイル発射実験。北朝鮮、核実験を強行	
2008	アメリカ合衆国のサブプライム・ローン問題に端を発し、世界同時不況へ	
2009	合衆国大統領に史上初のアフリカ系バラク・オバマ氏が就任 オバマ大統領、核廃絶への決意を述べる（プラハ演説）。米ロ核削減交渉。G8サミット、「核兵器のない世界に向けた状況を約束する」首脳声明（伊、ラクイラ・サミット）。国連安全保障理事会で核兵器に反対する決議がなされる。オバマ氏、ノーベル平和賞受賞	
2010	米軍、アフガニスタンへ増派、イラクより撤退開始。中国海軍、太平洋の第二列島線進出をうかがう。沖縄普天間基地移設問題協議。	

あとがき

　アメリカ合衆国は、20世紀の、とくにその後半は、超大国として世界に君臨してきた。中国やインド、ブラジルなど新興大国が世界経済における比重を次第に高めつつある21世紀の今日においてもなお、経済力に加えて圧倒的な軍事力を背景に重きをなしている。

　合衆国の日本との関係も、19世紀半ばのペリー提督の浦賀来航以来、第二次大戦のような大波乱の時期も含めて紆余曲折を経ながらも、お互いに一層密接なものとなっている。願わくば軍事というよりも、さらなる平和志向の交友関係を深めてゆきたいものである。

　こうした合衆国の植民地建設や独立、建国以来の歴史は、既に見てきたように一面では、よきにつけあしきにつけ戦争絡みのことも多かった。インディアン征服戦争から、独立闘争、領土拡大、内乱、西漸、対外進出、二度の世界大戦など、さらには反共戦争や対テロ戦争など、そしてその間の小規模な戦いなどとの絡みである。

　アメリカ文学は、同文学史初期の記録類中心の時代も含めて、いろいろな戦いを題材にすることも多かった。こうしてアメリカの文人たちは、彼らと同時代の、或いは過去の戦争を各自なりにさまざまな角度から生き生きと描き、後世の人々に貴重な記録を残してくれた。それは事実の記録に加えて、生々しい人間たちの記録ともなっている。

　戦争が文人を生み、文人が戦争をよみがえらせる。そして戦争の勇壮さとともに、悲惨さや不条理さがあらわになる。戦争に彩（いろど）られたアメリカ史では、その若さや強気のゆえに行き過ぎる事例も折々見られはしたが、全うされた理想とともにそうした歪みをもアメリカ文人たちが記録し、未来への教訓として残してくれているとするならば、幸いである。筆者たちのそのような願いも本書に込められていればと思う。読者の叱正を請う。

2010年1月10日
執筆者一同

索引

人物 248
作品 252
登場人物 256
事項 257

注：索引に記載された用語の英語表記は、本文中で（　　　）で表記しております。
例：クリストファー・コロンブス（Christopher Columbus, 1451-1506）

人物

ア

アーヴィング、ワシントン 53, 55, 65, 67, 77
アイゼンハワー 191
アインシュタイン 161
芥川龍之介 85
アダムズ、ヘンリー 93
アップダイク、ジョン 162
アドルノ 142
有島武郎 84
アルトマン、ロバート 198
アレン、リチャード 75
アンカス 23, 33, 38, 41
アンダーヒル、ジョン
................16, 21, 24 - 26, 28, 33 - 37, 40
アンダスン、シャーウッド
....95, 123

イ

イヴェンス、ヨリス 131

ウ

ウィリアムズ、テネシー 162
ウィリアムズ、ロジャー
....16, 23, 30, 35
ウィルソン、エドマンド 128
ウィルソン大統領、ウッドロー 120
ヴィルヘルム2世 120
ウィンスロップ（副総督）、ジョン
.... 8, 15, 16, 22, 23, 25, 28, 29, 31, 34, 40
ウィンスロップ2世、ジョン
.... 24, 25, 28, 31
ヴィンセント、フィリップ 24, 26, 38
ウエスト、ナサニエル 161
ウェブ将軍 61
ウェルティ、ユードラ 162
ウォーカー、アリス 162
ウォーク、ハーマン 160, 161
ウォートン、イーディス 93, 129
ウォーレン、ロバート・ペン 130
ウルフ、トマス 165
ウルフ、ヴァージニア 138
ウルフ将軍 11, 12

エ

エドワーズ、ジョナサン 18

エマーソン、ラルフ・ウォルドー（R.W.）
.... 54, 80, 81, 83
エリオット、T．S． 95, 124
エリザベス1世 8
エリソン、ラルフ 162
エンディコット、ジョン 8, 29, 33

オ

オースティン、ジェイン 53
オールコット、ブロンソン 81
オールコット、ルイザ・メイ 84
オコナー、フラナリー 162
オバマ大統領、バラク 222
オハラ、ジョン 162
オブライエン、ティム
.....................................161, 211, 218 - 220
オルダム、ジョン 28, 29
オルテガ 141, 142

カ

ガーデナー、ライオン
......................................24, 25, 28, 29, 31, 33
ガーランド、ハムリン 85, 94
カウリー、マルカム 125, 127, 132
カスター将軍 70
カポーティ、トルーマン 162
カミングズ、E. E. 125, 126
ガンジー、マハトマ 81
カント 80

キ

ギッシング、ジョージ 94
金大中 186
キャザー、ウィラ 95
キャパ、ロバート 131
ギンズバーグ、アレン 133
金正日 185, 186, 193
金日成 .... 185 - 189

ク

クーパー、ジェイムズ・フェニモア（J.F.）
..................53 - 55, 57 - 61, 63 - 65, 78
グラスゴウ、エレン 95
グラント将軍、ユリシーズ .... 72 - 74
クレイン・スティーヴン 85, 86, 94
クレメンス、サミュエル・ラングホーン
（→トウェイン、マーク）

248

人物

クロケット、デヴィッド 90
クロスビー（神父）、フィリップ
.... 216, 217

ケ
ゲイブル、クラーク 87
ケネディ、ジョン・F. 191
ケネディ、ジョン・ペンドルトン 81
ゲルホーン、マーサ 132

コ
コヴィントン、ジャック 82
ゴージス卿、フェルディナンド ..... 8、29
ゴ・ディン・ジェム 191
コールドウェル、アースキン 130
コーンウォリス将軍 51
コットン、ジョン 15, 16, 17
コロンブス、クリストファー 7
コンラッド、ジョゼフ 86

サ
サーモンド、リチャード 82
サスーン、ジークフリード 140
サソーカス 23, 35, 37, 38
サリンジャー、J. D. 162
サルトル、ジャン＝ポール 131

シ
ジェイムズ、ウィリアム 92
ジェイムズ、ヘンリー 86, 91, 93, 95
ジェイムズ1世 15
ジェファソン、トマス 18, 50
シェリダン将軍 72
シムズ、ウィリアム・ギルモア 81
シャーマン将軍 74, 88, 106
ジャクソン、アンドリュー 52, 69
ジャクソン、ストーンウォール
（→ジャクソン准将、トマス）
ジャクソン准将、トマス 71, 72
ジューエット、サーラ・オーン ... 90, 95
ジョイス、ジェイムズ 92
ショウ、アーウィン 160, 161
蒋介石 156
ジョージ3世 51, 66
ショー大佐、ロバート・グールド ... 87
ジョーンズ、ジェイムズ 159

ジョンストン将軍、アルバート・シドニー
.... 72, 105
ジョンストン将軍、ジョゼフ 71
シン、ビル .... 193 − 195
シンガー、I. B. 162
シンクレア、アプトン 95, 144

ス
スコット、ウォルター 78
スターリン 121
スターン、ローレンス 104
スタイロン、ウィリアム 162
スタイン、ガートルード 95, 127
スタインベック、ジョン 123, 130
スタンディッシュ、マイルズ 33
ストウ夫人、ハリエット・ビーチャー
.... 75, 82, 83, 90, 91, 95
ストウ、マデリーン 59
ストートン、イスラエル 33, 38, 40
ストーン、ジョン .... 26 − 28
ストーン、サミュエル 21, 33, 39
ストーン、フィル 108, 109
ストーン夫人、メアリー・W. 108
スピラー、R. E. 79, 93
スペンサー、ハーバート 94

セ
ゼラーズ師、ラリー 215, 216

ソ
ソテロ、ホセ・カルボ 122
ゾラ、エミール 94
ソロー、ヘンリー・デヴィッド ... 80, 81

タ
ダ・ガマ、ヴァスコ 7
ダーウィン、チャールズ 94
ダイジャ、トマス 73, 88
高木八尺 76
ダグラス、フレデリック 75
ダリゴ大尉、ジョゼフ 215, 216

チ
チェスナット、メアリー 89
チェンバレン大佐 73

テ
デイ・ルイス、ダニエル 59

デイヴィス、ジェファソン 71
ディキンソン、エミリー 79

ト

ド・シャンプラン、サミュエル 8
トウェイン、マーク .... 77, 90 - 92
トーランド、ジョン .... 195, 214 - 216
ドス・パソス、ジョン ....
　　123, 125, 126, 128, 132, 137, 143 - 146,
　　　　　　　　　149, 150, 159, 165, 166
ドストエフスキー 92
ドライサー、セオドール 86, 95, 144
トルーマン 189

ナ

夏目漱石 84

ニ

ニュートン 17

ネ

ネルソン教授、レイモンド 101, 112

ノ

盧武鉉 186
ノリス、フランク 94

ハ

ハー、マイケル .... 203 - 205, 209
パーカー、セオドール 81
パーカー、ドロシー 132
ハーストン、ゾラ・ニール 130, 131
ハーディ、トマス 94
ハート、ブレット 90
ハーマン、ジュディス・L 210
バーンサイド将軍、アンブローズ 72
バーンズ、ロバート 79
ハウ、ジュリア・ウォード 89
ハウエルズ、ウィリアム・ディーン(W.D.)
　　... 85, 91, 92
パウンド、エズラ 95, 124
ハチンソン、アン 16
パトリック隊長 37, 38, 40
バニヤン、ポール 90
ハリス、ジョエル・チャンドラー 89
バルビュス、アンリ 124

ヒ

ビアス、アンブローズ 84, 85, 123

ピーボディ、ソフィア 81
ピカソ、パブロ 131
ピケット少将、ジョージ 74
ピット、チャタム伯ウィリアム(大ピット)
　　... 49
ヒトラー 121, 153, 154
ヒューズ、ラングストン 130, 132
ヒリヤー、ロバート 125

フ

ファレル、ジェイムズ・T 131, 166
フィッツジェラルド、F．スコット ....
　　............................ 112, 127 - 129, 165
フィリップ(王) 9, 41
ブーザー、ウィリアム 109
ブース、ジョン・ウィルクス 75
フェルディナント大公、フランツ 119
フォークナー、ウィリアム ....
　　77, 82, 88, 100 - 104, 106, 108 - 110,
　　　　　　112, 114, 123, 127, 128, 162, 165
フォークナー大佐、ウィリアム・クラーク
　　.. 82, 108
溥儀 156
フッカー、トマス 10, 21, 34, 40
フット、シェルビー 70
フラー、マーガレット 81
ブライアント、ウィリアム・カレン 78
ブラウン、ウィリアム・スレイター ....
　　... 126
ブラウン、ジョン 75
ブラウン、チャールズ・ブロックデン .....
　　... 53
ブラッケンリッジ 54
ブラッドフォード、ウィリアム 15, 48
フランクリン、ベンジャミン 17, 52
フランコ将軍、フランシスコ 122
プルースト 92
ブルーニング、ジョン 202
フルシチョフ 191
ブルックス教授、クリアンス 112
フレノー、フィリップ 54
フローベル 92, 147

250

人物

ヘ
ヘイ、ジョン..70, 90
ペイン、トマス...............................18, 52, 54
ペック、グレゴリー.................................197
ヘッジ..80
ヘミングウェイ、アーネスト ....
　　123, 125, 128, 132, 139, 146, 149, 150,
　　　　　　　　159, 165 - 167, 174
ペリー、マシュー......................................69
ベロー、ソール..162
ベンヤミン..142
ヘンリー、O（オー）.....................84, 123
ヘンリー8世..14

ホ
ホイッティアー、ジョン・グリーンリーフ
　..79
ホイットフィールド、ジョージ................18
ホイットマン、ウォルト...........................75,
　　　　　　　　79, 81, 83, 84, 88
ポー、エドガー・アラン.....................77, 84
ホー・チ・ミン.......................................192
ホーソン、ナサニエル................78, 81, 93
ホームズ、オリヴァー・ウェンデル
　..79, 80
ホールデン、ウィリアム.........................195
ボールドウィン、ジェイムズ.........133, 162
朴正熙..185
ホッブズ、トマス......................................54
ボナパルト、ナポレオン...........................51

マ
マクドーウェル将軍、アーウィン............71
マクレラン将軍..72
マザー、インクリース..............................16
マザー、コットン......................................17
マゼラン、フェルディナンド.....................7
マッカーサー、ダグラス...........189, 190, 215
マッカラーズ、カーソン.........................162
マディスン、ジェイムズ...........................51
マラマッド、バーナード........................162
マルケス、ガルシア................................220
マルロー、アンドレ................................131
マン、マイケル..59

ミ
ミアントノモ...........................23, 30, 35, 38, 41
ミード将軍、ジョージ..............................73
ミッチェル、マーガレット.............86, 161
ミッチャム、ロバート............................201
ミラー、アーサー....................................162

ム
ムッソリーニ............................121, 153, 155

メ
メイソン、ジョン..
　　　　21, 23, 24, 26 - 28, 31, 33 - 40
メイソン、ボビー・アン.........................206
メイラー、ノーマン.........................159 - 162,
　　　　　　　　　165 - 174
メタコム（→フィリップ王）
メルヴィル、ハーマン...................22, 78, 173

モ
毛沢東..190
モリソン、トニー....................................162
モンカルム侯爵.............................11, 12, 61, 62
モンロー大統領..69

ヤ
山西英一......166, 168 - 170, 172, 175, 178

ラ
ラーセン、ネラ..130
ラードナー Jr.、リング.........199, 200
ライト、リチャード.......................131, 162

リ
リー、ヴィヴィアン...................................87
リー将軍、ロバート・エドワード
　...72 - 74, 105
リード、ジョン..128
リヴァーズ、W．H．R．........................140
リヴィア、ポール......................................50
李承晩..187, 188
リオタール、ジャン＝フランソワ
　..142, 143
リップレー、ジョージ..............................81
リンカーン大統領、アブラハム...............
　　　　71 - 76, 84, 89, 92, 104, 224

ル
ルイス、シンクレア.................95, 123, 144

ルーズヴェルト、フランクリン・D.
.... 121
ルーズヴェルト大統領、セオドール 70

レ

レノン、ジョン 207
レマルク、エーリッヒ・マリア 124

ロ

ローウェル、ジェイムズ・ラッセル 79
ローランドソン夫人、メアリー
.... 9, 41, 42

ローリー卿、ウォルター 8
ロック、ジョン 12, 17, 18, 54
ロビンソン教授、フレッド・C 95, 112
ロングフェロー、ヘンリー・ウォッズワース
.... 78, 79
ロンドン、ジャック 94

ワ

ワーズワース 78
ワシントン大統領（将軍）、ジョージ
.... 11, 48, 50, 51, 66, 83

作品

ア

『愛国者』.. 55
『アウルクリーク橋の出来事』............... 85
『赤色武勲章』................................... 85, 86
『悪魔の辞典』.. 85
『アッシャー家の崩壊』........................... 77
『アトランティック・マンスリー』..79, 92
『アブサロム、アブサロム！』
.... 100 − 102, 108 − 110, 112, 114
『アメリカ』（東大出版会）................... 76
『アメリカ合衆国』............................... 144
『アメリカからのニュース』
.... 16, 21, 24, 25,
『アメリカにおけるキリストの大いなる御業』
.... 17
『アメリカの学者』................................. 80
『アメリカの高まる栄光』...................... 54
『アメリカの悲劇』................................. 95
『アメリカの民主主義者』...................... 58
『アメリカの息子』............................... 131
『ある男――1917 年』........................ 144
『ある婦人の肖像』................................. 92
『ある勇壮な突撃』................................. 88
『荒地』.. 124
『アンクル・トムの小屋』................. 75, 83
『「アンクル・トムの小屋」を読む』.... 83

イ

『イーサン・フロム』............................. 93
「怒れる神の手の中の罪人たち」.......... 18
『命半ばに（兵士と市民の物語）』
.... 84, 123
『イン・カントリー』..................... 206, 207
「インディアンの墓地」......................... 54

ウ

『ウィーランド』..................................... 53
『ウォールデン、森の生活』.................. 80
『栄光』... 74, 87

エ

『エヴァンジェリン』............................. 78
『エッセイ、演説、書簡』................... 101

オ

『オヴァーランド・マンスリー』........... 90
『王国のための試合』....................... 73, 88
『王子と乞食』.. 91
「大鴉」.. 78
『オールドタウンの人々』...................... 83
『オムー』... 78

カ

『開拓者』... 59, 63
「開拓者よ！おう、開拓者よ！」.......... 84
『風と共に去りぬ』.......................... 87, 161
『カチアートを追跡して』
.... 161, 211, 218 − 220

作品

『合衆国史』..................................93
「壁」..131
『幹線道路』..................................94

キ

『希望』..131
「キャラヴェラス郡の有名な跳び蛙」.....90
『巨大な部屋』..............................126

ク

「空中の騎士」................................85
『寓話』......................................128
『草の葉』.....................................83
「崩れ落ちる兵士」........................131
『国の慣習』..................................93
『クリムゾンスカイ―朝鮮戦争航空戦』
....202
『黒い騎士、その他』.......................86
「黒猫」..77

ケ

「ゲイシャ・ハウス」.........170, 171, 173
『ケイン号の叛乱』........................160
「ゲティスバーグ演説」..............74, 89
「ゲルニカ」..................................131

コ

『この月桂樹をかぶせよ』................88
「この世でいちばん素晴らしいもの」
....165
『小麦の叙事詩』............................94
『コモン・センス』......................52, 54
「コンコード賛歌」...........................54

サ

『サートリス』................................101
『最近ニューイングランドで戦われた戦
　争の本当の物語』.........................24
『サイラス・ラファムの出世』............92
「サナトプシス（死観）」...................78
『38度線』.......................197, 198, 214
「38度線はいつ開く」.............193, 195
『三人の兵士』..........126, 144, 145, 148

シ

『鹿殺し』...........................58, 59, 65
『鹿の園』....................................161
『自叙伝』................................52, 53
『シスター・キャリー』.....................95

『自然』..80
『自伝』..91
『市民としての反抗』.......................80
『ジャングル』................................95
『純粋理性批判』............................80
『小説の技巧』................................93
『勝利なき戦い』...........................197
『勝利なき戦い、朝鮮戦争』....214, 215
『ジョージ・ワシントン伝』................55
『白い牙』.....................................94
『神学院演説』................................80
「信仰告白録」................................18
『シン・レッド・ライン』..................160

ス

『スケッチ・ブック』.............53, 65, 77
『スタッズ・ロニガン』...................131
『スパイ』...............................53, 54
『スペインの大地』........................132
『スペインのヒロイン』.....................82
『スリーピー・ホロウの伝説』......53, 77

セ

『聖アントワーヌの誘惑』..............147
『征服されざるもの』...............101, 102
『西部戦線異状なし』....................124
『世界を揺るがした十日間』..........128
『説得』..53
『戦場の息子』..............................129
「前線にて」..................................128

ソ

『ソ連軍政下の北韓―ひとつの証言』
....187

タ

『ダイアル』.............................80, 81
「退却」..102
『第五列とスペイン内戦に関する
　四つの短編』..............................132
『大使たち』..................................92
「大衆の反逆」..............................141
『大草原』.....................................59
『タイピー』..................................78
『誰がために鐘は鳴る』........132, 146
『ダロウェイ夫人』........................138

チ
『地上より永遠に』............................. 159
『朝食卓』... 79

ツ
『追撃機』... 201
「月に照らされた道」......................... 85
『ツバメの納屋』................................ 81

テ
『デイジー・ミラー』......................... 92
『ディスパッチズ』............ 203, 205, 210
「天国を目当ての計算」..................... 166

ト
『鍍金時代』.. 91
「独立宣言」........................... 14, 50, 51
『トコリの橋』............................ 195, 196
『トム・ソーヤーの冒険』................. 91
『トリストラム・シャンディ』......... 104
「奴隷解放宣言」........................ 71, 111

ナ
『ナショナル・イアラ』..................... 83
『七つの破風の家』............................. 78

ニ
『尼僧への鎮魂歌』............ 101, 113, 114
『日記』(*The Journal of John Winthrop 1630-1649*)................ 15, 22, 28
「日本の若者たちへ」......................... 109
『ニュー・リパブリック』................. 128
『ニューイングランドの植民に関するウィンスロップの結論』................. 16
『ニューヨーカー』............................. 128
『ニューヨーク・イヴニング・ポスト』
.... 78
『ニューヨーク・タイムズ』.......... 144, 210
『ニューヨーク・ワールド』............. 144
『ニューヨークの歴史』..................... 53
『人間とは何か』................................ 91
『人間の権利』.................................... 54

ネ
『ネイション』.................................... 144
『ねじの回転』.................................... 92

ノ
「ノーベル文学賞受賞演説」............. 114

ハ
『バーバリの岸辺』............................. 161
『墓場への侵入者』............................. 101
『白球の王国』(→『王国のための試合』)
『白鯨』....................... 22, 78, 173, 174, 181
『ハックルベリー・フィンの冒険』.. 91
『鳩の翼』.. 92
『埋生の宿』.. 73
『パルチザン』.................................... 81

ヒ
『ヒアワサの歌』................................ 78
『ピーコット戦争の短い歴史』... 23, 24, 26
『ピーコット戦争の物語』................. 25
『ピーコット戦争の物語、再考』.. 26, 39
『ビグロー書簡集』............................. 80
『美の理論』.. 142
『日はまた昇る』................................ 139
『響きと怒り』.................................... 108
『緋文字』.. 78
『百年の孤独』.................................... 220
「ヒュー・セルウィン・モーバリー」
.... 124
『ビリー・バッド』............................. 78

フ
『フォークナー・ニューズレター』.. 109
『不可視の世界の驚異』..................... 17
『武器よさらば』............ 125, 146, 149
「複製技術時代の芸術作品」............. 142
『フュージティヴ』............................. 130
『ブライスデイル・ロマンス』......... 81
『プリマス植民地』............................. 15
「ブロードウェイの行列」................. 84

ヘ
「兵士たちの言葉」..................... 171, 173
『兵士の報酬』.................................... 128
『ヘンリー・アダムズの教育』......... 93

ホ
『砲火』.. 124
『亡命者の帰還』................................ 127
『ホーソン論』.................................... 93
「ホーム・スウィート・ホーム」..... 72
『ぼく自身のための広告』...... 165, 166, 170

作品

『ぼくらはなぜベトナムにいるか』.......160
マ
『マクティーグ』.....................................94
『街の女、マギー』................................85
『M★A★S★H』..............198, 201, 206
『マッセズ』..128
『マルヌの戦場』................................129
『マンハッタン乗換駅』.....................144
ミ
『水先案内人』......................................54
『道を拓く者』...............................54, 59
ム
『無垢の時代』......................................94
「村の鍛冶屋」......................................78
メ
『メアリー・ローランドソン夫人の捕囚と奪回の物語』.................................10
『メンフィスの白バラ』.......................82
モ
『モヒカン族の最後』....53, 58 − 62, 64, 65
「モン・サン・ミシェルとシャルトル」
....93
『モンテレーの包囲』..........................82
ヤ
『野生の呼び声』..................................94
「矢と歌」..78
「藪の中」..85
『ヤマスィー族』..................................81
ヨ
『四百万』...123
ラ
『ライオン・ガーデナーのピーコット戦争の物語』..24

「ライラックの花が前庭に咲いた時」
....75, 84
『楽園のこちら側』............................127
『裸者と死者』
.............159, 161, 166, 169, 172 − 175, 178, 181, 182
『ラスト・オブ・モヒカン』...............59
『騾馬とひと』...................................131
リ
『理性の時代』...............................18, 54
「リップ・ヴァン・ウィンクル」
................................53, 55, 65 − 67, 77
『リップレー・アドヴァタイザー』..........82
『リトル・ソルジャー——戦場の天使たち』
....198
「リトル・ペイジ家物語」...................57
『リパブリック賛歌』....................75, 89
『リベレイター』................................128
レ
「レザーストッキング・テイルズ」
....57 − 59, 63, 65
ロ
『老人と海』..174
「ローズおばさんへ」........................133
『ローリング・キャンプの赤ん坊、その他』
....90
『ロバート・グールド・ショーの手紙』
....88
ワ
『ワインズバーグ・オハイオ』....95, 123
『若き獅子たち』................................160
『若草物語（四姉妹）』.......................84
『我らの時代に』................................125

255

登場人物

ア
アッシュレイ、ブレット 139
アボット中尉、カール 201, 202
アリス 60, 61
アンカス（モヒカン族）.... 59, 60, 62 – 64
アンダスン（軍曹）............................ 146, 147
アンドリューズ、ジョン .... 147 – 149

イ
イヴォンヌ 146
イケモテュッペ 113
イシマル、S. 169

ウ
ウィルソン（『裸者と死者』）........................
.... 175, 177 – 179, 181, 182
ウォッシュ（・ジョーンズ）................... 111
浦島太郎 65
ウルフ（愛犬）... 65

エ
エイハブ船長 181
エメット .... 206 – 208, 222
エレン 107

オ
大熊蜂（熊ん蜂）(蜂)...... 159, 180, 181, 183
オハラ、スカーレット 87

カ
カーター 171
カチアート .... 218 – 220
カミングズ将軍 159

キ
キム 198
キャサリン 146

ク
クィーグ 160
クェンティン（・コンプソン）... 103, 104, 107, 108, 110, 112
クライティ 111
クリス 201, 202
クリスフィールド、ジョー .... 146 – 149
クレモンズ中尉 197
クロフト軍曹 .... 159, 174, 179 – 183

ケ
KP 171

コ
コーラ 59-64
ゴールドスタイン 178
コールドフィールド氏 105, 107
コリンズ、ケビン 198
コンプソン氏 103, 104, 107
コンプソン将軍 103, 105, 107

サ
サートリス大佐、ジョン ....
.... 104, 105, 108, 113
サートリス、ベイヤード 101
サイア 198
サイラス 92
サトペン大佐、トマス ....
.... 100, 101, 104 – 107, 110, 111
サビル少佐、クリーブ 201, 202
サム .... 206 – 208
サンチャゴ 174

シ
ジャンヌ 148
ジューディス 111
ジュヌヴィエーヴ 148, 149
シュリーヴ（・マッキャノン）...................
.... 103, 104, 106, 107
ジョン（→チンガチグック）
ジョンソン、マギー 85

ス
スタンレー 177, 178
スミス、セプティマス 138

タ
ダルスン少佐 159

チ
チンガチグック 59, 60, 63, 64

ト
トム 91

ナ
ナッティー（・バンポー）（ホークアイ）
.... 57 – 59, 63
ナンシー 196

ハ
バーリン、ポール .... 218 – 220
ハーン少尉（小隊長）..................................
.... 159, 174, 176, 178, 179, 181 – 183

登場人物・事項

バーンズ、ジェイク............................139
ハック..91
パッシーニ..126

フ

フューゼリ、ダン.................145 - 149
ブラウン（『裸者と死者』）.........177, 178
ブルー...159
ブルベイカー海軍中尉、ハリー......196
ブレイン、エイモリー......................127
フレデリック.......................125, 126, 146
フレミング、ヘンリー........................86

ヘ

ヘイワード少佐、ダンカン..........59 - 62
ヘンリー（・サトペン）.........105, 107, 111

ホ

ホークアイ（→ナッティー）
ボン、チャールズ...................105, 107, 111
ボンド、ジム...................................111

マ

マーチ、ヘンリー..............................65
マーマデューク..................................59
マグワ...................................60, 62, 63
マジオ..160

マッキャスリン................................102
マリア...146
マンロウ大佐..............................60, 61

ミ

ミリー...111

メ

メグ（・マーチ）...............................84

モ

モビィ・ディック......................174, 181

リ

リッジズ..178
リップ（・ヴァン・ウィンクル）
....65 - 67

レ

レッド..183

ロ

ローザ（・コールドフィールド）
.....................................103 - 105, 107
ロス...179, 182
ロバート（・ジョーダン）.........132, 146

ワ

ワカラ（日系少尉）........................169

事項

ア

アウグスブルク同盟戦争....................11
アウシュビッツ.........................155, 221
赤狩り..161
アトランタ........................74, 87, 106, 108
アナカ山..........................159, 177, 181, 182
アノポペイ（島）...............159, 175, 182
アパラチア山脈..................................71
アフガニスタン........................137, 222
アポマトックス..................................74
アポリア...143
アメリカ合衆国（連邦）
...............14, 51, 69, 71, 76, 88, 109, 120, 123
「アメリカ小説の父」..........................58
アメリカ（独立）革命.................12, 17

アメリカ独立戦争
.......................14, 50 - 52, 54, 55, 66, 69, 80
「アメリカのスコット」........................58
「アメリカの知的独立宣言」................80
アメリカ・ロマン主義........................78
アメリカ・ロマン派...........................53
アメリカ共産主義労働者党..............129
アメリカ太平洋艦隊.........................156
アメリカ野球学会（SABR）..............88
アメリカン・ドリーム...............110, 111
アメリカン・ヒーロー........................64
アメリカン・ルネッサンス...........77, 80
アラモ..69
アルゴンキン連合................................9
アン女王戦争......................................11

257

アンティータム川..................................72
アンティータムの戦い.........................72

イ

イェール大学..........26, 57, 83, 108, 112, 214
硫黄島..157
イギリス国教会...................................8, 14
イギリス上陸作戦...............................154
イギリス領植民地.........................9, 39, 41
意識の流れ..................................102, 104
板付..189
遺伝..94
犬吠埼..169
イラク（戦争）..................137, 207, 222
印紙法..14, 49
インディアン連盟.................................30

ウ

ヴァージニア
........8, 13, 48, 72, 74, 77, 81, 102, 104, 113
ヴァージニア大学...............................101
ヴィクトリア朝（風）..................83, 129
ヴィックスバーグ（の戦い）
....................72 - 74, 87, 105, 108, 113
ウィリアム・ヘンリー砦...............60 - 62
ウィリアム・ヘンリー砦虐殺事件........54
ウィリアム王戦争..................................11
ウィルダネスの戦い...............................74
ウェザーズフィールド.......................31, 32
ウェスト・ニアンティック族................27
ウォール街...121
ウォールデン池....................................80
ウォリック・パテント...........................21
月尾島（ウォルミド）.......................193
烏山（ウサン）..................................189
「失われた世代」（ロスト・ジェネレーション）
....95, 127, 143, 165
「海への進軍」....................................74
運命的決定論..94

エ

英国空軍訓練隊..................................128
ABCD包囲陣....................................155
英仏協商..118
英露協商..118

エドワード砦.......................................61
エリー湖...51
「エレミアの嘆き」..............................16
援蔣ルート...156
厭世主義...91

オ

鴨緑江..190
「大きな物語」.............................143, 150
「お上品な伝統」..........................79, 129
オーストリア＝ハンガリー帝国.........119
オーストリア王位継承戦争..................11
オルバニー連合案................................13
丘の上の町......................................8, 15
沖縄（戦）.........................109, 157, 220
オスマン帝国......................................118
オックスフォード...............100, 112, 114
オッツェゴ湖..................................57, 58
オハイオ川..11
オランダ..................10, 27, 28, 31, 197,
オランダ人................................22, 23, 27
「恩恵の契約」......................................15
オンタリオ湖..................................51, 59

カ

カースト制度......................................108
カーペット・バガー......................76, 105
階級問題...94
海軍軍縮条約.....................................156
会衆主義教会（会衆派教会）..............15
回心体験告白.......................15, 16, 18
海洋小説..173
カイロ..118
ガスマスク...119
カタルーニャ......................................121
ガダルカナル（戦）（島）...........109, 160
カナダ戦線.....................................51, 52
カナリア諸島.....................................122
カナン..16
神との契約...15
カメハメハ王朝...................................70
カルヴィン主義.......................15, 17, 18
漢江の奇跡..185
環境問題...94

カンザス・ネブラスカ法 76
ガン条約 52
関東軍 157

キ

キール軍港 120
議会制民主主義 122
機関銃 74, 119, 126
帰還兵
　　128, 137, 204, 206, 207, 209, 210, 222
機動戦 119
希望の家 28
喜望峰 7
キャッツキル山脈 65
休戦協定 187, 191, 214
休戦条約 120
9.11 テロ 221
キューバ危機 191
共産主義 128, 188, 194, 204
共産党（中国）...........................156
共和国政府 122
機雷 119
近代（的「な」）兵器
　　...............74, 119, 120, 126, 138
近代戦争 74

ク

「空白の土地」............................16
クーパーズタウン 57
クェーカー教徒 79, 83
「グランド・デザイン」............110, 111
クレイグドックハート軍事病院 140
「黒船」..................................69
クロンダイク地方 94
軍事法廷 160
軍隊（という）機構 125, 149, 160
軍隊生活 148, 160, 171

ケ

KKK 76
経験哲学 17, 18
ゲイシャ・ハウス 170
芸術的亡命者（expatriate）..............92
啓蒙主義（啓蒙思想）......12, 17, 48, 54
ケイン号 160

ケーシー賞 88
ケープタウン 118
開城（ケソン）..................190, 215
ゲットー（Getto）........................154
ゲティスバーグ（の戦い）
　　.................73, 74, 87, 106, 210
ケベック（ケベック・シティ）
　　.........................8, 11, 49, 51
ゲルマン民族 153, 155
原子爆弾 157
ケンブリッジ 21, 22, 32
遣米使節 84

コ

航海条例 12
「抗議文学」.............................131
好景気 121, 129
甲鉄艦 74
抗日戦 156
公民権運動 77, 205
ゴールド・ラッシュ 77, 94
講和会議（→パリ講和会議）
国際義勇兵 122
「国際テーマ」............................92
国際連盟 153, 154, 156
黒人奴隷 110
黒人（奴隷）部隊 74, 87
黒人文学 131,162
国民詩人 78, 83, 84
国民党 156
国連軍 189, 190, 193, 216
「心の失調」............................137
ゴシック小説 53
コスモポリタン 92
五大湖 10, 11, 48, 51
国共合作 156
コネチカット（植民地）
　　8-10, 13, 21, 22, 24 − 26, 28, 29,
　　31 − 33, 39 − 41
コネチカット（植民地）軍 24, 33, 39
コネチカット川 9, 10, 22, 27, 31, 33, 38
コネチカット州 9, 23, 83, 91, 221
コミンテルン 121

コリンス	72, 105, 108
コンコード	50, 54, 80, 81
「コンコードの哲人」	80

サ

再建時代	76, 101, 114
最後の落ち	84
サイゴン	191, 192, 221
サイパン（島）	156, 168
サウスカロライナ（州）	71, 87, 89
「サザン・ルネッサンス」	130
砂糖法	14, 49
サトペン農園	105, 111
サムター要塞	71, 104
サラエボ	119
サラトガの戦い	50
産業資本主義	130
塹壕（戦）	119, 125, 195, 206
三国協商	118
三国同盟（→日独伊三国同盟）	
三国同盟（ヨーロッパ）	118
30年代	121, 130
38度線	185, 187, 189
サンフランシスコ	84, 90, 95
残留孤児	157

シ

ジェイムズタウン	48
ジェファソン（ミシシッピー）	100, 102 - 105, 113, 114
ジェファソン連隊	106
シカゴ・ルネッサンス	123
自己信頼	80
時事通信	194
自然主義（文学）	85, 86, 92, 94, 95
自然法則	94
七年戦争（→フレンチ・インディアン戦争）	
視点	93
シャイロー	72, 105
社会主義	122, 188
ジャクソニアン・デモクラシー	58
写実主義	89
ジャズ	129
ジャズ・エイジ	129
ジャングル	174 - 177, 180 - 182, 208
宗教改革	8, 14
13植民地	49
自由詩形	83
重商主義	12, 13
10大原則	185, 186
自由フランス政府	154
首長令	14
ジュネーブ協定（インドシナ休戦協定）	191
手榴弾	120, 147
17度線	191, 192
ジョージア（州）	18, 74, 87, 89, 106, 108
ジョージ王戦争	11
書簡体小説	53
植民地（連合）軍	21, 22, 26, 35 - 38
植民地議会	13, 14
植民地総会議	15
女流作家	53, 83, 95, 162
ジョン・オルダム殺人事件	28
ジョン・ストーン（殺人）事件	26, 28, 29
地雷	119
新型爆弾（原子爆弾）（→原子爆弾）	
シンガポール	156
神権政治	15, 48
人種差別主義	131, 153, 155
人種問題	64, 65, 75
真珠湾攻撃	155, 159, 160, 166
仁川	190, 193, 194
仁川上陸作戦（計画）	190
新大陸	7, 8, 10 - 12, 16, 78
進駐軍	169 - 171
「心的外傷後ストレス障害」（PTSD）	137
深南部	103, 110
人民戦線	122, 131
心理的外傷	139
心理的リアリズム	123
心理描写	85, 86, 93

ス

「スティームとスティールの時代」	76
ズデーテン	154

事項

スペイン王位継承戦争 11
スペイン市民戦争 .... 128, 131 – 133

セ

世紀末 85, 95
精神科傷病兵 .... 138 – 140
「精神崩壊」(mental breakdown)
 .... 138, 139
西漸運動 77
性的不能 139
西部(地方) 11, 13, 51, 77, 90, 123
西部開拓 59, 70
西部戦線(南北戦争) 71, 72
セイブルック(砦)
 .... 24, 25, 28, 29, 31, 33, 34, 35, 37
セイラム 8
セイラムの魔女裁判 17
世界(大)恐慌 153, 156, 222
セミノール戦争 69
セルビア(政府) 119
「全国産業復興法(NIRA)」 121
戦車 119, 207
先住民 16
潜水艦 74, 119
戦争映画 160
戦争小説 137, 160, 166, 167, 172, 173
戦争神経症 140, 141
"戦争の心理学" 85
「戦争文学」 123, 124
セント・ローレンス川 8, 10, 48
戦闘機 119, 207
1812年戦争 69
殲滅収容所 155

ソ

総力戦 119, 123
ソウル 189, 190, 194
俗物主義 89
ソビエト 129, 187
ソ連 .... 153 – 155, 157, 185, 187, 188, 191

タ

第一回大陸会議 14, 50
第二回国際作家会議 132
第7艦隊 191

第一次(世界)大戦 ....
 114, 118, 121, 124, 125, 127 – 129,
 137 – 140, 143, 149, 153, 159, 167
第一次英蘭戦争 10
第一次ブル・ランの戦い 71
第一次マナサスの戦い 82, 113
大覚醒(運動) 18
大韓民国 185, 187, 188
大航海時代 7
第五列 132
大自然 ....
 57, 59, 61, 65, 81, 173, 174, 181, 182
大衆(社会) 141, 142
大西洋戦線(米英戦争) 51, 52
第2回大陸会議 50
第二次(世界)大戦 ....
 114, 121, 122, 154, 157, 159 – 162,
 168, 174, 188, 194, 201, 220
第二次英蘭戦争 10
第二次対英戦争(→ 1812年戦争)
第二次独立戦争 52
第二次百年戦争 49
第二次ブル・ランの戦い 72
第二次マナサスの戦い 102
第二ミシシッピ連隊 82
大農園 70
「代表なき所に課税なし」 14, 49
大不況時代 130
大プランター 70
太平洋戦争 156, 160, 166, 167, 173
大暴落 121, 153
太陽政策 186
大量殺戮 138, 147
タウン 13, 32, 39
タウンゼント諸法 14
「唾棄すべき関税」 70
ダナン(川) 192, 205
タラ 87
タラハッチ川 113
タリータウン 55
短編小説 77, 84, 123, 131, 165

261

チ

済州島（チェジュード）蜂起事件......188
地方主義......89
地方色運動（文学）......89, 95
チャールストン......71
茶税法......14
チャタヌーガ（の戦い）......72, 74
茶法......50
中国人民義勇軍......190
主体（チュチェ）思想......185
超絶主義（者）......80, 81
超絶主義クラブ......80
朝鮮戦争
　　　186 − 189, 191 − 198, 200 − 204,
　　　210, 214, 217, 220, 221
朝鮮民主主義人民共和国......185, 187
勅許状......13, 15

ツ

ツィンメルマン電報......120
通商法......12

テ

ディアフィールド......11
帝国主義......69
偵察活動......175
偵察小隊
　　　159, 174, 175, 177, 180, 182, 183
テキサス併合......69
敵性文化......168
テト攻勢......192
「テネシー峡谷開発公社（TVA）」......121

ト

ドイツ共和国臨時政府......120
ドイツ帝国......118
東京......169, 193, 215
「道徳的廃兵」(moral invalids)......140
東部戦線（南北戦争）......71
逃亡黒人奴隷（兵）......75, 88
糖蜜法......12, 14
東洋思想......81
鍍金時代......77, 89
毒ガス......119
独ソ戦......154, 155
ドミノ理論......191

ナ

奴隷制（度）
　　　70, 76, 80, 81, 83, 109, 111, 114
奴隷制反対論者......75, 81
ドレッド・スコット判決......76
トンキン湾事件......191, 192

ナ

長崎......157
ナチ（ナチズム）......121, 160
ナチス（・ドイツ）......153, 155, 161, 221
ナポレオン戦争......51, 52
ナラガンセット族
　　　9, 23, 28, 30, 34 − 36, 38, 39, 41
ナラガンセット湾......34, 35
南部貴族（→南部地主）
南部作家......100, 162
南部地主......100
南部諸州......51, 52, 71
南部神話......100
南部戦線（米英戦争）......51, 52
南部文学......100
南部連合......71
南北戦争
　　　69 − 71, 73 − 77, 81 − 89, 93, 94,
　　　100 − 102, 104, 108, 109, 111,
　　　113, 114

ニ

ニアンティック族......9, 23, 27, 28
20年代......129, 130
日独伊三国同盟......154, 156
日独防共協定......154
日露戦争......70, 94
日ソ中立条約......156, 157
日中（間の）戦争......156, 157
ニニグレット......38
日本
　　　65, 73, 74, 81, 84, 109, 121, 153 − 157,
　　　168 − 172, 185, 187, 196, 202
日本軍（部）
　　　156, 159, 160, 166, 174, 175,
　　　177, 179, 181, 187
ニューアムステルダム
　　　......9, 10, 22, 27, 31, 41

事項

ニューイングランド ....
　　8, 9, 11 － 13, 17, 18, 24, 26, 30, 31, 39,
　　　　　　41, 78, 79, 83, 84, 90, 93, 112
ニューオーリンズ 48, 69, 72, 89, 113
ニューディール政策 121
ニューファウンドランド 11
ニューフランス（植民地） 8, 10
ニューヘイヴン（植民地） ... 9, 21, 22, 221
ニューメキシコ 69
ニューヨーク（市）（州） ....
　　　　10, 13, 54, 57, 77, 78, 83, 85, 90, 93,
　　　　112, 121, 129, 150, 161, 173, 221
ニューロンドン 9, 23, 41
「人間倉庫」（warehouse） 145

ヌ

ヌック・ファーム 91

ネ

ネセシティ砦 11

ノ

「農業調整法（AAA）」 121
ノートン・ハージェス義勇野戦衛生隊
　　　　.. 126
ノーベル文学賞（受賞者） ....
　　　　　　　　　　　95, 100, 162, 220
農本社会 67
ノルマンディ上陸 155

ハ

ハーヴァード（大学） ....
　　　　　　78 － 80, 92, 93, 103, 165, 167
ハートフォード ....
　　　　　　10, 22, 24, 28, 32 － 34, 39, 91
ハートフォード条約 38
ハーパーズ・フェリー 75
ハーレム 129, 130
「ハーレム・ルネッサンス」 129
ハイチ 110, 111
パイロット（→水先案内人）
迫撃砲 74, 120
幕末維新 74
暴露主義者たち 95
函館戦争 74
「パッシング」 130

バスク 121
ハドソン川 8, 10, 38, 65
ハドソン湾 11
バハマ諸島 7
パリ 93, 127, 129, 148, 154, 155, 218, 219
パリ講和会議 153
パリ（講和）条約 12, 49, 51
ハリウッド（映画） 74, 84, 87, 161
パリ会談 192
バルカン半島 118
ハワイ(諸島) 70, 159
反共（主義者） 122, 188, 191
汎ゲルマン主義 119
汎スラヴ主義 118
反奴隷制 70, 79, 81
反日運動 156
ハンニバル 90
反ユダヤ主義 160

ヒ

ピーコット（族） ....
　　　　　　9, 16, 21 － 31, 33 － 39, 41
ピーコッド号 22
ピーコット戦争 ....
　　　　　　9, 16, 21 － 26, 31, 37 － 41
ピーコット湾 35, 37
PTSD 患者 140
ビート・ジェネレーション 162
ビートニク 133
東インド会社 14, 50
「ピケットの突撃」 74
ピッツバーグ・ランディング 72, 105
非分離派 8
ピューリタニズム（清教主義）
　　　　　　　　　　　　14 － 16, 18, 48
ピューリタン（清教徒） 8, 14, 15, 17
ヒューロン族 60, 62, 63
「氷山の理論」 126
平壌 186
避雷針 17
ピルグリム・ファーザーズ 8, 15, 48
広島 157
貧乏白人 110

263

フ

ファシスタ党 153
ファシズム（体制） 121, 122, 153
フィラデルフィア 14, 50, 75
フィリップ王戦争 9, 23, 30, 41
フィリピン 69
フィリピン作戦 168
風俗小説 93
フエ 192
ブエナ・ヴィスタの戦い 82
プエルト・リコ 70
復員兵 138, 140, 210
釜山 187, 189, 190, 193
物質主義（文明） 89, 93, 94
不眠症 138
フランクリン・ストーブ 17
フランコ政権 122
フランス艦隊 12
プランテーション 32
プリマス（植民地）
 .... 8, 9, 15, 21, 22, 28, 31, 33, 48
ブル・ラン川 71
ブルック・ファーム 81
ブルボン王朝 121
ブルボン家同盟 50
フレデリックスバーグの戦い 72
フレンチ・インディアン戦争
 .... 11, 13, 48, 49, 53, 54, 58
ブロック島 28, 29
プロパガンダ 130
フロリダ 12, 69
プロレタリア文学 130
フロンティア（精神） 57, 64, 70, 123
フロンティア文学 90
分離派（独立派） 8

ヘ

米英戦争（1812年戦争） 51, 52
米軍事援助顧問団（MAAG） 191
兵站学 32
米西戦争 69, 94
ベトナム共和国（南ベトナム） 191
ベトナム戦争 ....
 161, 191－193, 199, 200, 203－208,
 211, 218, 220－222
ベルサイユ条約（体制） 153
ベルリン 118, 120, 155
ベルリン大学 93
ペンシルヴァニア（州） 13, 73, 210

ホ

ボーア戦争（→南アフリカ戦争）
「砲弾ショック」(shell-shock) 139
ポーツマス条約 70
ボードイン大学 78
ポーランド 154
北爆 192
捕囚物語 10
ポスト・ベトナム症候群 209
ポストモダニズム 142, 143
ポストモダン 142, 143, 150
ボストン 15, 22, 24, 28, 30, 33, 38, 40, 50
ボストン教会 33
ボストン第二教会 80
ボストン茶会事件 14, 50
ボスニア 119
ポツダム宣言 157
北方領土 157
ポトマック軍団 72, 73
「ほら話」 90
ホロコースト 155

マ

マサチューセッツ（州） ....
 11, 13, 16, 28, 39, 50, 79, 87
マサチューセッツ工科大学 165
マサチューセッツ湾植民地
 .... 8, 9, 21－25, 27－31, 33,
 34, 37, 39－41
マジカル・リアリズム 220
マナサス 71
マニラ 156
満州国 156
満州事変 156, 157

ミ

ミシシッピー（州） 82, 102, 104, 112

264

事項

ミシシッピー川...
　　　　10 - 13, 48, 51, 72 - 74, 90, 113
ミシシッピー大学..111
ミズーリ協定...76
水先案内人（パイロット）...................54, 90
ミスティック砦...
　　　　9, 21, 24 - 26, 33 - 35, 37 - 41
ミッドウェー海戦..156
南アフリカ戦争...94
ミュンヘン協定..154
「見ゆる聖徒」..15
民主主義.........51, 64, 66, 120, 122, 141, 143
民族解放戦線（NLF、ベトコン）
....191, 192
民兵...50

ム

無差別潜水艦作戦..120
無神論...17
無政府主義..122
無敵艦隊アルマダ...10

メ

「明白なる宿命」（明白な運命）...........77,123
メイフラワー契約...15
メイフラワー号...48
名誉革命..13
メキシコ戦争............................69, 74, 80, 82
メキシコ湾...11
メタ言説..143
メリマック号..74
綿花王国..70

モ

モダニズム...142, 150
モダニズム文学..124
モニター号..74
モヒカン族...59, 62 - 64
モヘガン族........9, 23, 30, 33, 34, 36, 38, 41
モホーク族..38
モントリオール.........................8, 12, 49, 51
モンロー・ドクトリン（モンロー主義）
....69,120

ヤ

野球（ベースボール baseball）.........73, 88

野球の殿堂...57
ヤズー川...113
野戦衛生隊..125
野戦病院..105, 147, 199

ユ

「有益な怠慢」..13
ユダヤ人...........................153 - 155, 161, 165
ユトレヒト条約..11

ヨ

ヨークタウン..51
ヨーロッパ戦線..160
ヨクナパトーファ（郡）...................113, 128
横浜..169
予定説...15, 18

ラ

「裸者」..177, 179
ラディカリズム..131

リ

リアリズム.............................61, 89, 91, 144
リーマン・ショック....................................222
理神論...17
リッチモンド...72, 113
リップレー..82
リトル・ビッグホーン.................................70
リトルラウンドトップ................................73
臨終版..83

ル

ルイジアナ...51, 89
ルシタニア号事件..120
ルネッサンス..129

レ

冷戦..161, 191, 193
「霊的証拠」..17
レイテ島..167
「歴史の建築家」...144
歴史ロマンス...54, 58, 65
レキシントン..50
レジスタンス..155
連合国（側）..155
「連邦緊急救済法（FERA）」.....................121
連邦制度..76

ロ

ロアノーク島 8
労働争議 85
ロード・アイランド（植民地）
....8, 13, 16, 30
盧溝橋事件 156
ロシア革命 128
ロマン主義（ロマンティシズム）.... 18, 89
ロマン主義文学 77
ロマンス 57, 61, 81
ロンドン 84, 154

ワ

ワイマール共和国 153
ワグナー砦 87
ワシントン　D. C. 52, 71, 75, 83, 208
ワシントン会議（体制） 155, 156
ワンパノアグ族 9

執筆者一覧

依藤道夫（よりふじみちお）

　1941年、鳥取県鳥取市に生まれる。東京教育大学大学院文学研究科修士課程修了。英米文学専攻。都留文科大学名誉教授。日本ペンクラブ会員。SABR（アメリカ野球学会）東京支部会長。ハーヴァード大学客員研究員。イェール大学客員研究員。

　著書:『フォークナーの世界―そのルーツ』（成美堂、1996年）、『フォークナーの文学―その成り立ち』（成美堂、1997年）、*Studies in Henry David Thoreau* 共著（六甲出版、1999年）、『アメリカ合衆国とは何か―その歴史と現在』共著（有山閣出版、1999年）、『黄金の遺産―アメリカ1920年代の「失われた世代」の文学』（成美堂、2001年）、『新たな夜明け―「ウォールデン」出版150年記念論集』共著（金星堂、2004年）、『イギリス小説の誕生』（南雲堂、2007年）等。

　日本アメリカ文学会会員、日本英文学会会員、日本アメリカ学会会員、日本ウィリアム・フォークナー協会会員、国際異文化学会会員（理事）等

小倉いずみ（おぐらいずみ）

　神奈川県藤沢市出身。ボストン大学大学院アメリカ研究科修士課程及びブラウン大学大学院アメリカ文明科修士課程修了。アメリカ文学及びアメリカ思想史専攻。湘北短期大学商経学科専任講師、九州大学言語文化部助教授を経て1998年から大東文化大学法学部政治学科教授。

　著書:『新版 アメリカ文学史』共著（ミネルヴァ書房、2000年）、『記憶のポリティクス』共著（南雲堂フェニックス、2001年）、『ジョン・コットンとピューリタニズム』(彩流社、2004年)、『歴史のなかの政教分離――英米におけるその起源と展開』共著(彩流社、2006年)等。

　論文:「アメリカ統合の絆」共訳(『思想』第761号、岩波書店、1987年)、「回心体験をめぐる信仰至上主義と救済準備主義」(『アメリカ研究』アメリカ学会、1996年)等。

　日本アメリカ学会会員、日本アメリカ文学会会員、日本英文学会会員、日本ヘンリー・ソロー協会会員等。

古屋　功（ふるや　いさお）

　1959年、山梨県笛吹市に生まれる。都留文科大学大学院文学研究科修士課程修了。アメリカ文学専攻。都留文科大学非常勤講師。
　著書：『缶ビールラベルで英語飲み歩き』（新風社）。
　論文：「人間と熱帯の自然との戦い—メイラーの描いた自然とは—」（『都留文科大学英文学会　英語英文学論集』第32号、2004年3月）、「アメリカ文学の本質についての研究—人種、アメリカ人の原像、戦争、ネイチャー等を通して—」共著（『都留文科大学大学院紀要』第8集、2004年3月）、「抗争の文学—アメリカ文学の本質の探求—」〈前編〉共著（『都留文科大学大学院紀要』第9集、2005年3月）、「抗争の文学—アメリカ文学の本質の探求—」〈後編〉共著（『都留文科大学大学院紀要』第10集、2006年3月）、「『息子の成長と父親の存在』－ヘミングウェイの初期の三作について－」（『都留文科大学英文学会　英語英文学論集』第35号、2007年3月）。
　日本アメリカ文学会会員、日本ウィリアム・フォークナー協会会員。

依藤朝子（よりふじともこ）

　東京都出身。青山学院大学文学部卒業。早稲田大学大学院文学研究科修士課程修了。西洋現代史専攻（フランスレジスタンス他）。オレゴン州立大学で米国政治、現代史を、イェール大学大学院で米国政治、社会、現代国際関係を、韓国延世大学で韓国語を学ぶ。翻訳家。韓国の（株）デイリーＮＫで北朝鮮の人権・民主化問題と関連する取材、翻訳に従事。首都大学東京非常勤講師。北朝鮮帰国者の生命と人権を守る会事務局長。
　訳書：『北朝鮮、隠された強制収容所』共訳（草思社、2004年）。『北朝鮮の人権』共訳（連合出版、2004年）。
　論文：「韓国の南南葛藤を考える」（北朝鮮帰国者の生命と人権を守る会理論誌『光射せ！』第5号、2010年）。
　日本アメリカ学会会員。アジア人権人道学会会員。

瀧口美佳（たきぐち・みか）

　静岡県沼津市出身。立正大学大学院文学研究科博士後期課程満期退学。アメリカ文学専攻。

著書：『英米文学への誘い』共著（文化書房博文社、2008年）等。
日本アメリカ文学会会員、日本英文学会会員、国際異文化学会会員。

花田　愛（はなだあい）

北海道釧路市出身。東京都立大学大学院人文科学研究科博士課程単位取得退学。アメリカ文学専攻。明治大学兼任講師、関東学院大学非常勤講師。

著書：『アメリカ文学と「アメリカ」』共著（鼎書房，2007年）。

論文：「『マンハッタン乗換駅』におけるキュービズム的技法の分析——消点からの離脱」（『新英米文学研究』New Perspective 第177号、2003年）、「放浪の表象——ドス・パソスの『マンハッタン乗換駅』と『USA』を中心に」（日本アメリカ文学会東京支部会報『アメリカ文学』第66号、2005年）等。

日本アメリカ文学会会員、日本英文学会会員。

アメリカ文学と戦争
- American Literature and Warfare -

2010年4月20日　初版発行
2011年1月10日　第2版発行

著　者	依藤道夫（編）　小倉いずみ　古屋 功　依藤朝子 瀧口美佳　花田 愛　共著
発行者	佐野 英一郎
発行所	株式会社 成美堂 〒101-0052 東京都千代田区神田小川町3-22 TEL：03-3291-2261　FAX：03-3293-5490 http://www.seibido.co.jp
印刷・製本	倉敷印刷株式会社

PRINTED IN JAPAN

● 落丁・乱丁はお取換えいたします。
● 本書の無断転写は、著作権上の例外を除き著作権侵害となります。